人民共和國文化與文學叢書

四編　中國人民大學特輯

程光煒　李怡　主編

第 **1** 冊

文學史二十講（上）

程 光 煒 著

花木蘭文化出版社

國家圖書館出版品預行編目資料

文學史二十講（上）／程光煒 著—初版—新北市：花木蘭
文化出版社，2016〔民 105〕
目 2+184 面；19×26 公分
（人民共和國文化與文學叢書 四編；第 1 冊）
ISBN 978-986-404-636-2（精裝）
1. 中國當代文學 2. 中國文學史 3. 文學評論
820.8　　　　　　　　　　　　　　　 105012587

特邀編委（以姓氏筆畫為序）：

吳義勤　孟繁華　張　檸
張志忠　張清華　陳思和
陳曉明　程光煒　劉福春
（臺灣）宋如珊
（日本）岩佐昌暲
（新西蘭）王一燕
（澳大利亞）鄭　怡

ISBN- 978-986-404-636-2

9 789864 046362

人民共和國文化與文學叢書
四 編 第一 冊　　　　　　ISBN：978-986-404-636-2

文學史二十講（上）

作　　者　程光煒
主　　編　程光煒　李怡
企　　劃　北京師範大學民國歷史文化與文學研究中心
　　　　　四川大學現代中國文化與文學研究中心
總 編 輯　杜潔祥
副總編輯　楊嘉樂
編　　輯　許郁翎、王筑　美術編輯　陳逸婷
印　　刷　普羅文化出版廣告事業
出　　版　花木蘭文化出版社
社　　長　高小娟
聯絡地址　235 新北市中和區中安街七二號十三樓
　　　　　電話：02-2923-1455／傳眞：02-2923-1452
網　　址　http://www.huamulan.tw 信箱 hml810518@gmail.com
初　　版　2016 年 9 月
全書字數　324027 字
定　　價　四編 11 冊（精裝）台幣 20,000 元

文學史二十講（上）

程光煒　著

作者簡介

程光煒，男，1956 年 12 月生，江西省婺源縣人。文學博士。中國人民大學文學院教授。中國當代文學研究會副會長。主要從事中國當代文學史研究。發表學術論文 200 餘篇，出版著作十餘部。主要著作有：《文學講稿：「八十年代」作爲方法》（北京大學出版社）、《當代文學的「歷史化」》（北京大學出版社）等。

提　　要

　　《文學史二十講》一書由作者近年來在中國大陸一些大學的演講結集而成。內容涉及最近三十年中國當代文學史的文學思潮、流派、現象等方面。與同類著作不同在於，本書避免研究過程中的過分批評化傾向，力圖讓研究對象沈澱下來，運用史料文獻和歷史距離感，把它們看做是一種「過去」的東西。與此同時，作者帶著重返歷史的心情，用一種體貼的文字去觸摸它們當年的潮汐和波動，用更爲包容的態度去面對各種現象背後激烈的衝突和掙扎。當然這更像是一部提問式的著作，很多地方不作出結論，而儘量留給讀者去思索。

人民共和國文化與文學叢書
中國人民大學特輯　總序

程光煒　李怡

　　2005 年，中國人民大學文學院的中國當代文學史專業方面，將重點轉向了以「重返八十年代」爲主題的當代文學史研究，這當然是中國大陸視野裏的「當代文學」。博士生課程採用課堂討論的方式，事先定下九個討論題目，分配給大家，然後老師和學生到圖書館查資料，自己設計問題，寫成文章後，分別在課堂多媒體上發表，接著大家討論。所謂討論，主要是找寫文章人的毛病，包括他撰寫文章的論文結構、分析框架、問題、材料運用，自然，他們最爲關心的是，這篇論文究竟對當前的當代文學史研究有無新的發現和推動，至少有無提出有價值的質疑意見。因此，每學期總共十八週授課時間，安排一次課堂發表文章，另一次是課堂討論，這樣交錯有序進行。竟未想到，這種開放式的博士生研究課堂，到今年已進行了十一年，湧現了一批有價值有亮點的博士論文，湧現了若干個被大陸當代文學史研究界矚目的青年學者。據稱是大陸中國現當代文學研究界，爲獎勵 45 歲以下青年學者而設置的具有很高學術聲譽的「唐弢青年文學獎」，最近連續三年，都有這個課堂上走出去的青年學者獲得。僅此就可以知道，雖然中間的過程困難重重，也有很多不必要的重複和彎路，仍然可以證明，通過課堂討論、大家集中研究中國當代文學史這種方式，事實上有一定的效果。

　　其實，在 2005 年以前，我們這個學術團隊中已有博士生在做《紅岩》、《白毛女》的研究，取得引人注意的成果。而以「重返八十年代」爲主題的當代文學史研究，目的是以中國現代文學史自五四之後，八十年代這個又一個「黃

金年代」為文學高地，在這個歷史制高點上，縱觀 60 年的中國當代文學史，並以這個制高點，把這 60 年文學拎起來，做一個較為總體的評價和分析，建立這個歷史時段的整體性。今天看來，這個目的初步達到了。這套學術叢書，關涉到中國當代文學史的諸多領域，例如文學思想、思潮、流派、現象、紛爭、雜誌、社團等等，雖不能說每個題目都深耕細作，但確實有一些深入，某些方面，還有較深入的開掘，這是被學術同行所認可的。例如，《紅岩》研究、《白毛女》研究、「重寫文學史思潮」研究、「李澤厚與八十年代文學」研究、「現代派文學」研究等。另外賈平凹小說、路遙與柳青傳統、七十年代小說的整理、上海與新潮小說的興起、八十年代文學史撰寫中的意識形態調整、十七年文學等等，也都在這套叢書中有所反映。

毫無疑問，中國大陸的中國當代文學史研究，離不開「當代史」這個潛在的認識性裝置。一定程度上，文學史與當代史的表面和諧關係，實際也暗藏著某種緊張狀態。作為歷史研究者，每個人都離不開、跳不出自己生長的歷史環境。但是，所有有識的歷史研究者都意識到，所謂學術研究即包含著對自身歷史狀態的超越。他們所關心和研究的問題，事實上是以他自己的問題為起點的；也就是說，他們研究的學術問題，實際上就是他們自己所困惑的歷史問題。我們想這種現象，又不僅僅是我們的。借這套叢書在臺灣出版的機會，我們想表達的是：學術著作的出版，是一次展示自己學術見解，並與廣大學界同行進行交流切磋的極好機會。因此，十分期望能得到讀者懇切的批評和意見。

2016.2.22 於北京

目次

下　冊

當代文學學科的「歷史化」
—— 在北京師範大學的講演

　　當代文學學科的「獨特性」，首先在它與「當代」的多重糾纏，「當代」本身的激烈和複雜狀態，決定了它不能像其它學科那樣宣佈自己是一個「純文學」學科。其次，它要經常出現在各種「作品研討會」現場，對「當前作品」開展繁重的宣傳和評述工作。因此，當代文學學科給人的主要印象是，它是當前文學思潮、作品和現象最「理想」的「批評者」。顯然應該認爲，文學批評對當代作家和作品所進行的「經典化」工作是十分重要的。沒有批評家對作品出色的認定和甄別，我們都無法知道哪些是「重要作家」、「重要作品」，文學史的課堂，就沒有了最起碼的依據。但問題是，當代文學已有近「六十年」的歷史，已經是現代文學存在時間的兩倍。它是否要「永遠」停留在「批評」狀態，而沒有自己的「歷史化」的任務？這是我非常關心的一個問題。也就是說，如果說當代文學已經有了自己的「編年史」，那麼，我們應該怎樣看待它的「文學史」意義？它與眾不同的文學思潮、批評方式、創作風格，又是通過何種途徑被指認的？它是不是存在著像 1949、1979 和 1985 這樣的歷史分界點，這些分界點對文學史研究又具有怎樣的價值？另外，應該怎麼認識當代文學的「經典化」問題，如何看待文學雜誌對作家觀念的支配和引導，又如何看待文學事件在文學作品生成中的特殊作用，等等，是不是都應該被列入研究的範圍？這些東西，文學批評已無法面對，因爲它們已經「沉澱」爲了「歷史」。但我這裡所談的，不是具體的研究，而是一些研究的可能性。進一步說，我所說的「可能性」是在什麼意義上才具有有效性的問題。

今年 5 月，我寫過一篇題爲《詩歌研究的「歷史感」》的文章。這篇文章涉及到文學研究的「歷史化」問題，因受詩歌問題局限，有些討論實際沒有展開。不過，它對一些概念的限定和表述，可以作爲我討論當代文學學科「歷史化」問題的基礎：「除去對當下詩歌現象和作品的跟蹤批評之外的研究，一般都應該稱其爲『詩歌研究』。它指的是在拉開一段時間距離之後，用『歷史性』眼光和方法，去研究和分析一些詩歌創作中的問題。正因爲其是『歷史性』的研究，所以研究對象已經包含了『歷史感』的成份。」〔註1〕顯然，我所說的當代文學學科的「歷史化」，首先與跟蹤當前文學創作的評論活動不同；其次，它指的是經過文學評論、選本和課堂「篩選」過的作家作品，是一些「過去」了的文學事實，這樣的工作，無疑產生了歷史的自足性。也就是說，在當代文學學科的「歷史化」過程中，「創作」和「評論」已經不再代表當代文學的主體性，它們與雜誌、事件、論爭、生產方式和文學制度等因素處在同一位置，已經沉澱爲當代文學史的若干個「部分」，是平行但有關係的諸多組件之一。這就是韋勒克和沃倫所明確指出的：「文學史旨在展示甲源於乙」，它「處理的是可以考證的事實」，「文學史的重要目的在於重新探索出作者的創作意圖」，所以，它更大的價值是「重建歷史的企圖」。〔註2〕埃斯卡皮也認爲，文學史家的作用「是『跑到幕後』，去窺探文學創作的社會歷史背景，設法理解創作意圖、分析創作手法。對他來說，不存在什麼作品的老化或死亡問題（筆者按：而這種觀點是評論經常宣佈的），因爲他隨時隨地都能從思想上構擬出能使作品重新獲得美學意義的參照體系。這是一種歷史的態度。」〔註3〕

一、文學史研究的「批評化」問題

當代文學學科的「歷史化」，首先是如何區分「文學批評」與「文學史研究」的不同作用和某些細微差別。我們知道，「文學批評」是先「文學史研究」一步而發生的，它對「剛剛發生」的作家作品的批評和分析，對「經典」作品的認定或對「非經典」作品的排斥，成爲後來文學史研究的重要基

〔註1〕 見拙作《詩歌研究的「歷史感」》，《新詩評論》2007 年第 2 期。
〔註2〕 韋勒克、沃倫：《文學理論》，劉象愚、邢培明、陳聖生、李哲明譯，北京，三聯書店，1984 年 11 月，第 32～34 頁。
〔註3〕 羅貝爾·埃斯卡皮：《文學社會學》，於沛選編，杭州，浙江人民出版社，1987 年，第 86、87 頁。

礎；但與此同時，由於文學批評在有些年代的地位過高，文學批評的作用就被無形地放大，會過分「干擾」文學史更爲理性化的過濾、歸類和反思性的工作。而文學史研究的「批評化」，指的正是這些「影響」、「干擾」文學史研究的因素。這種文學史研究的批評化，實際也不再是嚴格的文學批評，而具有了模糊曖昧的文學史研究的面目，並帶有強行進入文學史敘述的現時功利性。

它模糊的文學史面目，在八十年代是通過「文論化」（也即「批評化」）的研究方式建立起來的。〔註4〕一大批「文學批評家」，成爲了事實上的「文學史家」，他們的觀點、主張、設想和結論，「理所當然」地成爲了當代文學史研究成果和結論。〔註5〕這就是楊慶祥所指出的：「『先鋒小說』當時一個重要的特徵就是強調文學本身的『獨立性』和『自足性』，強調批評觀念上的『審美』原則和『文本主義』」，提倡者「雖然比吳亮、程德培等人對『先鋒小說』的態度更加謹慎，但同屬於上海『先鋒批評』的圈內人，不可能不受到影響，而且，在『重寫文學史』中起到不可或缺作用的李劼是當時最活躍的先鋒批評家。所以說先鋒小說的寫作觀念和批評方法實際上對『重寫文學史』影響甚大」。〔註6〕其實，不光是當代文學史研究，即使在現代文學史研究中，這種以「批評」的結果影響或主導「文學史」研究結論的現象，也非常明顯的存在著。舉例來說，就是引人注目的「魯迅研究」。那些已經被「批評化」了的「魯迅形象」，不僅成爲許多魯迅研究者的「研究結論」，而且也顯而易見

〔註4〕 在八十年代，「文學史家」的角色是非常模糊的，而所謂的「文學研究者」主要是那些著名的批評家，如李澤厚、劉再復、魯樞元、劉曉波、劉小楓、吳亮、許子東、季紅眞、黃子平、南帆、王曉明、蔡翔、李劼、夏中義，包括趙園、王富仁、錢理群、藍棣之等等。很多人都在上海文藝出版社的《探索文學書系》和浙江文藝出版社的《新人文論叢書》這兩套叢書中「出名」。而這兩套叢書的主旨就是「提出問題」、「發表新鮮主張」，帶有以「批評」代替「研究」的鮮明特色，爲此，吳亮把它們概括成一句非常著名的話，叫做「批評即選擇」。

〔註5〕 人們不能發現，在 1979 到 1987 年間出版的許多當代文學史著作，如大家熟知的《新時期文學六年》、《中國當代文學思潮史》、《當代中國文學概觀》、《中國當代文學史初稿》，以及十四院校、九院校合作完成的諸多文學史著作等，都受到了上述批評家文學描述和批評的強大影響，很多「文學史結論」，事實上都是「批評的結論」。

〔註6〕 楊慶祥：《審美原則、敘事體式和文學史的「權力」——再談「重寫文學史」》，未刊，此係在中國人民大學文學院「重返八十年代文學史問題」博士生討論課上的主講論文。

地成爲關於魯迅研究的文學史成果。〔註7〕另外，從當時提倡「重寫文學史」、「二十世紀中國文學」的諸多文章中一眼即知，中國現代文學史研究、魯迅研究的基本結論，實際是這種「批評化」傾向的滲透和延伸，「批評化」的思維方式和研究方法，被等同於「文學史」的思維方式和研究方法。「在這樣的研究眼光中，被預設的『歷史』成爲一種『理所當然』的存在，隱身在所進行的評價和分析過程之中。所以，無論是研究者，還是被研究者所觀照的研究對象，絲毫不會覺得自己是被一種東西所『強迫』的，他們往往還會覺得這就是自己的『發明』和『創造』。」〔註8〕

在這裡，我不想比較「文學史研究」與「文學批評」的「優劣」，因爲如果那樣的話，這種做法仍然是一種「批評化」的研究。我的意思是想說，八十年代形成的「文論化」研究傾向和方式，並沒有因爲時間的流逝而被「歷史化」，它們仍然以「在場」的方式存在於當前當代文學史的研究之中。所以，我覺得有必要對什麼是「批評的結論」和「文學史結論」的關係做一些初步討論。

在一次關於馬原小說《虛構》的課堂討論上，一位學生對我和別的老師合著的當代文學史對這篇小說的「評價」提出質疑，他認爲這個「結論」不是我們作出的，而是來自吳亮非常有名的評論文章《馬原的敘述圈套》的「結論」。〔註9〕這對我有很大的提醒。我隨即找來最近幾年出版的當代文學史著作，發現都有大同小異的情形。我注意到，批評家當年精彩的「最好的小說

〔註7〕參見王富仁的《魯迅前期小說與俄羅斯文學》（西安，陝西人民出版社，1983年）、《中國反封建革命的一面鏡子》（北京，北京師範大學出版社，1986年）、《先驅者的形象》（杭州，浙江文藝出版社，1987年）、《中國魯迅研究的歷史與現狀》（杭州，浙江人民出版社，1999年）等；錢理群的《心靈的探尋》（上海，上海文藝出版社，1988年）、《壓在心上的墳》（成都，四川人民出版社，1994年）、《走進當代的魯迅》（北京，北京大學出版社，1999年）等。稍後出現的汪暉、王曉明、李歐梵的「魯迅研究」在研究的角度和評價尺度上有所不同。但總的講，王、錢的研究在魯研界代表著「主流」形態，並成爲國內魯迅研究的思想和學術基礎。這個基礎，不僅把魯迅看作中國知識分子的「精神楷模」，而且也看成是一種統馭所有文學現象的「標準」，並以此作爲研究中國現代文學史的最重要的起點和最後結論。這些結論，還帶有「文學批評」的話語色彩，如「思想者」、「戰士」、「匕首」、「孤獨者」、「鏡子」、「無地彷徨」、「反抗」、「生命體驗」、「心靈的詩」、「說不盡的阿Q」、「魯迅與20世紀中國」、「魯迅與北大」、「脊梁」、「橋梁」、「人格魅力」、「攝魂」等等。

〔註8〕參見拙作《詩歌研究的「歷史感」》，《新詩評論》2007年第2期。

〔註9〕參見吳亮：《馬原的敘述圈套》，《當代作家評論》1987年第3期。

家,是視文字敘述與世界一體的」,「他不像大多數小說家只是想像自己生活在虛構的文字裏,他是眞的生活在自己虛構的文字裏」的批評性表述,或者說這些其實非常「思潮化」的看法,一直沒有受到研究者的質疑,沒有經過檢討和過濾就進入了文學史的敘述。也就是說,文學史並沒有發揮「過濾」文學創作、批評和雜誌等「現場因素」的職能,而對批評家的這種感性化文學感受採取了完全認同的態度。因爲,將「最好的小說家」的「標準」等同於「虛構」的觀點,恰恰來自於 1985 年一種借叛逆「現實主義文學」而強調的「非寫實」的思潮,是先鋒批評根據當時文學轉型需要而提出的臨時性的批評主張。我們應該相信,根據豐富的文學史經驗和參照系統,「最好」的小說家實際未必都一定是「虛構」型的作家。一種可靠的文學史敘述恰恰應該是,根據「批評結論」,參照當下思潮,並依據浩大歷史時空中的諸多「最好」的小說家「類型」,來建立馬原是否是「最好的小說家」的判斷。我想這可能正是這位同學尖銳「質疑」我們的文學史著作的一個理由。

當然也必須看到,「文學史結論」不一定就具有學術上的優越性,很多「沉睡」多年的「文學史結論」,確實仍然需要「批評的結論」去喚醒和激活。文學史的「歷史化」過程,如果完全拋開「批評結論」而最終實現也將是一個問題。但文學史結論更需要警覺的是,把「剛剛發生」的作家作品的批評和分析,或把對「經典」作品的認定和對「非經典」作品的排斥不加選擇地都帶入研究工作中,致使文學史研究被不確定性的批評所裹挾、所籠罩,從而陷入「批評化」的尷尬境地。這不是我們故弄玄虛。這種文學史寫作的危險性,確曾發生在 1979 年初版的兩部重要的當代文學史著作中,它的典型例證即是對浩然現象的倉促的「重評」。﹝註10﹞任南南在《歷史的浮標——新時期初期的「浩然重評」現象研究》一文中認爲:「這種重評作家的方式與撥亂反正的主流政治之間也呈現出良好的互動。『文革』後,與政治上揭批四人幫的全國性群眾運動一同展開的浩然重評,在很大程度上成爲『文革』後主流政治話語生產的一部分」。但她警告說:「浩然的去經典化,甚至矮化顯示出把四人幫顛倒過去『的路線是非思想是非理論是非顛倒過來』的時代主題,是國家意識形態領域的撥亂反正運用的文學手段,新時期政治合法化進程中的

﹝註10﹞ 如張鍾等的《當代中國文學概觀》、郭志剛等的《中國當代文學史初稿》與「浩然重評」相關的章節,這些根據當時社會結論對這位作家的「重評」不僅遭到他本人的質疑,實際也是今天最具有「爭議」的文學史問題之一。

一個文學圖示。」所以，她認為「浩然重評」很大程度上恰好是一個值得今天去檢討的「批評性」結論。〔註11〕

自然，文學史研究的「批評化」，是由於當代文學學科對批評「當下性」過分迷戀的認知方式帶來的。很多人都相信，所謂的「當代」文學史研究，實際就是針對文學「現狀」而出現的一種批評性的表達方式。在當代文學學科中，「批評家」的地位一般都要高於「文學史家」，很多國家級的、「文學獎」最後獲獎者往往是前者，就是一個可以隨時列舉的例證。這種「當下性」的「文學史意識形態」，並不認為「批評化」就是對文學史研究的直接損害，而是相反，它相信恰恰使「當代文學」學科處在比其它學科更為「前沿」和「敏銳」的歷史處境中。〔註12〕正因為如此，「敘述圈套」說、「浩然重評」論至今仍被認為是不容置疑的「文學史結論」，沒有人相信它們僅僅是「批評化」的結果。當然，我這樣說，不存在「褒貶」任何一方的含義，目的是要通過它們之間地位的「差異性」存在，說明「批評化」思維在目前文學研究中所具有的特殊影響力。

二、認同式研究與有距離的研究

在當代文學學科中，很少有人會懷疑「認同式」研究有什麼「問題」。既然「按照通常所知道的歷史教科書知識，所有的『歷史』都是可以被預設的。因為如果不能這樣，我們就無法與過去的歷史之間建立一種信任和聯繫。」〔註13〕那麼就不會去注意，即我們的「認同」實際是被歷史所控制的「認同」。當我們以為是在從事「自己」的研究時，它其實是在重複別的研究者已經建立的研究方法。

先說第一種認同化研究的現象。在許多大學講授當代文學史的課堂上，一個普遍現象是對「主體性」理論的「蓋棺論定」的解釋。在不少研究中，

〔註11〕 任南南：《歷史的浮標——新時期初期的「浩然重評」現象研究》，《海南師院學報》2007 年第 6 期。

〔註12〕 類似情況近年來仍然如此。在出版圖書中，與「批評」有關的當代文學研究著作明顯佔有絕對性的比重，如 2002 年廣西師範大學出版社的「南方批評書系」、2002 年河南大學出版社的「世紀之門文藝時評叢書」、2004 年前後山東文藝出版社的「e 批評叢書」、2003 年蘇州大學出版社的「新人文對話錄叢書」等多種。據不完全統計，這兩年，「文學史」研究叢書僅僅有 2005 年河南大學出版社的「文藝風雲書系」這一套。

〔註13〕 見拙作《詩歌研究的「歷史感」》，《新詩評論》2007 年第 2 期。

從「揭露傷痕」到「建立主體性」的解釋邏輯，有時候還成爲評價「新潮小說」的一個權威性標準。出於十年浩劫災難的深切反思，「主體性」的理論建構當然有其歷史合理性。但是顯然，對「非悲劇」的「風格」的「反思」，它就得出了這樣的結論，「新潮小說對於死亡的表現可以說是對這種以偶然性爲核心的小說結構的最有意思的象喻」，「在馬原、洪峰等作家筆下，死亡都是那樣毫無理由、莫名其妙」，「當『神秘』成了新潮作家對於世界的唯一解釋時，不僅科學、智慧、思想、公理、常識變得可笑，而且人與世界變得一樣『不可知』，我們只能任由迷信、宿命的氣息對人與世界的篡改。這實際上不是彰顯的新潮作家主體性的強大，而恰恰是其主體性脆弱不堪的證明。」〔註 14〕然而必須指出的是，這種習慣於把「新潮小說」置於「主體性」視野中的做法，並不是出於自覺反思而得出的結論，而是一種受到歷史結論所控制的學術性認同。因爲，當我們感覺是以「個人化批評」的立場來「反思」新潮小說存在的「問題」時，不是我們「發現」了，而實際是「主體性」理論「幫助」我們認識並糾正了它走向的歷史性偏差。這正像一篇討論「主體論」歷史生成語境的文章所指出的那樣：「自新時期文學發生以來，各種力量就參與著對它的『規劃』和『建構』，這一過程也是一個不斷將自我『歷史化』的過程。這種『歷史化』不僅肩負著爲新時期文學命名、定位的重任，同時也通過這種『命名』行爲爲『新時期文學』構建自己的『傳統』」。〔註 15〕顯而易見，我們所「熟悉」的許多課堂的講授和研究都處在這種「無意識」的「認同」之中，因此也受到歷史結論的強有力控制。當然，我更想說的，不是這種「控制」損害了研究的自足性，而是要強調，爲什麼不去問問我們是「怎麼」被「控制」的？是不是也應該對「被控制」的學術狀態做一點點研究，並對由此而導致的「認同化」研究作出一些必要的「反思」？

其次，對別人研究方法的「認同式」研究。眾所周知，最近幾年當代文學學科對「十七年文學」的研究已基本完成了「歷史化」過程。一些研究者對「十七年」的研究，所提供的「方法論」意義實際已遠遠超出了「研究本身」，這是毋容置疑的。但是，值得注意的是，對這些「方法」的認同式研究

〔註 14〕 吳義勤：《「悲劇性」的迷失——反思中國當代新潮小說的美學風格》，《山東社會科學》2007 年第 6 期。

〔註 15〕 楊慶祥：《「主體論」與「新時期文學」的建構》，《當代文壇》2007 年第 6 期。

也隨之產生。「《文藝報》作爲社會主義文藝體制下的文學媒體刊物，在建國初期起到了動員全體國民、增強民眾凝聚力、建構國族認同的重要作用。」〔註 16〕「在十七年文學中，新上海被賦予了無產階級左翼意義，並消除了原有口岸城市的所有資本主義邏輯。在社會主義性質的工業中心這一概念中，體現著消除城市歷史由多元而引起的差異與不統一的內在含義。」〔註 17〕這樣的「研究」雖然不能說不好，而且它們利用了難得的「第一手」歷史文獻──但卻每每讓人聯想起「百花時代研究」、「潛在寫作研究」的既有面孔。當然，所謂《文藝報》的「改組現象」，左翼文學在新的歷史條件下的「分化與重組」，「潛在寫作」對七十年代反主流詩歌的明確指認等等，它們也同樣是一種「建構式」的學術研究。不過，仍有理由覺得，當我們面對這些「方法」時，更有價值的研究恐怕應該是那種與它們拉開「距離」的至爲艱苦和複雜的繼續的開掘。它們「不一定」都是我們研究的一個「必然性」的「起點」。在某種意義上，我們的質疑、反問和繼續探討，可能還應該從這些「學術成果」的「起點」上開始。所以，我今天提出這樣一個看法，即：既然已經有了一個「十七年研究」，但是不是還應該有一個從它開始的「重返十七年」的研究呢？這是因爲，表面上，我們都生活在同一個歷史時空中，可以「分享」共同的「學術成果」。但實際上，由於每個人歷史經驗、個人記憶、背景和知識結構的差異，大家卻不一定就有一個「共同」的一成不變的「十七年」。每一個人對它的「歷史想像」和「文學處理」，很大程度上要受制於這些因素的影響與規約，用別人的「成果」來覆蓋自己的「歷史想像」和「文學處理」是非常不應該的，它只能招致一種「無效」的勞動。自然，我不是說「已有成果」不能「利用」，而是說「怎樣利用」，在什麼一種意義上「利用」，同時又不把它變成對自己工作的一種「替代性」的研究。對我們每個人來說，這後一點，恐怕是非常重要的。

在「已有成果」起點上開始的研究，正是我要說的「有距離的研究」。「所謂『有距離感』的存在，指的可能還不是『故意』與研究對象『拉開』什麼心理距離，裝著與己無關的樣子。它指的是，如何從歷史『風暴』形成的知識『氣流』中脫身出來，如何既在歷史中說話，但又能夠不受它的文學意識

〔註 16〕魏寶濤：《〈文藝報〉與「十七年」文學批評標準和模式的建構》，《廣播電視大學學報》2007 年第 2 期。

〔註 17〕李力：《工業題材與國家工業化的想像──對十七年上海文學的一種考察》，《學術論壇》2007 年第 3 期。

形態的暗示與控制，有意識地用『自己』的方式來說話。」〔註18〕舉例來說，當年我們在閱讀劉心武的小說《班主任》時都被深深感動過，在大學教書的這些年，我們就把這種「感動」講述給學生，因此而「感動」了一屆又一屆的學生。但是去年，當我為課堂討論「重讀」這篇小說的時候，卻再也「感動」不起來了。與此同時，我在「重讀」禮平的小說《晚霞消失的時候》的時候，依然被它「感動」了，而且「感動」得更厲害，情不自禁地為其中深層次的意味流下了眼淚。這就是我要「討論」的下一個問題：即，你為什麼在 25 年後還會被「感動」？或不再被「感動」？要說清楚這個問題，我想僅僅在「審美」層面上是無法做到的。我之所以不願意再從「審美」層面上談，正說明我與兩篇小說之間產生了「歷史性」的「距離」，這種距離的存在，醞釀並強化了我對它們的新認識。我曾經在一些場合說過，《班主任》之所以獲得比《晚霞》更大的「成功」，並「感動」了一代代讀者，是因為它的文學敘述與當時的歷史語境、文學成規、氛圍、批評等制度化環境是一種非常「匹配」的關係。換句話說，人們與其是被「作品」感動的，不如說是被那些與之配套的「制度因素」感動的。實際上，不光在八十年代，文學史上曾經「多次」地發生過相類似的事情，即「文學制度」幫助眾多讀者「理解」了這些作家和作品。也就是說，我們是首先「相信」了作品周圍的「這些因素」，也才「相信」作品告訴我們的那個「故事」的。正是在這個意義上，《班主任》周圍強大的「制度因素」控制了我們的認同，並使我們忽視了作品文本的單薄和乾癟；而當我們今天對這些「制度因素」保持更高的研究警覺性的時候，作品文本那些早已存在的「問題」，就一下子「暴露」了出來。《晚霞》的情況可能正與之相反。這就是我要說的「歷史化」的工作，即把「感動」或「不再感動」的閱讀現象與當時「制度化」的文學環境區分開來，把作品文本與課堂講授區分開來，要避免出現不加分析和研究就得出的結論。這種「有距離的研究」還表明，既然我們把文學經典帶進了課堂教學和科研之中，就不能再把自己當作「一般的讀者」，我們正在講授和研究的並不是「正在發生」的「歷史」，而是研究者「曾經經歷」過的「歷史」。

至為重要的是，當我們面對如此眾多和出色的「已有成果」時，應該怎樣開展「自己」的工作。在我看來，「已有成果」事實上是對文學經典及現象的一次有價值的「重讀」，我們的研究，恰恰是對這「重讀」的另一次「重讀」。

〔註18〕 參見拙作《詩歌研究的「歷史感」》，《新詩評論》2007 年第 2 期。

「『當代文學』的『發生』，在過去的中國當代文學史研究中，經常被忽略。『當代文學』常被看作因政權更迭、時代變遷而自然產生。這種敘述方式，對證明『當代文學』誕生的『歷史必然』和它存在的『真理性』雖說相當有效，但在學術研究上」，「卻引開了我們對許多矛盾、裂縫的注意。」〔註 19〕這樣的「表述」，說明研究者正站在與研究對象不同的「歷史語境」，它是以「今天」的語境為根據而開展的對「過去的中國當代文學史研究」的「重讀」性的研究工作。這樣的已有成果之所以「出色」，正是因為它是一種能夠「及時」利用今天的語境而有效處理了那些「沉睡多年」的「文學史結論」，並把後者重新「陌生化」或說「歷史化」了的結果。「我可能深受詹姆遜關於『永遠歷史化』的觀念的影響」，「按我的理解，這裡的『歷史化』是指任何理論都應當在特定的歷史語境中加以理解才是有效的，與此同時，『歷史化』不僅僅意味著將對象『歷史化』，更重要的應當將自我『歷史化』」，〔註 20〕於是，研究者發現的是：「《紅岩》與『樣板戲』最為接近的一個地方，是對『身體』——準確地說，是對『肉身』的排斥。這一藝術手法在將 50 年代的道德藝術化的修辭方式發展到極限的同時，也展示了現代性特有的二元對立邏輯的終極形式，即由『個人』與『家庭』的對立發展到『民族國家——階級』與『家庭——個人』的對立，最終發展到更為抽象的人的『精神』與『肉身』的對立。」〔註 21〕可以想到的是，這種對當代文學的「歷史化」的處理，所根據的是「再解讀」的國際漢學的「特定歷史語境」，這種需要「歷史化」的「自我」，也可能是一種早先被它所籠罩的「自我」。

而對於我來說，感到難度的是在對文學經典抱著必要的「歷史的同情」的同時，找到一個既在「歷史」之中、又不被它所完全「控制」的「認同」，並把後者設定為所「質疑」的研究對象；既要吸收「已有成果」，從中得到「啓示」，但又要「有距離」地認識和反思這種「啓示」，畢竟，有意義的研究工作，事實上根本不可能「從我開始」。我意識到，實際也明顯感覺到了，所謂的「歷史化」包括「自我歷史化」，其實仍然是那種非常「個人化」的「歷史化」，存在著不可能被真正「普遍推廣」的學術性的限度。因此，當我知道任

〔註 19〕 洪子誠：《問題與方法·自序》，北京，三聯書店，2002 年 8 月。

〔註 20〕 李楊：《50～70 年代中國文學經典再解讀·後記》，濟南，山東教育出版社，2003 年 11 月。

〔註 21〕 李楊：《50～70 年代中國文學經典再解讀》，濟南，山東教育出版社，2003 年 11 月，第 192 頁。

何有效的當代文學史研究必須首先將自己「旁觀化」和「陌生化」的時候，它接著而來的便是一個在做的時候如何掌握一種「分寸感」的問題。所以，「有距離的研究」，即意味著它是一種有「分寸感」的研究。「在研究者對研究對象之間，存在著一個無可否認的歷史時空。有很多人在研究工作中，都認為這個時空是可以從容把握和描述的，這其實是一個錯覺。因為我們作為這段歷史的『後來者』，所知道的只是當時的詩人作品和詩歌批評所描述的狀況；即使曾經是它的『當事人』，親眼目睹過它的發生過程，那麼當『今天』的文學意識形態已經變化，我們很難說會再真正毫無疑問與它『對話』──因為這樣的研究，已經滲透了『今天』的觀念和眼光」，「我們與研究對象已經不再是一種『同構』的關係」。〔註22〕那麼，在研究者與文學史、已有成果、今天眼光、觀念、當事人和後來者等等中間，即存在著一個研究意義上的「分寸感」的問題。這種「分寸感」，指的是一種只有在「討論」的意義上才可能成立的「歷史化」，而不僅僅是因為根據新的學術語境的變化所設定的「歷史化」。換句話說，即使它是被新的學術語境所設定的，那麼它也應該重新被列為被研究者「討論」的諸多對象之一，而不是一種「毫無疑問」的結論。

三、本質論歷史敘述與討論式研究

像我在《歷史重釋與「當代」文學》一文中已經指出的那樣，對當代文學學科問題的研究，是在以「九十年代語境」和「現代文學研究」為參照和討論對象的基礎上進行的。〔註23〕一定程度上可以說，對在後者心目中那些「不成為」「問題」的檢討，才是當代文學學科的「歷史化」得以落實的一個前提。

在現代文學研究中，沒有人對奠定其學科基礎的八十年代的「啓蒙論」產生過懷疑。一定意義上，正是「啓蒙論」賦予了現代文學研究的歷史合法性，拓寬了其研究空間和歷史活動的能量。因此，在一些權威研究者那裡，啓蒙論是作為統馭整個現代文學學科的思想基礎、知識和方法存在的。「周氏兄弟在本世紀初所提出的『改造民族靈魂』的文學，概括了中國現代文學的基本文學觀念」，「其基本精神」，「影響與支配了本世紀中國現代文學的整體發展」。正因為如此，「現代文學『改造民族靈魂』的啓蒙性質，對文學內容

〔註22〕 參見拙作《詩歌研究的「歷史感」》，《新詩評論》2007 年第 2 期。
〔註23〕 參見拙作《歷史重釋與「當代」文學》，《文藝爭鳴》2007 年第 7 期。

與形式提出了」具體「要求」,「現代文學『改造民族靈魂』的啓蒙性質,也決定了文學創作方法的選擇。」〔註24〕作者還強調,在寫這部教材時,「我們廣泛吸收了近年來最新研究成果」。〔註25〕這個「最新研究成果」,實際就是李澤厚在《中國現代思想史論》中最早提出的「啓蒙與救亡的雙重變奏」說。〔註26〕「自80年代中期以來,由於李澤厚啓蒙與救亡雙重變奏論題的影響,國內學人多以『雙重變奏』的框架談論現代文學。然而,『雙重變奏』並不能準確地概括中國現代文學的歷史,更難以清楚地揭示文學思潮矛盾運動的。」〔註27〕由此,以「反封建」(實際是反思「文革」)的「啓蒙論」爲中心,並對「當代化」的中國現代文學史的史學觀做新的「建構」,便成爲八十年代現代文學研究的「核心內容」。或者很大程度上說,它正是中國現代文學研究「歷史化」的最重要的工作。

而這一「歷史化」工作,又是通過套牢「五四」和「魯迅」來實現的。某種程度上,它還被看作是比其它學科(如當代文學)更爲深厚的歷史基礎。在他們看來,由八十年代歷史需要所「建構」的「五四觀」是不能改變的,「他把『五四』和『文革』相提並論,認爲『五四』是全盤反傳統的,而徹底的反傳統就造成了中國文化的斷裂」,「這樣的說法,我覺得是需要討論的。」因爲,「反對封建思想的鬥爭本來是一件長期的事情」,「啓蒙必須不斷地進行。」〔註28〕他們老早就深信:「魯迅自覺地、直接地以反動腐朽的封建制度及其倫理道德觀念爲抨擊對象」,「所以具有如此深刻的思想深度和如此強大的反映社會現實的力量」。〔註29〕至今還認爲:「我這幾年一直在思考一個問題,就是大家都在說弘揚民族文化傳統,但是,我們是要弘揚什麼民族文化傳統呢?究竟什麼屬於民族文化傳統?」「在認識上還是有分歧的。」不過,

〔註24〕 錢理群、吳福輝、溫儒敏、王超冰:《中國現代文學三十年》,《第一章緒論:中國現代文學的基本特質和歷史位置》,上海,上海文藝出版社,1987年8月,第5～11頁。

〔註25〕 錢理群、吳福輝、溫儒敏、王超冰:《中國現代文學三十年‧後記》,上海,上海文藝出版社,1987年8月。

〔註26〕 參見李澤厚:《中國現代思想史論》,《啓蒙與救亡的雙重變奏》,北京,東方出版社,1987年6月,第7～49頁。

〔註27〕 李新宇:《中國現代文學主題的三重變奏》,hihxh.blogchina.com/125K2005-10-30。

〔註28〕 嚴家炎:《「五四」「全盤反傳統」問題之考辨》,《文藝研究》2007年第3期。

〔註29〕 王富仁:《魯迅前期小說與俄羅斯文學》,西安,陝西人民出版社,1983年10月,第47頁。

「民族文化傳統原本是多元的，並不是只有一家。我覺得更重要的是新文化，現代民族文化；而現代民族文化無疑是以魯迅為代表的。我們要繼承民族文化傳統，首先就要發揚以魯迅為代表的現代民族文化精神。」〔註30〕出於對「文革」災難的嚴重警惕，這代學人對現代文學「歷史傳統」的重新「建構」，足以引起我們深長的歷史同情和共識。作為八十年代最具「有效性」的學科性工作，這些認識已在該學科中深深紮根，我們必須肯定它們對現代文學史教學、科研所產生的深遠影響和積極作用。但是，正如前面有人指出的那樣：『雙重變奏』並不能準確地概括中國現代文學的歷史，更難以清楚地揭示文學思潮矛盾運動的。」如果主觀化地用「五四」、「魯迅」指導整個現代文學學科，或者等同於「現代文學」的全部歷史和精神生活，那麼，這一「歷史化」的工作必將存在著很大「問題」。如果我們只以它們為「標準」，那實際上只能對周作人、廢名、沈從文、梁實秋、張愛玲、錢鍾書，以及新感覺派小說、現代派詩歌等等「異質」性文學因素和形式探索，做「窄化」或「矮化」的處理。〔註31〕或將這些「非主流」、「邊緣化」作家從文學史中「拿出來」，去當作「另一部」中國現代文學史來研究。〔註32〕

〔註30〕 錢理群：《人格魅力與思想力量——1996年10月25日在人大新聞學院召開的座談會上的發言》，引自《走進當代的魯迅》，北京，北京大學出版社，1999年11月，第318頁。

〔註31〕 我們讀錢理群的《周作人論》一書，可以發現它通篇都是以魯迅的「思想境界」來「苛求」和「反思」周作人並貫穿始終的，作者寫作的主要目的，顯然是要把周作人納入魯迅那種被「當代」充分「放大」了的「思想的軌道」之中。(《周作人論》，上海，上海人民出版社，1991年8月)這些情況，還大量出現在以「潛在」的「魯迅精神」為尺度去評價別的文學流派、社團和創作的研究文章中，尤其是在魯迅與「第三種人」、「自由人」和梁實秋的論戰的研究中表現尤為突出。即使在「魯研界」較為年輕的研究者汪暉也這樣寫道：「從70年代末到80年代末，我的內心就像明暗之間的黃昏，彷徨於無地的過客，那是在魯迅世界覆蓋下的生活。」他承認，「1988年之後，我的研究工作從現代文學、魯迅研究轉向了晚清至現代時期的思想史，但我在魯迅研究中碰到的那些問題換了個方式又回到了我的研究視野之中，幾乎成為我的思想史研究的一些背景式的問題。」(參見《反抗絕望——魯迅及其文學世界·新版序》，石家莊，河北教育出版社，2001年1月)

〔註32〕 參見我主編的《文化研究與中國現當代文學研究叢書》(三卷本)，其中所收現代文學研究界最近十年的文章，則主要從「大眾媒介」、「文人集團」和「都市文化」這些「非啟蒙」的角度來探討和研究現代出版、教育、集團和創作之間的「嶄新關係」，它們與上述重要學者對「現代文學學科」的「規訓」和「准入標準」，已有很大不同。(北京，人民文學出版社，2005年11月。)

　　以「五四觀」和「魯迅研究」為雙中心的現代文學研究，在很多人眼裏已經變成了一個不能「再討論」的歷史性學科。很多意見、觀點和結論已經成為「定論」，所能做的工作，只能往「邊緣處」靠攏，例如向社團、小雜誌、三四流作家、教育、媒介、文壇軼聞和零碎邊角材料上擁擠，或在「晚清」發現了另一個不同的「現代文學」。這正是「本質論──中心說」的學科思維導向「板結化」的結果。由此我想到，當代文學學科的「歷史化」是否也應該通過一個被預設的「五四」和「魯迅」來完成？它能不能同樣也「啟蒙」這個歷史想像的基礎？我覺得是困難的。至少二者的情況是不一樣的。既然大家都沒有親眼見過「五四」和「魯迅」，那麼就可以通過放大和「重構」的方式來實現它們在現代文學史中的「在場」；但是，當代文學的許多人都親眼見過「十七年」、「文革」和「新時期」，有具體、真實的歷史經驗與個人記憶，那麼僅僅靠預設和重構能否再搭建起一個「現場」，我看實際上十分可疑。當代文學的「歷史化」面臨的主要問題是，它離自己所「敘述」的「歷史」太近，尖銳、深長的歷史痛感就在身旁，它無法借助敘述技術化的工作，要麼用「左翼」壓抑「自由」，或再用「自由」來簡化「左翼」，也即把歷史的複雜性就那麼「格式化」。據說，「十七年文學」的歷史脈絡已經可以看得比較清楚了，大概是「左翼」內部的矛盾、分化、較量和重組，是以一體化為槓桿，來分析作家與體制的糾纏性關係。但「八十年代」誰能看得清楚？中心雜誌與地方雜誌、事件與作品命運、翻譯與現代派問題、文學經典化與有爭議小說、潛在的前哨陣地與創作自由、國營出版與書商機制、主流批評與學院批評、批評家回歸大學與作家簽約、詩歌民刊及其內鬥、諾貝爾標準與本土化問題、路遙的邊緣化、先鋒文學的主流化現象、主體性與純文學，等等。有些問題，既是「十七年」的，又經過「改裝」變成八十年代文學的「問題」，如「文革文學」敘事模式與「傷痕文學」、「改革文學」敘事模式的成功接軌與置換利用。有些問題，仍然在九十年代文學和新世紀文學中公開或隱蔽地延伸，但它們具有了國家面孔的嚴肅性，如主旋律文學、茅盾獎、魯迅獎，如學院批評正在分享主流批評的利益。有人認為，八十年代文學的「痛苦」，可以轉化為一種「專業化」的學術工作，久遠的書齋生涯足以稀釋、沖淡和緩解思想的銳痛。它要人相信，九十年代後，當代文學學科完全可以在「書齋」中處理文學的「歷史」問題，不必像現代文學那樣勇敢地站在啟蒙的「前沿」位置。但即使如此，當代文學學科的「歷史化」也無法以「啟蒙」的視

野來統攝、來規訓，並順利地到「五四」、「魯迅」的歷史軌道上運行。「本質論」的文學史敘述當然沒有問題，它在八十年代很大程度上彰顯了「現代文學」的學科領跑者形象和存在價值。但它有絕對理由去「領跑」當代文學學科嗎？用「啓蒙論」去領跑「社會主義經驗」嗎？這或許是可能的，但也幾乎是不可思議的。顯然，當代文學學科「歷史化」的最大問題，是如何面對和理解它漫長歷史中的「社會主義經驗」問題。它的「歷史化」，也只能通過對後者謹慎的、長期的、艱苦的學術研究來獲得。

　　大家不要誤解，我談到現代文學研究中的「本質敘述」現象，不是說這種研究方法「已經過時」。沒有對自己學科的「本質化」想像，就不可能完成對自己學科的「歷史化」的工作。這是我們人人都知道的道理。而且「現代文學研究」的「成功實踐」，也已經把道理擺在了我們的面前。但問題是，在歷史長河中，經過「本質敘述」高度肯定和集中的「歷史化」，也會經常受到新的歷史語境的威脅，它們必須通過不斷的歷史闡釋才能恢復活力和生命力，而不像「現在」的這樣。正是在這個意義上，當代文學學科的「歷史化」，應該在不斷「討論」的基礎上來推進，一個討論式的研究習慣的興起，可能正是這種「歷史化」之具有某種可能性的一個前提。我的理解是，這種「討論」不光要以文學的「歷史」爲對象，與此同時，也應該以自己的「已有成果」爲對象。它不光要討論「過去」了的「作家作品」的歷史狀態，同時也應把研究者的歷史狀態納入這樣的討論之中。當代文學學科更應該考慮的是，應該不應該有自己的「邊界」、「範圍」和「領域」，當然這些東西，又只能是在不斷的討論之中才浮出水面，並逐漸爲人們所接受。另外，我所說的「討論式」研究還有一層意思，即，它警惕對研究者的立場做「本質性」設定，主張一種適度和有彈性的言說態度；它強調建立一個自足的話語方式或說系統，但它同時又認爲，在此背景中，不同的研究者是可以「百花齊放」的，而不像有的學科那樣用新的「一統」去終結舊的「一統」。我所說的「歷史化」，指的就是這些東西。它指的是，一方面是當代文學學科的「歷史化」，另一方面我們同時也處在這種「歷史化」過程之中。

2007.11.26 草於北京森林大第

2007.11.29 改

2008.1.18 再改

文學史研究的「陌生化」
—— 在浙江大學的講演

　　今天在座的除浙大中文系的博士生，還有不少我的同行，這讓我的講演感到了壓力。因為，誰都不願意在「老練的同行」面前談什麼「學術」問題。另外，人們還會疑惑，為什麼要講「文學史研究的『陌生化』」的問題？對此，我也覺得難以回答。但正因為它有某種認識上的歧義性，我才願意拿出來討論，並請教於大家。我們知道，文學是一種教人「相信」的審美形態，文學史研究則是一種將「相信的文學」進一步歸納、總結和系統化的學術工作。我們做文學史研究肯定得有這種「共識」，否則就無法交流。這是第一個問題。但我要說的是第二個問題，即，對已經「形成」的文學史「共識」的懷疑性研究。說得再直白一點，即是文學史研究之研究。它的目的是以既有的文學經典、批評結論、成規、制度以及研究它們的「方法」為對象，對那些看似「不成問題」的問題做一些討論，藉此提出自己的看法。

一、令人「熟悉」的文學經典

　　哈羅德·布羅姆在《西方正典——偉大作家和不朽作品》這本書中講得很清楚：「經典的原義是指我們的教育機構所遴選的書」，這些「必修書目」是「主流社會、教育體制、批評傳統」所選擇的結果，因此，「經典就可視為文學的『記憶藝術』」。但他又說：「不幸的是，萬事在變」，所以，經常會出現「關於經典的爭論」。〔註1〕他指的是，「經典」是一個被篩選的結果，因此

〔註1〕 （美）哈羅德·布羅姆：《西方正典——偉大作家和不朽作品》，南京，譯林出版社，2005 年第 4 期，第 11～29 頁。

成為人們共同的「必修書目」；不過，鑒於社會思潮、觀念的滲透和扭轉，它又經常處在「被爭論」的狀態。這對我下面的討論有很大啓發。

我們知道，文學史研究是以「文學經典」為對象的，而這些文學經典和經典作家，是主流文化圈子根據當時歷史需要共同選舉出來的。例如，八十年代現代文學研究界選定的「魯郭茅巴老曹」、沈從文、徐志摩、京派、左翼文學，九十年代選定的周作人、張愛玲、錢鍾書和海派、通俗文學，等等。於是，宣告了一個「完整」的現代文學「經典譜系」的誕生，現在大學課堂講的和大家研究的都是這些。研究者都相信，這個譜系的確定，代表著現代文學研究不斷的「進步」、「拓展」、「豐富」和「成熟」，通過教材、教室和各種考試的「規訓」，本科生、碩士生和博士生也都認為這是「最正確」的文學史選擇和結論。但沒有人會想到，它其實是最近 30 年「啓蒙」與「日常化」兩種文學思潮的一個妥協性的結果。「啓蒙」思潮需要「魯郭茅巴老曹」、沈從文和徐志摩力挺它「反封建」和「純文學」的敘述架構，它力圖成為文學研究的主導勢力，而「日常化」思潮則借張愛玲、海派和通俗文學分化這種一元化野心，促成文學的「多元化」格局。這種文學史「內部」的秘密，人們當時不可能看得清楚。「啓蒙」派的研究者深信：「魯迅認為，不揭示病弊，不暴露封建思想和封建道德的腐朽野蠻，是談不到改革，也不足以拯救所謂『國民性』的『麻木』的。」〔註2〕越是研究沈從文，便越喚起「深藏在心底部的想像」，「使你禁不住要發生新的陶醉」，「這套《沈從文文集》給我的第一個突出的印象，就是它和這種美好情感的血緣聯繫。」〔註3〕文學被看作是「改造社會」的世道人心的非凡力量，而在「日常化」的研究視野中，這種看法即使不迂腐可笑，至少也令人不可思議。「啓蒙」追求驚心動魄的文學環境，而「日常化」主張與張愛玲、錢鍾書們的日常敘事和審美態度接軌，文學回到平實的狀態。在文學史中，這顯然是兩種截然不同的認識路徑。根據上述兩個歷史思路，「啓蒙」思潮的價值結構實際與「日常化」思潮南轅北轍，它們難道願意被召喚到「同一部」文學史中，不會分庭抗禮？這實在叫人擔心。但奇怪的是，並沒有出現人們所期待的緊張「對峙」的局面，公開的「衝突」也未發生，一個心照不宣的「妥協」方案卻已在現代文學研究界悄悄達

〔註 2〕 唐弢：《一個偉大的愛國主義者的道路》，《魯迅的美學思想》，北京，人民文學出版社，1984 年 8 月，第 10 頁。

〔註 3〕 王曉明：《讀〈沈從文文集〉隨想》，《所羅門的瓶子》，杭州，浙江文藝出版社，1989 年 5 月，第 163、164 頁。

成。這就是我們今天看到的「兩套」「文學經典」在一部中國現代文學史中「和睦相處」的現實。

然而，沒有人會贊同我這種「奇怪」的「疑問」。人們確信，「實際上經典化產生在一個累積形成的模式裏，包括了文本、它的閱讀、讀者、文學史、批評、出版手段（例如，書籍銷量，圖書館使用等等）、政治等等。」〔註4〕事實確實如此。經過近 30 年的「經典積累」，「啓蒙」話語早已在現代文學學科中深入人心，相關知識被廣泛普及，其它文學現象不過是它的陪襯，難以撼動它的「正宗」神位。看看各大學圖書館、系資料室的「魯迅專櫃」，堆滿書架的郭茅巴老曹和沈從文「全集」，人們就會明白，這其實是現代文學研究的「定海之針」，在學科內部擁有絕對的統治地位。我記得 1999 年在北京中國現代文學館「王瑤先生去世十週年暨《中國現代文學研究叢刊》創辦二十週年座談會」上，社科院樊駿老師有一個以詳細統計該雜誌研究「重要」作家文章數量爲基礎所做的長篇發言。據他統計，1989 至 1999 十年間，《叢刊》出版 40 期，發表文章 1040 篇，「以作家作品爲對象的文章近 500 篇」，「最多的是魯迅，達 46 篇；其次是老舍，有 28 篇」，茅盾、張愛玲各 17 篇，郭沫若 16 篇，巴金、郁達夫各 15 篇，沈從文 14 篇。據他轉引，1980 年 1 月至 1997 年 2 月韓國研究中國現代作家的 180 篇博士生、碩士生論文，分別是：魯迅（32 篇）、茅盾（12 篇）、老舍（11 篇）、郁達夫（10 篇）、郭沫若、巴金（均 10 篇）。〔註5〕……它說明，經過兩三代學者的努力，「經典化」的格局「大局已定」。九十年代後，張愛玲、沈從文等「非主流作家」雖然對「主流作家」「魯郭茅巴老曹」顯示出某種「後來居上」之勢，對傳統的文學史地圖構成了潛在威脅，但也僅僅如此，因爲兩套「文學經典」並未在諸多現代文學史研究文章中留下相互爭吵的痕跡。今天看來，現代文學顯然是一個「共識」高於「分歧」的學科。更重要的是，這個學科還對經典化的「積累模式」表示了高度認同。我們看到，經過若干年積累的文學史、批評、出版數量所形成的「話語優勢」，已經對閱讀、讀者構成明顯壓力，已經成爲研究者心目中的「常識」，它濃縮的正是一個學科的基本面貌、研究現狀和最高利益。

〔註 4〕 （加）斯蒂文·托托西：《文學研究的合法化》，北京，北京大學出版社，1997 年 8 月，第 44 頁。

〔註 5〕 樊駿：《〈叢刊〉：又一個十年（1989～1999）——兼及現代文學學科在此期間的若干變化（上）》，《中國現代文學研究叢刊》。

　　同樣「情況」，也出現在最近的當代文學研究中。舉例來說，《當代作家評論》雜誌這兩年正在開啓「當代」作家的「經典化」過程。賈平凹、莫言、王安憶、閻連科等人顯然已被視爲是當代文學中的「經典作家」。該雜誌的 2006 年第 3 期、第 6 期，2007 年第 3 期、第 5 期，刊發出南帆、王德威、陳思和、季紅眞、陳曉明、孫郁、謝有順、王堯、張清華、李靜、洪治剛、王光東、周立民等人對這一「經典化事實」表示認可的文章。毫無疑問，這些批評家堪稱當前中國「文學批評」的主力陣容。它的重要性在於，他們不僅來自文學界的「主流社會」，是名牌大學教授，而且還擔負著推介、宣傳和傳播當代文學作家和作品的重任。某種意義上，這個經典作家「名單」及其認同式的權威批評，已經對「文學史研究」和「大學課堂教學」產生了顯著影響。明年就是「新時期文學 30 年」，歷史已經帶有某種「蓋棺論定」的意思。人們不會懷疑，任何權威批評家的「暗示」，在這個敏感時刻都將具有「文學史結論」的意義。這顯然已無可置疑。於是更需要強調，在目前作家、批評家和文學雜誌的「文學史意識」普遍高漲的背景下，敏銳地推出「經典作家」名單，組織大規模的「文學批評」，其用意已不僅僅爲了「辦刊」。這恰如有人指出的：「經典包括那些在討論其它作家作品的文學批評中經常被提及的作家作品」，「在一種文學成規主要由作者、銷售商、批評家和普通讀者組成的情況下，如果它得到了一群人的支持，那麼它就是合理的。」〔註6〕

　　大家在我的「敘述」中可能已經覺察到，我在說令人「熟悉」的文學經典生產過程的同時，也暗指了文學史研究的「陌生化」問題。由於我沒有「明說」，有人還缺乏「警覺」，但在「我」（敘述者）所提出的問題和「你們」（聽眾）之間，實際已經醞釀了一種「討論」的關係、氛圍和意識。例如，有人不知道我爲什麼要「這樣說」，還有一些人覺得我這種分析問題的方式「很有意思」。這就說明，不單在我與你們之間，同時也在我們都熟悉的「文學經典」課堂內外，出現了一個「陌生化」的研究效果。爲什麼會是「這樣」呢？我最近有一個觀點，即：大學本科生的文學史課堂，是一個教人「相信」的課堂；研究生課堂則是一個教人在「相信」的基礎上再加以「懷疑」的課堂。不教人「信」，就培養不起人們對文學基本母題，如眞、善、美的信任感和精

〔註6〕　（荷蘭）佛克馬、蟻布思：《文學研究與文化參與》，北京，北京大學出版社，1996 年 6 月，第 51、92 頁。

神依賴感，這是對從事文學研究或一般文學閱讀的人來說最爲重要的東西。但不教人「疑」，就進入不了「研究」的層次，不是在培養「研究人才」，因爲他沒有與他研究的對象之間「拉開」距離，即「審美」、「研究」的距離，而僅僅是在盲目認同——因爲這種事情一般讀者就可以做到，還要「研究者」幹什麼？這是「原地踏步」的課堂，而不是我所說的「研究性課堂」。我注意到，現在有一些大學把「本科生課堂」與「研究生課堂」混爲一談，至少沒有嚴格區分。本科生課堂所得出的結論被原封不動地搬到研究生課堂上，不同只是在於，後者的「材料」比前者稍多一點，但思維訓練的方式並沒根本變化。很多研究生也在老師的指導下「討論」問題，但那多半不是「問題」，而是在傳播、分享和消費「當前」研究中的流行「話語」、「觀點」和「信息」，是在重複這些東西的「政治正確性」。而我所指的文學史研究的「陌生化」，確切地說，就是你們也應該對我今天所講的「內容」產生「懷疑」。提出，你觀點的「根據」是什麼？你是在哪個層面上這樣「提問題」的？既然，文學史中「本來」就有一個無可置疑的「文學經典」譜系，但你爲什麼還要在上面加上「令人熟悉」這個純屬「多餘「的字眼？進一步問，你這樣研究問題的「目的」倒底是什麼？我覺得，如果大家都「習慣」這樣去質疑和逼問講演者，這樣來來往往地思考和研究問題，文學史研究的「陌生化」就具有了某種可能性。

　　下面，我來解釋爲什麼要說「令人『熟悉』的文學經典」這個問題。前面說過，「經典」是由「主流社會、教育體制、批評傳統」爲廣大讀者選擇的「必修書目」，它有一個「累積形成的模式」，如重複性閱讀、文學史編寫、批評、出版手段、書籍銷量和圖書館使用等等，而且還得到「當時」社會思潮、國家教育部門的鼎力聲援和制度化保障。以我們現當代文學學科爲例，《中國現代文學研究叢刊》、《當代作家評論》是兩家國家管理機構認定的「權威雜誌」（另外還有《中國社會科學》、《文學評論》、《文藝研究》、《新文學史料》、《文藝爭鳴》、《南方文壇》和轉載性雜誌《人大複印資料》、《新華文摘》等），它們對所有大學有一種至高無上的「管轄權」和「監督權」，很多老師，只有通過在上面「露面」，才能獲得副教授、教授的職稱。尤其在於，它還是「權威學者」的「專屬論壇」，這二十年來，前者發表的那些文章都是我們「必讀」的東西。幾乎每天張開眼睛，就能看到「它們」。這使這個學科的老師、本科生和研究生，對這些雜誌和作者認定的「文學經典」，包括

由此進行的「細讀」、「闡釋」，已經非常「熟悉」。而且這種「熟悉」不認為是在「被動接受」，它經過課堂「講授」和「傳播」，再經過老師學生的進一步「討論」和「闡釋」，這些經典在我們的「文學記憶」中已經變得「無可置疑」。我們注意到，很多作家形象已經在學科中「定型」，如魯迅的「憂憤深廣」、徐志摩的「浪漫自由」、沈從文的「原始的抒情」、張愛玲的「蒼涼」、王安憶的「海派風格」、莫言的「民間敘述」等等。在經年彌久的歲月裏，在學科發展的長河中，上述「細讀」、「闡釋」、「講授」、「傳播」、「研究方法」、「定型」等等，已經在我們周圍設置了很多話語「邊界」、「方式」、「結論」、「成規」，我們只能在這些「範圍內」思考和寫文章。作者、讀者、編輯都在「遵守」這些東西。如果與之大相徑庭，那文章將被無情擱置，即使「刊登」了，大家也不會閱讀，不會引起重視。因為你是在冒犯本專業的「行規」。也就是說，這二十多年，在本專業中「流通」的令人「熟悉」的文學經典及研究方法已經形成一種「過濾」機制，符合它的「標準」的都被保留，與之相悖的則被淘汰。當然，它保證了我們學科生存、發展的「穩定性」和「連續性」，但也逐漸體驗到思維停滯和方法重複的狀態。在我看來，這可能是一個矛盾：沒有自己「文學史」的學科被認為缺乏理論自足性，而文學史是靠一套相對穩定的「文學經典」來維持的；但當學科相對「成形」後，活力也同時在削弱和喪失，它的「權威性」，要靠「修修補補」才能勉強維護。那麼，怎麼既保持學科穩定性，又不斷開拓新「研究疆域」，提出新的問題，改善研究方法，尤其不能變成一個學科等同於一所大學、一家雜誌和幾個當家學者這樣「僵化」的學科局面，是我們應該思考的緊迫問題。

二、「歷史的同情和理解」

這是目前現代文學和當代文學研究中非常流行而且大家都很熟悉的一句話，可以說是一個「顯學」的修辭。它的提出，意味著這個學科對歷史的態度發展到了一個更具包容性和彈性的階段，它的認識視野和研究空間顯然已大大超過了八十年代剛剛起步的時候。儘管如此，我仍感到它的含義還比較模糊和含混，有一點泛化傾向，所以，想和大家來討論這個問題。

我首先想說，什麼是「歷史」，它是「誰的歷史」？一個理解是，它是物理意義上的「斷代史」，例如「20、30 年代」、「50 至 70 年代」或「80 年代」。事實確實如此，任何年代的時間秩序、歷史位置都是不能改變的，否則我們

將無法對它對話。另一個理解是，它是被「建構」起來的，例如，誰知道「20、30 年代」是什麼樣子？你見過生前的魯迅嗎？也並不是所有的研究者都與王安憶、莫言認識，即使認識，也很難說已洞悉他們的的內心世界。也就是說，人們知道的以這些作家爲內容的「歷史」，是文學作品、批評、創作談、後記、研討會、軼事、各種傳聞和研究等材料共同「建構」起來的，是與我們隔了一層的。但更多時候，研究者都在以自己「掌握」第一手資料的「數量」來證明「歷史的眞實」，或認爲已「回到現場」，對「佚文」的發掘和利用，尤其被看作「有價值」的「文學史研究」。一篇文章寫道：「三年前的一天，我在中國科學院文獻情報中心開架的人文社科圖書館隨意翻閱，偶然地發現了一本早期清華的學生刊物《癸亥級刊》，封面是『民國八年六月　清華癸亥級編』」，上有一個「戲墨齋」的作者，證明是當時名爲梁治華後來又叫梁實秋所寫的一篇「軼文」。「我曾經請教致力搜集梁氏軼文的陳子善先生，他說肯定是軼文，並託我代爲檢出」，稍後筆記本丟了，幾年後「又遇陳子善先生，再次說到這幾篇軼文，令我慚愧無地」。這篇文章，根據終於找到的「軼文」，經過複雜的引徵、推斷和分析，最後得出了「知性散文在四十年代的顯著崛起是一件頗有意義的事情：它有力地矯正了被雜文的刻薄褊急、抒情散文的感傷煽情和幽默小品的輕薄玩世所左右了的三十年代文風，恢復了中外散文藝術之純正博雅的傳統」這樣的大結論。〔註 7〕這種研究肯定是「很費工夫」的，且取「以小見大」的研究方法，寫得也很縝密漂亮。但疑惑是，它有一個可以知道的研究「路徑」：第一手材料——辨僞工作——根據今天需要作出判斷。因爲「疑惑」在於，它是「預先」設置了「歷史」？還是通過發現的「材料」才找到那個被圖書館「封存」因而是「原封不動」的「歷史」？或就是按照作者本人「願望」而「重新建構」的「歷史」？說老實話，我讀完文章一頭「霧水」，不知所措。其實，讀完很多文章我都有這種感覺。但我想，這不是作者自己的問題（這篇文章的水平是很高的），而是學科本身就有的問題。它沒有意識到，「它是被動地被建構起來的，對於是什麼機構做出的選擇和價值判斷」「則隻字未提」，「這種定義遺留下了『誰的經典』這個未被回答的問題。」〔註 8〕就是說，人們並不知道被「同情和理解」的「歷史」的

〔註 7〕　解志熙：《從「戲墨齋」少做到「雅舍」小品——梁實秋的幾篇軼文及現代散文的知性問題》，《新文學史料》2005 年第 2 期。

〔註 8〕　（荷蘭）佛克馬、蟻布思：《文學研究與文化參與》，北京，北京大學出版社，1996 年 6 月，第 50 頁。

確指，它們更多時候，可能是根據作者寫某篇文章的「臨時需要」來決定的。當文章研究對象發生變化，又發現了別的材料，它的所指又可能不同。這就是我上面所說的這個「歷史」的概念非常模糊含混的地方。

當然，這個歷史又是我們大家都心領神會的。於是我想談的第二個問題是，它要「同情和理解」的是一個被預設好的「歷史」。大家都明白，不管你怎麼「折騰」、「叫勁」，研究的「歷史」已被「預設」，「研究範圍」和「對象」已被鎖定。如「20、30 年代」的「浪漫自由」，「50 至 70 年代」的「非文學」，「80 年代」的「文學主體性」和「純文學」等。由於有這些東西的控制和約定，我們是在「裝著」同情和理解「那個年代」的歷史，但實際這個歷史並不是「那個年代」的，而是「我們自己」的，是我們依據「今天語境」和「文獻材料」的結合中想像出來的。準確地說，這是根據「今天」的社會意識形態和歷史經驗所「建構」的歷史，是「80 年代」意義上的中國現代文學、當代文學研究。在這種情況下，我認為我們「同情和理解」的「歷史」，實際是一個「窄幅」的歷史，而不是「寬幅」的歷史。這個窄幅的歷史由於與今天的語境關係過於「密切」，所以密切得讓人擔心；而且它在「一代學人」圈子中形成，與共同學術利益掛鉤，有「有一損俱損」的意思，所以，當歷史語境發生變化，它最容易被人垢病。尤其當它以「不容討論」的「歷史結論」的權威面目出現時，那些已趨板結的認識部分，則更易於被「推翻」。歷史上，「同情和理解」的方法並不新鮮，如 50 年代文學史著作因「同情」左翼文學命運，而對自由主義文學採取的貶低性的「理解」，「重寫文學史」反過來又壓抑「左翼」抬高「自由」，近年有人抬高張愛玲、錢鍾書地位，而有人又不以為然，等等。事實證明，這些在窄幅歷史需要中所進行的「歷史的同情和理解」，過分暴露了功利成份和狹隘心態。人們對它「同情和理解」的特定「歷史」不免心存疑慮。

「同情和理解」的研究還會發生另外一些值得注意的偏差。比如，一些鮮為人知的「歷史檔案」被發掘，作家「冤屈」真相大白，都容易使他們離開原先的「形象軌道」，向著更有利於研究者、家屬願望和今天趣味的方向驟變。又比如，一些作家的創作在「文革」時期，那麼他們「新時期」的文學創作就被認為有「投機色彩」，受到嚴峻懷疑。前一個例子可以郭小川為代表。在一些著作中，「對郭小川的『評價』就有些『過高』，與他同時代的另一個詩人賀敬之形成比較鮮明的對比。這可能是受到了近年《郭小川全集》出版

的某些『影響』，尤其是詩人家屬把他五六十年代的『檢討書』出版之後，研究者會不自覺地意識到，他應該與賀敬之有所『不同』」。實際上，「無論是從兩人的『創作史』、『革命生涯』，還是當時寫作的歷史語境看，都不應該存在『本質』的差別。如果說有一些差異，只是賀敬之表現時代的歌聲略爲『高亢』了一點，對自己的反省不夠，而郭小川由於特殊的個人氣質和以後的社會境遇，他的作品，尤其是那些敘事詩，對個人與革命關係的『反省』力度比較大。但僅僅據此就把他們看作是『不同』的詩人，對之進行某種『等級上的劃分，我覺得其中的歷史理由還不夠充分。」〔註9〕陳徒手《人有病，天知否》一書對「北大荒時期」的丁玲的「再研究」也有這個問題。因爲有了「北大荒」，就有理由對她當年「批判王實味」和迎合「時勢」而創作《太陽照在桑乾河上》的「歷史」，做無形的「剪裁」與「原諒」，這樣的「同情」，顯然就來自那種窄幅的歷史意識。〔註10〕後一個例子，在最近對劉心武小說《班主任》的「再評論」中比較典型。在「九十年代」的視野中，對「傷痕小說」原先的「同情和理解」被取消，作者宣稱：「我並不是要指責劉心武的反覆無常，或者質疑創作《班主任》時的眞誠，事實上像賈平凹、路遙、汪曾祺等一大批作家在文革末期都有作品發表，我只是想要打破一種將劉心武視爲盜火者的神話表達，並且提出一種「歷史的同情」的態度。」〔註11〕然而顯然，這一判斷是根據「九十年代」後學術的「政治正確性」而作出的。這位年輕作者的才氣和敏銳我很欣賞，不過，並不贊成《班主任》因爲借用「十七年文學」敘事模式就簡單貶低它的歷史價值。我寫過同類文章，也存在同類問題，深知既要「反思」，又要做到「同情」實際非常的困難。但我不主張因爲語境變化，就把他「創作」說得一無是處。這個問題牽涉到很大一個作家群，蔣子龍張抗抗韓少功梁曉聲這批作家都有這種問題，他們在十七年或「文革」中走上文壇，到「新時期」仍在用「舊文體」寫「新內容」。這個事實應該承認。不過，我覺得應該把這兩種東西「分開」來看，不能一概而論。原因在於，由於他們在60、70年代已經形成了這種寫作模式和思維方

〔註9〕 程光煒、張清華：《關於當前詩歌創作和研究的對話》，《渤海大學學報》2007年第5期。

〔註10〕 陳徒手：《丁玲在北大荒日子》，《人有病，天知否》，北京，人民文學出版社，2000年9月，第113～154頁。

〔註11〕 謝俊：《可疑的起點——〈班主任〉的考古學探究》，《當代作家評論》2008年第2期。

式，不可能馬上就「調整」過來。為什麼？這是因為「文學經驗」還在起作用。所以，我們不能把「文學經驗」在一個作家身上的「連續性」，都與文學意識形態掛鈎，這樣容易再犯簡單化的錯誤。這並不是「真正」的歷史的同情。所以，我們不能因為韓少功「成功」完成了創作「轉型」就「同情」他，卻因為蔣子龍沒有「成功轉型」就「懷疑」他。這和「同情」郭小川卻「懷疑」賀敬之是一個道理。我認為這是最近幾年從「窄幅」的歷史意識中生成的一種非常值得懷疑的「窄幅」的文學史意識。

　　以上是我對已有「同情和理解」的研究成果，所做的一些「陌生化」的討論。我的「陌生化」的理由是，不能因為宣佈是「同情和理解」的研究，就一定是「靠得住」的成果，就不需要再去討論。因為，在我們今天的研究語境中，「同情和理解」的研究很容易被演變成一種「主題先行」和不容分說的「權威方法」。我們需要分析，它是在哪個「層面」上發生的，它的「道理」又是什麼？第一種「同情和理解」的研究方式所依賴的是所發掘的「軼文」和「材料」，作為「歷史學科」，它的確給了我們一種可靠性。但研究者顯然未能注意，他自以為是「客觀」的「材料」，已經經過了新的語境的「挑選」和「淘汰」，它並不是真正的「客觀性」，而變成了符合新的歷史語境需要的「客觀性」。近十年來，我們注意到，對曾經被壓抑的「自由主義文學」歷史文獻的發掘，在數量上遠遠超過了「左翼文學」的文獻，而變成了一個更大和更重要的「文學史事實」。為什麼會發生這種文學史研究的「傾斜」的現象？我認為正式是因為出現了一個對「自由主義文學」來說更為照顧和有利的新的歷史語境。這一驚人的文學史研究現象，可能正符合福柯在《知識考古學》中所得出的結論：「歷史的首要任務已不是解釋文獻」，而是「歷史對文獻進行組織、分割、分配、安排、劃分層次、建立體系、從不合理的因素中提煉出合理的因素、測定各種成分、確定各種單位、描述各種關係。因此，對歷史來說，文獻不再是這樣一種無生氣的材料」，「歷史力圖在文獻自身的構成中確定某些單位、某些整體、某些體系和某些關聯。」﹝註12﹞這段話表明，當研究者意識到這是他「自己」所「發掘」的材料時，實際這些材料已經過了新的歷史語境的嚴格「過濾」和「挑選」，是歷史語境幫助他「激活」了它們，於是成為「同情和理解」的研究的「有力」的證據。第二種「同情和理

﹝註12﹞　（法）福柯：《知識考古學》，謝強、馬月譯，顧嘉琛校，北京，三聯書店，
　　　　　1998 年 6 月，第 6 頁。

解」的研究方式，所依賴的是主觀化的「歷史真相」和「新知識」。由於「真相」被披露，研究者的「同情心」明顯向著「被冤屈者」一方傾斜，隨著「真相」在整個作家歷史中的被「放大」，其作品文本「價值」也得到了更大範圍以至有點誇張的釋放，最近幾年的胡風研究、丁玲研究、郭小川研究、趙樹理研究，都出現過這類問題。另外，是「新知識」對研究者的強迫性認同。由於有了「新歷史主義」，因此所有的問題都可以在「對話」中產生；由於有了福柯，於是運用「考古學」方法，一切「難題」便足以迎刃而解；或者可以用強有力的「思想史研究」處理文學史問題，因此再困難複雜的問題都可以講的直截了當、簡潔明白，它毫無疑問會在年輕研究者那裡大受追捧。當然，我們得承認，「批評家使用本學科的概念術語是將種種直觀印象置換為另一種理論語言，進而納入特定的理論範疇和系統，進行分析和判斷。因此，區別於普通的凌亂觀感，批評家的語言具有一種理論規範的力量。」〔註 13〕但也需要警惕「新知識」對「同情和理解」的簡單粗暴的統治，或說新知識勢力對細緻艱苦研究陣地的輕易佔領。這種宣稱是「同情和理解」的研究方式，可能與耐心細緻和困難重重的「同情和理解」研究毫無干係。這些方式或許非常「陌生」，但它們卻可能會以「陌生」的玄奇效應達到某種目的，這並不是我所說的「文學史研究的『陌生化』」。因為人們擔憂，「批評家可能對種種事實作出隨心所欲的取捨。」〔註 14〕

我討論「同情和理解」研究的「陌生化」還有另一層意思，即，可以把它看成是一股學術研究的「思潮」，但不要簡單地被這種強勢學術話語所裹挾，而是真正回到文學現象那裡，既要借用「陌生化」研究眼光，同時又「設身處地」發現並分析它（它們）的問題，並從中找到一個更適應自己研究方法的結合點。這樣的研究，所得出的結論可能是令人「陌生」的，但所講出的道理卻是「入情入理」的。在這方面，我覺得李長之、李健吾兩個人做得非常好。在上世紀三四十年代，我覺得「最好」的批評家並不是眾所周知的那些「大牌批評家」，而是非常年輕而且「名氣不大」的李長之和李健吾兩人。如果說大牌批評家的作用，往往表現在推動文學思潮、促進文學觀念轉變上的話，那麼，二李則應該說是更為到位的文學批評和文學史研究。例如，李長之對於魯迅的「批判性」分析，他針對作品本身的深邃的觀察和發現，那

〔註 13〕 南帆：《理論的緊張》，上海，上海三聯書店，2003 年 8 月，第 30 頁。
〔註 14〕 南帆：《理論的緊張》，上海，上海三聯書店，2003 年 8 月，第 31 頁。

些著名的結論，到現在都仍很鮮活，對我們有很大啓發。再例如，李健吾在《咀華集》、《咀華二集》中對批評家「身份」、「任務」、「話語限度」以及批評與作品關係的「陌生化」的討論，至今還生動如初，令人驚訝。為便於說明問題，我願意把他的一些精彩表述抄在這裡：「在瞭解一部作品以前，在從一部作品體會一個作家以前，他先得認識自己。我這樣觀察這部作品同它的作者，其中我真就沒有成見、偏見，或者見不到的地方？換句話說，我沒有誤解我的作家？因為第一，我先天的條件或許和他不同；第二，我後天的環境或許與他不同；第三，這種種交錯的影響做成彼此似同而實異的差別。」作者還警醒地承認：「唯其有所限制」，所以，「批評者根究一切，一切又不能超出他的經驗。」〔註15〕這些論述，難道不是最為「自覺」的對研究者自己的反省嗎？它們不正是我們所需要的那種「同情和理解」？

三、文學研究的「陌生化」和如何「陌生化」

不瞞大家說，我想到這個題目就有點後悔，意識到，這是在給自己出難題：如何。事實上，我也不知道「如何」才能「更好」地處理「陌生化」的問題。但這不表明，它不是一個可以被討論的問題。

我首先以為，所謂的「陌生化」，是一個怎樣面對本學科的「公共經驗」的問題。我們知道，學科的「公共經驗」是諸多學人經過長期艱苦的探索、追究、辯駁和研究的一個結果，是根據特定「語境」和思考而對文學史的重新發現，它被證明是一個「真理」意義上的學科共識。例如，一位擅長運用「啓蒙論」來把握整個學科方向的學者這樣認為：「《吶喊》和《彷徨》的研究在整個魯迅研究和整個中國現代文學研究中都是最有成績的部門」，理由在於，魯迅的「主要戰鬥任務是徹底地、不妥協地反對封建思想，代表中國封建傳統思想的是儒家學說，這個學說的核心內容是關於人與人關係的一整套禮教制度和倫理觀念。」〔註16〕應該承認，在「文革」後的社會轉型中，這種「認識」確實達到了當時文學史研究的「最高水平」，因為它大膽而深刻地回應了「反封建」那種強烈的時代情緒。他把魯迅擺在歷史制高點，假託魯迅的「先驅者形象」，並進而徹底顛覆專制文化觀念的做法，使他自己也站到

〔註15〕 李健吾：《咀華集·咀華二集》，上海，復旦大學出版社，2005年5月，第2、16頁。

〔註16〕 分見王富仁：《〈吶喊〉〈彷徨〉綜論》、《自我的回顧與檢查》，引自《先驅者的形象》，杭州，浙江文藝出版社，1987年3月，第115、10頁。

了一個研究文學史的罕有的制高點上。顯然，這乃是本學科幾代學人思考與探索的結果，這種研究的價值就在它對已有的研究做了最好的「總結」，正因爲它具有強烈的「總結性」，才積澱爲本學科無人不信的「公共經驗」和「學科基礎」。不過，正如當時有人尖銳指出的：「這種研究模式的弱點恰好也在：它把魯迅小說的整體性看作是文學的反映對象的整體性，即從外部世界的聯繫而不是從內部世界的聯繫中尋找聯結這些不同主題和題材的紐帶。」〔註17〕不過，這位批評者只說對了一半，即研究者不能以「整體性」的社會觀念來籠罩作家的具體作品，但他在批評別人的同時也很大程度認同了魯迅「精神特徵」對現代文學研究的壟斷價值。而在我看來，「魯迅研究」只有在辛亥革命、「文革」後這些特殊歷史語境中才最有「價值」，也就是說，越是處在「驚心動魄」的歷史時代，魯迅的思想和對他的研究也才能夠讓人激動，給人以最豐富的啓發；而在和平年代，尤其是市場經濟年代，情況可能就大不相同，它明顯是在下滑，是弱化。例如，「七〇後」一代人就沒有這麼強烈的「魯迅觀」；再例如，在海外華人文化圈、港臺地區也並非如此。所以，我這裡關心的主要問題是，爲什麼一個作家所「依託」的「歷史場域」變了，對他的關注度就會有如此大的差別，簡直就不像是「同一個作家」？最近，我讓博士生做「魯迅與八十年代」的研究。我希望他關注的是，魯迅是「如何」、又是在什麼理由上「重返」八十年代的中國大陸學界的？這就是要他「重審」本學科的「公共經驗」，瞭解它的「發生學」，它通過權威性的解釋進入學科的方式，以及，爲什麼更多的後代研究者並沒有「文革」後特定的語境感受，卻毫不猶豫地相信了「這就是」他們的「魯迅」的呢？這一切的背後，有什麼「機制」在起著作用，它又是以「誰的名義」在發揮這種作用？或者進一步說，「魯迅研究」有什麼理由具有對現代文學研究的「壟斷性」？僅僅是由於他的強大無比的「作品」嗎？這顯然是值得懷疑的。在這裡，我想引用一個研究者對自己這代人「文學史經典意識」的反思性表述，他說：「70 年代後期，我讀高中，然後上大學。很長一段時間，我是標準的文學迷——其實那個時候，沒有人能夠抗拒文學的誘惑。像我身邊所有的人一樣，我爲每一部作品的出現而激動不已。《班主任》、《傷痕》、《愛是不能忘記的》、《芙蓉鎮》等等」，「不僅看，而且還眞的感動，常常被感動得熱淚盈眶。眞的覺得那些

〔註17〕 汪暉：《歷史「中間物」與魯迅小說的精神特徵》，《文學評論》1986 年第 5 期。

悲歡離合的故事寫的就是我自己（或我身邊的人）的故事，表達的是我自己的感受」。「但現在回過頭來一想，仔細一想，就覺得不對啊，這些故事同我的經驗根本沒關係啊，右派的故事，農民的悲慘故事，知青的故事，被極左政治迫害得家破人亡的故事，纏綿的愛情故事，都與我個人的經驗無關」，「但為什麼我會覺得這些故事都與我自己有關，並且還被激動得死去活來呢？為什麼自己要把自己講到一個與自己的經驗無關的故事裏面去，講到一個『想像的共同體』裏面去呢？現在我才明白，我被規訓了，只是這種規訓採用的方式不是批鬥會，憶苦會，而是靠文學的情感，靠政治無意識領域建構的『認同』。」〔註18〕這就是我要談的第一個「陌生化」的問題。既然我們與那位八十年代魯迅研究的「開創者」不是「一代人」，我們就應該問一問，我們是「怎樣」被他（和他代表的這個學科）「規訓」的。而在我看來，只有認真地研究這個規訓的問題，「真正」回到自己「這代人」的歷史場域中來，我們才能夠突然發現，我們在這個非常「熟悉」的學科中，實際僅僅是一個「陌生人」的身份。也正是在這個意義上，我認為，一種與自己的「身份」和「場域」關係更大、更為直接的研究，也許就是針對於這個學科而言的文學史的「陌生化」研究。

其次，我要談的是「再次回到」本學科的「公共經驗」中的問題。我這樣說，大家肯定覺得更「奇怪」了。你剛才不是說，所謂「陌生化」研究就是要「偏離」這種「公共經驗」嗎？怎麼現在又要我們「再次回到」它那裡？這就是文學史研究的複雜性所在。或者也是一種「陌生化」的研究。艾略特在《傳統與個人才能》一文中講得非常好，他認為：「不但要理解過去的過去性，而且還要理解過去的現存性，歷史的意識不但使人寫作時有他自己那一代人的背景，而且還要感到從荷馬以來歐洲整個的文學及其本國整個的文學者有一個同時的存在，組成一個同時的局面。」〔註19〕他的意思是，讓我們把研究對象放在同一歷史場域的「多重層次」中，在「共同性」中找出「差異性」，同時又在「差異性」中找到「共同性」。我前面說的學科「共同經驗」，實際是一種建立在啟蒙文學立場上的研究文學史的眼光和方法，是一個「共同性」。而我們與它的「差異性」就在於，我說它與我們的「今天」無

〔註18〕 李楊：《重返80年代：為何重返以及如何重返》，《當代作家評論》2007年第1期。

〔註19〕 參見《艾略特詩學文集》，北京，國際文化出版公司，1989年。

關，說它的方法已經「失效」，不是說它真的無關和失效了，而是今天這種肯定個人和否定集體的社會語境宣宣判了它的「無關」和「失效」。一個十分典型的例子是當時對孫犁小說的「單純」的分析：「澄澈明淨如秋日的天容的，是孫犁的小說。引起人們這種審美感受的，是統一了孫犁小說的那種『單純情調』。」〔註20〕把孫犁看成是「革命文學」之中的「純文學」的代表，是八十年代文學史研究中的一種「公共經驗」。有段時間，我們會覺得這種「看」孫犁小說的「方式」非常可笑，因此反感這種研究結論。原因是，認為它是在為申明「純文學」的主張，而粗暴地把作家與他的時代進行了剝離。一位研究就這樣質疑道：「不正面描寫敵人，一味關注我方軍民人情美人性美，必然無法正面和具體描寫戰爭或戰鬥場面，這樣會不會掩蓋至少是讓讀者看不到戰爭本身的殘酷，一定程度上美化了戰爭？尤其是當作家代表戰爭受害者一方時，這種未能充分表現戰爭的殘酷而一味追求美好的寫作方法，會不會本末倒置？」〔註21〕由於今天的研究環境與八十年代明顯不同，我們會認為它對研究者過分依賴「過去的過去性」的做法的批評非常有道理。但是，如果聯繫艾略特的那個提醒，它的「片面性」就暴露出來了。因為什麼？它是在「今天」與「八十年代」的某種「差異性」來懷疑它們身上的那種「共同性」的東西，或者說用差異性代替了共同性，所以就取消了共同性的歷史存在。我們注意到，前面的觀點是以「理解過去的過去性」的方式，來支持八十年代對「純文學」的浪漫化想像的，因此，只有在理解什麼是論述者的「純文學」的方式裏，也才能發現那種本來就有的「過去的現存性」在今天語境中的真正缺失；而後面觀點以為自己代表了「過去的現存性」，這種現存性將意味著用九十年代的「文化批評」來取代八十年代的「審美批評」，那麼「純文學」主張和研究方式就必然性地遭到了懷疑。但是，這種「懷疑」也將會遭到更大的「懷疑」，因為，這種「文化批評」方式中的「孫犁小說」實際是無法成立的，或者說這種認定標準恰恰「抹去」的正是孫犁小說的「獨特性」。因為人們會將進一步的質疑指向論者：難道在極其「殘酷」的「戰爭」面前作家就沒有權利去呈現人性中尚未最後泯滅的「人情美人性美」

〔註20〕 趙園：《孫犁對於「單純情調」的追求》，《論小說十家》，杭州，浙江文藝出版社，1987 年 5 月，第 253 頁。

〔註21〕 郜元寶：《柔順之美：革命文學的道德譜系——孫犁、鐵凝合論》，《南方文壇》2007 年第 1 期。

嗎？我想大家都看過《鋼琴課》這部電影，劇情寫二戰中德國納粹對猶太民族有組織的集體屠殺。但是，猶太鋼琴師在逃亡過程中仍在忘乎所以地彈他的鋼琴，即使生命一息尚存，他都在頑強堅持這麼做。這就像電影敘述的複調敘述，戰爭在有組織地毀滅人性美，但人性美卻通過鋼琴表明了自己最微弱和最慘烈的掙扎和自持。這正是我們為這部電影深深打動的地方。我的意思是說，你可以說孫犁可能有時候處理得不夠好，有一點漏洞和瑕疵，但如果借戰爭題材為前提來「全盤」懷疑和否定他人性美的主題，那「問題」可就大了。因為，「人情美」所代表的恰恰是「過去」歷史中一種永遠都無法取消的「現存性」，它既是我前面所說的那種人類經驗中的「共同性」的東西，也是我們學科中「公共經驗」中不能被取消的基本品質。我覺得應該以這種「循環」式的思維方式，來理解「再次回到」學科「公共經驗」中去的問題。

大家不要「誤解」我的看法，以為又是在通過「批評」在「否定」別人的研究。完全不是這樣。我這是以一種「討論」的方式「再次回到」學科的「公共經驗」之中，我特別要強調，這是在認真地「討論」。通過討論，我發現了兩位研究者成果的「陌生化」效果，它們在客觀上給了我啟發，和繼續往下面討論的興趣。因此，我所說的回到公共經驗的「陌生化」的研究指的就是，兩位研究者的結論，讓我看到了他們「為什麼」要這樣做背後的屬於他們各自年代的語境、知識、審美趣味、個人立場、批評態度和研究方式等等東西。也就是說，他們的觀點不是我研究的「起點」，而成為我研究的「對象」，被我對象化了。我驚訝地看到，在他們的觀點與我的研究之間，出現了「陌生化」的距離，「陌生化」的視野和心境。這和我們認識我們的「學科」是一個道理。不少人以為，所謂研究，就是在「學科共識」和流行話語中說話，只要「順著」已有的「權威成果」去說就是「真正的學術研究」，其實不是，至少不完全是。在某種意義上，你的研究被別的研究「覆蓋」住了，當你開始「自己的研究」時，事實上已經被別的研究所規訓、所遮蔽，沒有了你自己的聲音和存在。總之，我指的是，既回到「公共經驗」中去，與此同時，又把它「對象化」、「陌生化」，把學科的「公共經驗」轉變成你討論的對象，在此基礎上，提出你的問題。

最後，我還想說，當人們說，迄今為止的文學史研究都是我們很「熟悉」的，是我們所「知道」的，這實際是一個虛妄的看法。第一個原因，可能是

他在研究中確實沒有「自我反省」的意識，沒有懷疑的習慣，把別人的結論誤以爲是自己的；第二個原因，他的研究剛剛起步，還需要別人研究的拐杖，這可以理解，因爲他還需要一定的時間來產生研究的自覺。

2007.12.9 於北京森林大第

文學史研究的「當代性」問題

　　最近幾年，在我爲人民大學博士生、碩士生開的「重返八十年代文學」的課上，經常有同學問這樣一個問題：在討論當代文學史的時候，不少老師的結論都是不一樣的，這是爲什麼？爲什麼八十年代的當代文學研究界有那麼多共識，今天的共識卻很少呢？我覺得這是一個老生常談的問題。它是說，當代文學史的建構模式蘊涵了當代人的價值趨向和時代潮流時，它就具有了當代性。但是，當這種「當代性」還來不及沉澱和經典化，人們對它的理解和運用就會處在四分五裂的狀態。然而，它雖然是老生常談的話題，仍然有進一步具體分析、探討的必要。

一、歷史研究回答當今的問題

　　不知道同學們注意到沒有，說到「當代文學」大家都知道指的是什麼，但是，在理解當代文學研究的對象、範圍和問題時，人們的意見分歧可能就大了。有不少人認爲，當代文學就是「當下」、「當前」、「最近」的文學創作的狀況，所以，如何以「批評」的方式及時介入當前的文學，即是它的基本職責。這肯定沒有錯。但它指的只是當代文學研究的一個方面，即文學批評。當代文學研究還有另外一個任務，即它面對的是「過去」的文學，是文學批評已經難以處理的文學史的事實，也就是說，它已經是一種「歷史研究」。它顯然清楚，「歷史是歷史學家跟他的事實之間相互作用的連續不斷的過程，是現在與過去之間的永無止境的回答交談。」〔註1〕「歷史之所以是現在與過去

〔註 1〕 Ａ・Ｈ・卡爾：《歷史是什麼？》，第 28 頁，轉引自陶東風：《文學史哲學》，第 39 頁，鄭州，河南人民出版社，1994 年 5 月。

的交談，乃是因為：人們總是從現在的需要出發去研究歷史，否則就沒有意義。」〔註2〕

然而，這樣去理解「當代性」問題仍然是比較簡單的，因為文學批評與文學史研究雖然承擔著不同的任務，但是，它們的「當代性」並不僅僅與當今的問題劃等號，更不是後者的附庸。即使它們批評或研究的是當前的對象，這種對象也來自歷史的深處，攜帶著歷史的遺留問題，更多時候這些問題還表現為歷史在當下的「替身」。巴爾扎克說過這樣的話，大意是「小說家同時也應該是歷史學家」。套用他的觀點，我覺得文學批評家和文學史家也理當是訓練有素的歷史學家。即使他們不去做繁瑣的考證、辨偽，不去在浩如煙海的史料中艱苦而長時間的尋找和耙梳，那他們也得具有歷史學家客觀的眼光，沉靜的心境，寬闊的視野，以及把「當代意識」植根在複雜、纏繞、矛盾的大量問題之上的習慣。更具建設性的文學批評家和文學史家，不是告訴我們「它是什麼」，與此同時也應該告訴我們「它為什麼是這樣的」。他們應該在為什麼是這樣的思維層面上尋找當今問題的答案，而不是總是停留在它是什麼的思維層次上。

我想以對「路遙討論」的再討論來展開我的問題。我們知道，路遙在八十年代至九十年代前期是很「重要」的作家。他的《人生》、《平凡的世界》是不能不讀的優秀作品。九十年代中期之後，由於路遙被文壇嚴重「邊緣化」，出現了為他「辯護」的聲浪。出於「當代性」的焦慮，研究者強烈地希望把作家「完整」地請回到當今的問題之中。「他之所以如此，是與他對現實的『中國國情』的深察相聯繫的，不是他沒有『理想』乃至『幻想』，而是中國的現實如此這般地要求他選擇這種『現實主義』。」〔註3〕如果說當時的農村題材小說，最常見的是農村社會變遷和新舊勢力衝突，「停留在就事敘事、摹寫生活的水平上」，而《人生》，不僅「帶有濃重的哲理色彩和普遍的人生意識」，還「引導人們進行富有哲學意義的再思考。」〔註4〕「十一月十七日，是路遙

〔註2〕 陶東風：《文學史哲學》，鄭州，河南人民出版社，1994年，第39頁。在中國現當代文學史研究領域，近年來出版了不少討論「文學史問題」的著作，它們專事於具體問題的研究，其中有不少收穫。但從「理論」角度比較全面地反思文學史研究的問題，還是這部著作。

〔註3〕 李繼凱：《矛盾交叉：路遙文化心理的複雜構成》，《文藝爭鳴》1992年第3期。

〔註4〕 趙學勇：《路遙的鄉土情結》，《蘭州大學學報》1996年第2期。

的忌日。時間過得真快，轉眼間，這位英雄作家，這個內心世界充滿青春激
情的詩人，離開這個他深情地愛著的世界，將近十個年頭了。十年裏，我常
常想起他，想起這個像別林斯基所說的那樣『把寫作和生活、生活和寫作視
為同一件事』的、『直到最後一息都忠於神聖天職的人。」「每當看到那些令
人失望甚至厭惡的文學現象的時候，我也會想起他，就會想到這樣的問題：
假如路遙活著，他會這麼寫嗎？他能與那些頹廢、消極的寫作保持道德和趣
味上的距離甚至對抗的姿態嗎？」〔註5〕在作者設置的「為誰寫」、「為何寫」、
「寫什麼」、「怎麼寫」的程序中，人們可以迅速發現路遙評論「當代性」的
出發點：這就是，以路遙的「現實主義」、「哲學意義的再思考」和「把寫作
和生活視為同一件事」作為新的「寫作標準」，來批判和反思當今「那些頹廢、
消極的寫作」。通過還原一個完整的路遙，來回應和警醒當前文壇輕浮、非歷
史化和散漫的現實。

　　確實，上述觀點也應該是關於路遙的「歷史研究」，因為它們還滿懷深情
地回顧了作家創作的「歷史」。但是，上述試圖借路遙的「歷史」來回應「當
今問題」的做法，並沒有得到更多人的認可，一位年輕的研究者尖銳批評道：
「可以說目前大多數關於路遙的研究文章都是『反歷史』的，對於路遙的無
緣故的冷落和無條件的吹捧都不是一種實事求是的歷史分析的態度。」他認
為，路遙在九十年代文學中被邊緣化，有著非常複雜的原因。一是「路遙對
自我身份的確認似乎帶有某種『偏執』，他始終把自己定位成一個『農民』作
家。」這樣，他不僅把自己與所謂「新潮」作家區別開來，還有意拉開了與
他有某種文化和精神聯繫的沈從文、汪曾祺和賈平凹的「距離」。二是「他誇
大了文學界和批評界對他的『冷落』，從而形成了某種對現代的『憎恨』情緒，
把自己想像為一個與『整個文學形勢』進行鬥爭的『孤獨者』形象。第三，
從《人生》到《平凡的世界》，路遙的「成功」都帶有與 1985 年以前文學體
制「合謀」的明顯痕跡。但隨著 1985 年的文學轉型，『『現代派思潮』給『現
實主義』提出了嚴峻的『挑戰』，並對『現實主義』的話語空間給予了很大的
擠壓。」然而，他的現實主義小說觀念和意識卻沒有及時調整，並在文學殘
酷競爭中獲得更強勢的地盤，這就使他和他的小說的被「淘汰」成為某種「必
然」。就在「現代主義」處於強勢，而「現實主義」處於守勢的歷史間隙中，
作者對這位「尷尬」的作家的分析是：「站在 1985 年以來形成的『純文學』

〔註 5〕　李建軍：《文學寫作的諸問題》，《南方文壇》2002 年第 6 期。

的或者『純美學』的觀念來判斷路遙，當然會得出路遙並不『經典』的結論，因爲路遙的作品並不能給現代批評提供一個『自足』的文本。但是如果站在一種『泛現實主義』的立場上來誇大路遙的地位，也同樣值得懷疑，因爲一個事實是，路遙的最高成就其實止步於《人生》」，他前期或後期的作品都未能眞正超出這篇小說的藝術水準。〔註6〕

之所以圍繞路遙的評價存在爭議，我想主要還不是誰的研究才是「眞正」的「歷史研究」的問題，而是這種歷史研究在回答當今問題時誰更具有「有效性」出現了不同理解。如果我沒有理解錯的話，前者試圖把路遙從他複雜的歷史狀況中「孤立」地拿出來，並以他爲「標準」來批評「當下」的文學狀態；而後者則把路遙「重新」放回到他當時創作的歷史語境之中，通過他與這種語境的分析性研究，來重審他被邊緣化的「當代性問題」的。「韋勒克認爲文學史的中心任務之一就是要描述結構的動態史，而這樣做的關鍵是要建立一種『體系『的眼光，必須『把文學史視作一個包含著過去作品的完整體系，這個體系隨著新作品的加入而不斷改變著它的各種關係，作爲一個變化著的整體它在不斷地增長著。』」〔註7〕也就是說，即使我們把從歷史研究角度回答當今問題看作是一種最佳的文學史研究的「當代性」的時候，這種「當代性」也不是「一成不變」的。它是一種「動態史」，而且隨著「新作品的加入」，它更重要的是一種「『體系』的眼光」。它尤其不應該是固定不變的「當代性」，而應該是前面已經說過的「現在與過去之間的永無止境的回答交談」。但是，路遙的問題顯然不僅僅是「現實主義」已經走向「枯竭」的問題，當我們似乎已經找到了解釋他創作問題的「當代性」的時候，這種當代性是不是又在固定對這位作家文學世界的理解，同樣又是「當代性」爲人們提出的新的問題。

二、當代性也是一個歷史概念

最近十年來，現當代文學史研究重新呈現出活躍的狀態，有很多出色的研究成果值得注意。不過，在什麼是「當代性」的理解和使用上，也出現了相當大的人們並未清醒地意識到的分歧。

按照我的不成熟的看法，所謂當代性其實是一個歷史概念，「因爲今天的

〔註6〕 楊慶祥：《路遙的自我意識和寫作姿態——兼及 1985 年前後「文學場」的歷史分析》，《南方文壇》2007 年第 6 期。

〔註7〕 陶東風：《文學史哲學》，鄭州，河南人民出版社，1994 年 5 月，第 174 頁。

眼光同樣也是歷史性的，同樣是不斷地生成又不斷地融入歷史的。」〔註8〕更有人善意地警告說：「在文明狀態中，人類爲了他們自身目前活動的緣故，感到需要形成某種對過去的圖象；他們對過去感到驚奇並想要重建它，因爲他們希望找到在那裡所反映出來的他們自己的熱望和興趣。既然他們讀歷史是被他們的觀點所決定的，這種需要在某種尺度上就總會得到滿足的。但是我們所必須得出的結論則是：歷史學不是『客觀的』事件，而是對寫的人投射了光明，它不是照亮了過去而是照亮了現在。於是就不必懷疑，爲什麼每一個世代都發現有必要重新去寫它的歷史了。」〔註9〕他們的意思是，「今天的眼光」並不僅僅等同於「當下」、「現在」，與此同時也包含了「歷史性」因素；出於今天的觀點來讀歷史，所以它就會在「某種尺度」上得到滿足。但與此同時，歷史又不是「客觀」的事件，不是客觀的知識譜系、話語以及這些東西所組成主觀色彩突出的預設所能完全處理得了的，因爲它對「寫的人投射了光明」，通過「照亮」過去才使現在具有了意義。因此，所謂當代性是一個歷史概念，是因爲它本身充滿了細節、矛盾、感性等等遠比「客觀知識」曖昧和隱晦的內涵。

一個值得注意的現象是，很多研究者都相信「預設」的力量。「我最近突然成爲『預言家』，在許多場合都在說，現代文學史書寫的又一輪變動業已開始了。」以此爲標遲，他認爲可以做到的事是，「文學史的多元性，目前漸成共識。由此出發，我們或許能認識一種多元的、多視點的、多潮流的『合力型』文學史？」而這一主張，恰恰是出於八十年代以來文學史研究中「用中國材料講外國問題」的不滿。〔註10〕這種新的文學史寫作的衝動背後的意圖，恰恰如有人指出的那樣：「人在現實的活動中產生的需要、目的，促使他去研究人類的過去，並希望從中發現和解決自己在當今所遭遇的問題。正是在這個意義上說，歷史研究所回答的與其說是過去的問題，不如說是當今的問題。每個時代的人都有自己的需要、自己的迷惘和困惑，研究歷史從根本上說就是爲了解決這迷惘和困惑，故而每個時代的人都要重寫歷史。」〔註11〕這種提問題的方式，無論從哪個方面看都是沒有問題的，是可

〔註8〕　陶東風：《文學史哲學》，鄭州，河南人民出版社，1994年5月，第174頁。
〔註9〕　沃爾什：《歷史哲學》中譯本，北京，社會科學文獻出版社，1991年，第111頁。
〔註10〕　吳福輝：《「主流型「的文學史寫作是否走到了盡頭？》，《文藝爭鳴》2008年第1期。
〔註11〕　陶東風：《文學史哲學》，鄭州，河南人民出版社，1994年，第40頁。

以理解的。

不過，正如我在上一節談到的，歷史能夠「回答當今的問題」，但它所指的是特定的對象，而不是說，所有的歷史都能夠起到這種作用。例如路遙已經成為一種「歷史現象」，他之所以作為一種未能解決的「歷史問題」而存在，就因為當今文學的很多問題都還停留在路遙所「迷惘和困惑」的起點上，而不是要把歷史都做泛化的處理。那麼這樣看來，「『合力型』文學史」說儘管是在「當代」提出來的，但是，它是否是一個「當代性」的歷史概念，是否是一個面對人們「迷惘和困惑」的問題，也並不是「用中國材料講外國文學」的批評所能支持的。因為實際上，「用中國材料講外國問題」並不是不是『客觀的』事件，而是對寫的人投射了光明，它不是照亮了過去而是照亮了現在」，不是一個固化在歷史之中的文學史書寫行為；即如一個文學史研究方法，到了 20 世紀，也沒有所謂中國／外國的國族意義上的區分、對立和不同。20 世紀的中國，恰恰是一個融彙於世界大潮的歷史階段，中國社會的轉型，很大程度上都是以「用中國材料講外國問題」的過程中得以進行的。這篇文章同樣如此，充滿了「用中國材料講外國問題」的知識痕跡，如「文學史」、「進化」、「革命」、「左翼文學」、「現代化」、「現代性」、「農業文明」、「工業文明」、「文化保守主義」、「權力」、「多元」、「話語暴力」、「純文學」、「市民文學」、「傳播」、「合力關係」、「精英文化」、「讀者市場」等等，離開這些「外國問題」，我們不知道「中國材料」究竟能不能真正「講好」？而這都不是在「用中國材料講外國問題」嗎？前一段時間，我偶而參加過幾次小說創作方面的會議，也聽到不少作家和批評在那裡大談所謂「中國經驗」，在他們的理解裏，好像這種「中國經驗」是離開了 20 世紀為「外國問題」（其實是知識話語）所包圍和設定的「文學場域」一個「從天而降」的文學概念。這可能是全球化語境中對「外國」的過分性警惕心理所造成的，但是，這樣的「歷史觀」既不能「照亮過去」也不能「照亮現在」卻是無疑的。在這裡，文學批評和文學史研究的「當代性」要麼被泛化成「合力型文學史」概念，要麼被窄化對「中國經驗」的莫名其妙的探討。這恰恰是我們應該警惕的一種文學史研究傾向。

由此可見，「當代性」雖然是一個大家承認的歷史概念，然而，在如何理解的問題仍然是千差萬別、有所不同的。有人主張，「面對這些現象」，「大可不必從學科本位出發，擺出一副捍衛現代文學的架勢。因為我們深知，當今

對現代文學傳統的輕視或無視，其本身也在構成對於新傳統的『選擇』和『讀解』，是對新傳統的另一種『接受』，正好可以作爲被研究的對象納入我們的視野。」〔註12〕他的意思是，「現代文學傳統」不是已經固化在「八十年代」的知識譜系，它的「當代性」可能正在它將要被新的研究者不斷「選擇」和「讀解」的過程之中。另有人認爲，在用「當代性」視角反思八十年代文學史問題的時候，有一種研究方法也是值得注意的：這就是，把「『90 年代』出版的『當代文學史』拉回到『80 年代』啓蒙式的文化理想之中。這種立場的重複性建立，一方面是基於對 90 年代後大眾文化庸俗現象的強烈不滿，另一方面則是針對『歷史混合主義』、『庸俗技術主義』當代文學觀的批判和警惕。說老實話，它的出發點是沒有『問題』的，或者說它即使有『問題』也不是 90 年代的問題，而仍然是一個 80 年代的問題。」他接著指出並質疑到：「在現實中，或在二十世紀的文學史、精神史中，究竟有沒有一個固定不變和唯一性的『五四傳統』？具體在 80 年代，有沒有一個至今未變而且大統一的『80 年代』？」〔註 13〕上述主張、批評和質疑也許同樣有問題，但這種批評的目的有利於擴大對「當代性」的討論，豐富對於它的理解，而不是由於論述者「權威性」的結論而使這種討論無法進行下去。

在文學史研究中，「20 世紀中國文學」和「重寫文學史「作爲一些塵埃落定的文學史概念，早已爲人們所熟知。然而，在 90 年代後語境中與之進行有意義的對話，並對其知識肌理做深度解剖和討論，仍然是一項相當有難度的工作。它的難度表現在：有一些研究者認爲，所謂「重寫文學史」就是鮮明表現出與過去研究結論的對立式的不同，如因爲要「去政治化」，而把孫犁盡力地說成是「革命文學」中的「多餘人」，再如因擔心西方學術話語在文學史研究中的過度使用，而指責這樣做是「用中國材料講外國問題」，等等。其次，現在有些現當代文學史研究問題的繼續提出者，自己就是當年「20 世紀中國文學」、「重寫文學史」的提出者或參與者，他們要通過不斷的「提出問題」，讓人們記住他們就是當年的提出者或參與者，始終產生對提出者「權威性」的敬重和畏懼。那麼，這樣的心理狀態所在新的語境中提出的新問題，其實並沒有眞正經過「新語境」的「知識過濾」和清理，而一下子又擁有了今天

〔註12〕 溫儒敏：《現代文學傳統及其當代闡釋》，《中國現代文學研究叢刊》2008 年第 2 期。
〔註13〕 參考拙作《歷史闡釋與「當代」文學》，《文藝爭鳴》2007 年第 7 期。

的「當代性」。其中的隱秘狀態，也許是更值得重新討論的。在這樣的「當代性」的解釋中，被清楚地界定的「歷史」可能已經是一種被泛化了的歷史，而不再是我們在文學史研究中所需要的那種彌真可貴的「歷史的概念」。「作品的同時代人對作品的評價絕不是至上的權威，且不說他們的眼光不可避免地有歷史的局限性，而且更根本的是：寫歷史是爲了從今天的立場上更好地認識昨天，以便更成功地把握命題，如果一個文學史家主動放棄了今天所達到的時代高度，那麼他就失去了作爲今人的一切優勢。」爲此，他尖銳地批評道：「如果我們接受了十七年尤其是『文革』期間所謂的權威人士對文學史的看法，我們就會把樣板戲看作是中國文學史的高峰，把蔣光慈、柔石、殷夫等看成是比錢鍾書、沈從文、張愛玲更傑出的作家。」〔註14〕

三、「新方法」和「舊結論」

不知道同學們注意到沒有，從八十年代到現在的二十多年間，當代文學的批評和研究至少經歷了兩次「知識譜系」的交接和更新，第一次是由十七年的意識形態性文學批評轉換到八十年代的主體性批評，第二次，是九十年代後由主體性文學批評（包括審美批評、感性化文學批評等）再轉向學院式文學批評。這兩次批評類型的轉換有沒有道理，存在哪些問題，暫不管它，我不打算在這裡辨析和探討。但是，在此過程中出現的用「新方法」得出「舊結論」的現象卻值得注意，因爲它也牽涉到了如何從個人角度理解「當代性」的問題。

一種現象是，雖然是從分析「差異性」的角度描述九十年代後文學創作中「『個人主義』的自戀主義化」的，包括也注意到「文學發展除了受制於作家主體精神與文學敘事倫理外，還受到生產、傳播、接受評價等文學和文化體制層面的影響」，但最後還是暴露出把這種「新的『泛審美化』即『日常審美化』傾向」統統收編在「啓蒙論」大旗之下的意圖。「就作家自身來說，他們每個人都有責任和義務對這一現象進行自覺而深刻的反思，對自身的創作進行眞誠的檢視、批評乃至懺悔，通過自身素質的提高和使命感的回歸重建新世紀的民族文學精神。」〔註15〕且不說「使命感」、「回歸」、「深刻的

〔註14〕 陶東風：《文學史哲學》，鄭州，河南人民出版社，1994年，第42頁。
〔註15〕 張光芒：《論中國當代文學的自戀主義思潮》，《南方文壇》2008年第3期。近年來，這位作者特別喜歡用「大題目」論述「大問題」，如「啓蒙論」、「20世紀中國……」、「論中國當代文學中……思潮」，等等。這種文學史研究方

反思」等修辭有一些令人陡然想起的陳舊氣味（它們不是不能使用，而是在什麼知識層面上加以限定和謹慎使用的問題），僅僅就是這個宏大、沉重的「結論」恐怕是令前面的「新方法」承受不了它的「不能承受之重」。這恰如有人批評的那樣：「並不是每一個生活在當代的人都能具備當代性的品格，也並不是每個生活在當代的文學史家都能在自己的研究中體現當代性。生活在當代並不是當代性的充分條件，每一個時代都生活著大量的『古代人』。」「在今天的文學史領域，不仍然充斥著、產生著大量『古典性』的研究嗎？」〔註16〕這樣的討論和轉述可能不太「厚道」，有點尖銳的氣味。實際還缺少對上述現象更耐心細緻、嚴密的界定和分析的缺點。它的「嚴重性」也許在於，由於歷史形成而現在並未加以清理、反思的「啓蒙論」過於強大、自足（不是說「啓蒙論」本身「陳舊」，已經沒有「意義」），反而使「新方法」成爲它不斷剝離的裝飾性的東西，因此，後者並沒有對前者產生激活、融彙和互文性的作用，相反卻進一步助長了前者的自大與傲慢。事實上，「新方法」和「舊結論」都生存在具體的歷史時間秩序中，誰都不是「超級」的不受限制的「神話」，因而，「從具體時間點上生長起來的當代性也就與傳統有千絲萬縷的聯繫。當代性不是『天外來客』，而是在傳統與革新的搏鬥中迸發的火花」，「這就決定了它反傳統又歸於傳統的必然命運。」〔註17〕也就是說，「新方法」是以「舊結論」爲懷疑點和起點而出現的，它身上的「傳統基因」，通過「當代性」的鍛造、滲透和調整，而變成研究文學史現象的新視野、新價值和新眼光，這決定了它擁有了新的歷史的活力，而不是一個固定的研究的結論。

用「新方法」得出「舊結論」的另一個現象，是對「新新方法」的無盡開發或極力耗盡其歷史能量的使用。在文學批評和文學史研究中，人們發現對當初「概念命名權」的相信和聲稱擁有，是一個相當普遍的現象。研究者深信，對「新概念」的發明，是自身具有歷史高度的證明；而對「新新概念」的不斷發明、不加限制和可以將之用於所有文學創作現象的使用，則是研究本身始終具有學術「前沿性」、「熱點性」的秘密武器。在一種「新新中國」的視野裏，研究者得出的「結論」是：「從 1995 年到 2005 年的 10 年

式，自然包含著應該予以鼓勵的對現當代文學學科巨大的「使命感」和「熱情」，但對問題設定和理解的「過於」宏觀化，也十分令人擔心。
〔註16〕 陶東風：《文學史哲學》，鄭州，河南人民出版社，1994 年，第 44 頁。
〔註17〕 陶東風：《文學史哲學》，鄭州，河南人民出版社，1994 年，第 43、44 頁。

其實是中國文學和文化深刻變化的時期」,「中國的高速發展帶來的『內部』的日常生活的變化完全超越了原有的『新文學』在『新時期』的構想和預設」,「我們可以看到的是和……完全想反的一個正在『和平崛起』的『新新中國』」。因此,他興奮地宣布道:「一個『新新中國』對於『新文學』的多面的、複雜的衝擊我們已經無法不正視了。」〔註 18〕「五四其實是晚清以來對中國現代性追求的收煞——極匆促而窄化的收煞,而非開端。沒有晚清,何來五四?」〔註 19〕「『新』這個詞幾乎伴隨著旨在使中國擺脫以往的鐐銬、成為一個『現代』的自由民族而發動的每一場社會和知識運動。因此,在中國,『現代性』不僅含有一種對於當代的偏愛之情,而且還有一種向西方尋求『新』、尋求『新奇『這樣的前瞻性。」〔註 20〕不用說,這比我們中的任何人都更具有「當代性」,這種文學批評和學術研究的「前瞻性」,也已經達到了只能望其項背的地步,真的令人佩服不已。當然,處在文學史研究的轉型期,「新方法」對「舊結論」所形成的歷史衝擊波力仍然是不容忽視的。例如,1980 年代的「主體論」、「向內轉」、「現代派討論」等等都屬於「新方法」的典型例子,其歷史價值已經成為一個大家知道的文學史事實。但是,對「新新方法」的無盡開掘和運用,也會帶來對「當代性」的永久意義的懷疑,它們對歷史問題的過度損耗,是否引起對其研究姿態化的擔憂也自當考慮。

　　這就使我想到,在對文學史研究「當代性」的理解上,「新方法」與「舊結論」的關係可能不在一個層面上,它還有其它層面和其它的結果,需要做進一步地辨析。前一個現象,是用「新方法」得出的「舊結論」。由於有「啟蒙論」的預設早在問題討論之前存在,已經暗示了討論的方向和最終結果,所以,「文學敘事倫理」、「生產、傳播、接受評價」、「『泛審美化』即『日常審美化』」都帶著「新方法」的面罩,它們的「新內涵」,其實早已經被「啟蒙論」剝奪、規訓和整合;與強大的「啟蒙論」相比,它們不過都是一些黏

〔註 18〕張頤武:《「新新中國」的展現——十年來中國文學閱讀的轉變》,參見《市場經濟與文藝》一書,人民文學出版社,2006 年,第 70、71 頁。

〔註 19〕王德威:《想像中國的方法》,北京,三聯書店,1998 年,第 16、17 頁。

〔註 20〕李歐梵:《現代性的追求》,北京,三聯書店,2000 年,第 236 頁。近年來,該作者大概是使用「現代性」最多、最頻繁的人之一,例如「都市現代性」、「海派小說的現代性」、「浪漫個人主義的現代性」、「現代文學與現代性」,等等,這些時髦的名詞和處理文學的角度,使其在大陸研究生中一時被追捧之極,達到顛狂的程度。

貼上去的、外在的東西，是作為前者的「證明材料」而存在的。「幾乎每個時代都有一些穿著新潮服裝的遺老遺少，他們操著洋文，大量引用外國最新的理論來兜售復古的幽思」，這是由於，「當代性的核心決不是方法的新，而是價值尺度是否合乎當代社會發展的要求。因為不管文學的形式多麼千變萬化，其實質都是人對自身的價值反思。」〔註21〕這種思考是把「當代性」納入「進化論」的時間秩序裏，因此，它對用「舊結論」去套用「新方法」的研究方式表示了某種程度的反感。後一種現象，則表明了「當代性」在這種研究中的某種暫時性、階段性和相對的存在狀態。由於「新話語」對「舊問題」的過多地黏貼、強制和改寫，它們的「學術時尚性」事實上已經達到了相當飽和的狀態，而學術時尚對所研究問題空間的過多的佔據、干擾和統治，就會意味到，一旦「風氣」一轉、潮頭過去，那麼它們就將面臨著「存在的危機」。1980年代的「先鋒批評」、「主體論」、「向內轉」，現在很多都已成為一種「知識的象徵」，而不能作為「當代性」與我們的思考真正「接軌」，原因即在於此。相比之下，我們會發現，同出於「1980年代」的李澤厚的「三論」，尤其是他的《中國現代思想史論》這本著作，卻仍在參與我們對今天的「當代性」的建設，它的思想活力並沒有因為時空轉換而「過時」。〔註22〕原因也在，李澤厚對當時問題的判斷不僅貫穿了學術時尚的眼光，更重要的是貫穿了思想家、史學家的眼光和深刻辨識。即使其「學術時尚」成分在時間的流逝同樣遭到了被剝蝕的命運，其思想者、史學者的價值，卻仍然能夠把今天的「當代性」問題「照亮」，仍然能夠與我們展開有意義的對話。也就是說，前一種現象是因為「新方法」與「舊結論」是在同一個層面上思考問題的，所以它得出的結論不可能真正超越舊有的結論和想像方式；後一種現象的「新方法」雖然立足於「舊結論」之上，但它顯然站在比後者更高的思想層面上，它與後者不是一種簡單比附的關係，而是跳出了「舊結論」所能給予的既定的架構，在一個更大的歷史時空擁抱、審視、反思並包容了這個架

〔註21〕 陶東風：《文學史哲學》，鄭州，河南人民出版社，1994年，第44頁。
〔註22〕 李澤厚：《中國現代思想史論》，北京，東方出版社，1987年。其中，「啓蒙與救亡」的論斷可能已有些問題，有過分簡單化的傾向；但它對「胡適　陳獨秀　魯迅」思想的比較分析，對「青年毛澤東」思想複雜性的討論，以及對「馬克思在中國」和「二世紀中國文藝」的研究，仍然有鮮活的思想魅力，它們的存在價值很大程度來自於李澤厚所具有的思想家眼光，和更為深厚的史家的眼光和對中國現代問題的理解能力。

構，因此才能在這裡不斷生發出新的反思的力量。但必須聲明的是，我所說的「當代性」的「永久的意義」，指的並不是「永恆眞理」，而是指在文學史研究中的那種更有彈性的、擴張性的反省性的狀態。

四、包含著過去作品的「體系」性眼光

講到這裡，我發現自己在「今天」、「過去」、「當下」、「歷史」以及「新與舊」等等概念之間繞來繞去，已經花費了不少筆墨，同學們大概會感到討厭，而我也不知道是否做了應有的界定、區分和辨析。討論這個問題牽涉到方方面面，非一篇文章所能勝任。但我們不去管它。

針對有些研究者把「當代性」批評或研究看成是「個人發明」的現象，韋勒克曾提醒人們說：「這種極端的『個人人格至上論』（personalism）必然會導致一種觀點，即認爲每一部個別的藝術品都是完全孤立的，這實際上就意味著它是既無法交流也無法讓人理解的。我們必須相反地把文學視作一個包含著作品的完整體系，這個體系隨著新作品的加入不斷改變著它的各種關係，作爲一個變化的整體它在不斷地增長著。」〔註 23〕他的意思是，文學史的主要任務之一就是要描述結構的動態史，而不把它看作簡單看作是一個「斷層化」的結果，一個用這個結論反對另一個結論，關鍵的是要建立一種「體系」的眼光。實際上，這二十多年來的中國現當代文學研究中，以一種「歷史斷裂」的方式對文學史進行「再解讀」的思潮和方法的影響是很大的，如「二十世紀中國文學」、「重寫文學史」海外學界的「再解讀」等等。而其最深刻的邏輯，就是「去政治化」的文學策略。「文革」的失敗，導致人們對所有「政治」思維的全面的反感，而文學／政治的二元對立及前者對後者的眞正超越，被認爲是文學獲得「主體性」、「自主性」和「文學性」的唯一坦途。這也是支撐著迄今爲止的現當代文學研究的基本方法。雖然宣佈擁有「世界眼光」、「民族意識」和「文化角度」等「體系」性視野，但「二十世紀中國文學」的有的論者卻認爲「個別的藝術品」是可以「完全孤立」於它的「歷史」之外的：「大躍進民歌，沒有一首是悲涼的。但你細心品味一下60 年代初的一些作品，一些歷史小說如《陶淵明寫輓歌》，歷史劇如《膽劍篇》，甚至一些散文，你還是能觸到那個頑強的歷史內容規定了的美感核心。更不用說後來出現的《剪輯錯了的故事》、《犯人李銅鐘的故事》這些作品

〔註23〕 韋勒克、沃倫：《文學理論》，北京，三聯書店，1986 年，第 294 頁。

了。」〔註24〕儘管這位論者也欣賞捷克學者普實克「把社會歷史的分析和藝術分析交融在一起進行」的研究方法，但他仍然把上述作品或與「歷史」相對立和相孤立來展開那種「系統論」的思考。「再解讀」是 90 年代後又一次「重寫文學史」的實踐。與前者通過將「一些歷史小說如《陶淵明寫輓歌》，歷史劇如《膽劍篇》」和它們的「歷史」相「對立」而達到「完全孤立」於歷史之外的辦法不同在於，這一次又將「延安文學」、「十七年文學」從它們的「歷史」之中「抽取了出來。「雖說政治話語塑造了歌劇《白毛女》的主題思想，卻沒有全部左右其敘事的機制。使《白毛女》從一部區幹部的經歷變成了一個有敘事性的作品的並不是政治，而是一些非政治的、具有民間文藝形態的敘事慣例。」〔註25〕「江姐果真是女中豪傑，驚見丈夫暴死，身爲女人的江姐竟能不亂方寸」，由此可見，《紅岩》不僅再現了這種『去家庭化』的過程中家庭關係的弱化，更重要的是展示了家庭與革命之間勢不兩立的衝突。」〔註26〕儘管有一千個理由相信，這種「再解讀」是基於對文學史的「歷史的理解同情」，既把再解讀看作一個歷史文本化的解構過程，「我們就會同時解讀我們的現在」，並且是「認真審視」自己的「時代」。〔註27〕

　　而以「包含著過去作品的『體系』性眼光」來看文學史研究的「當代性」，韋勒克的理解就可能與「二十世紀中國文學」和「再解讀」論者有很大的不

〔註24〕　參見黃子平、陳平原、錢理群：《二十世紀中國文學三人談》中黃子平對當代作家作品的部分，《讀書》1985 年第 10、11、12 期，1986 年第 1、2、3 期。實際上，就在「三人談」發表後不久，已有人對這種表面以「系統論」而事實上以「斷裂論」的處理文學史問題的方法提出了懷疑。如封士輝表示：「我對『斷裂』這個詞很不感冒。梁啓超提倡小說救國並不是什麼創造，《琵琶記》的楔子就表達過這種願望。至於說強調文學性，《詩大序》、《文心雕龍》也是就文學談文學。只不過歷來政治家總要求文學爲政治服務就是了。」洪子誠指出：「對 20 世紀中國文學整體特徵的概括基本上是準確的。當然，捨棄了一些不該捨棄的東西。比如，30 年代左翼文學就沒很好地概括進去。」嚴家炎也認爲：「現代學術界學風不嚴謹的實在太普遍，不能容忍」，「研究中常常實用主義地取捨材料，不合我結論的材料視而不見」，所以，「要努力解釋你所持理論不能涵蓋的材料，充分考慮對立面的材料。」（以上觀點，參見《關於「二十世紀中國文學」的兩次座談》，《當代作家評論》1989 年第 5期）。

〔註25〕　孟悅：《白毛女演變的啓示——兼論延安文藝的歷史多質性》，參見唐小兵編《再解讀》，香港，牛津大學出版社，1993 年，第 77 頁。

〔註26〕　李楊：《50～70 年代中國文學再解讀》，濟南，山東教育出版社，2003 年，第181、182 頁。

〔註27〕　參見唐小兵編《再解讀》一書封底的「出版說明」。

同。在他看來，這種所謂的當代性即表明：「進化過程不是單線的，不只是一個共時體系代替另一個共時體系，而且也是舊的共時體系在新的共時體系中的積澱。」〔註28〕這樣的理解角度顯然受到了艾略特的某種啟發。艾略特認為，針對作家作品的文學批評和文學史研究，並不僅僅是爲「當下觀念」服務的，因爲即使是「當下」也存在於浩渺的歷史時空之中。但是，它們的關係經常又是互文性的：「現存的不朽巨著在它們彼此之間構成了一種觀念性的秩序，一旦它們中間引進了新的（眞正新的）藝術作品時就會引起響應的變化」，所以，「歷史感還牽涉到不僅要意識到過去之已成爲過去，而且要意識到過去依然存在；這種歷史感迫使一個人在寫作時，不僅要想到自己的時代，還要想到自荷馬以來的整個歐洲文學，以及包括於其中的他本國的整個文學是同時並存的、而又構成同時並存的秩序。」〔註29〕如果用這種視角檢視二十多年來的「重寫文學史」思潮，我們會驚異發現，它們正是以排斥自己「不喜歡」的「過去作品」的方法來建立文學史研究的合法性的。實際上，這種方法仍然在被視爲當代文學研究新的增長點的「十七年文學研究」中以更隱蔽的方式在延伸和發展。某種程度上，它是在重複和延續「去政治化」這種八十年代意義上的「重寫文學史」的結論。在這樣的文學史理解中，由於「十七年」的文學體制是「一體化」的，是非常「糟糕」的，所以，這種文學體制和生產方式所孕育的文學作品「必然」是沒有「文學性」的。它還可能導致另一種緊張：即，拿「五四文學」、「八十年代」的「純文學」標準去要求「十七年文學」，由於後者的大多數作家作品不符合前者的標準，那麼它的「經典化」地位就將遭到很嚴重的懷疑。不客氣地說，儘管在「十七年文學」周圍，有了很多「民間性」、「差異性」和「間隙性」的發現，但它們最終得出的仍然是與「二十世紀中國文學」論者幾乎相同的所謂「非文學性」的結論。由於再次使用了「文學經典」的「認識性裝置」〔註30〕，所以，十七年文學研究的「文學史合法性」因此以「當代性」的面目建立了起來。但是，如果按照艾略特所謂「當代性」的認識，更爲複雜的理解應該是「進化過程不是

〔註28〕 陶東風：《文學史哲學》，鄭州，河南人民出版社，1994年，第176頁。

〔註29〕 艾略特：《傳統與個人才能》，曹庸譯，《外國文藝》1980年第3期。

〔註30〕 此說引自張偉棟《「改革文學」的「認識性的裝置」與「起源」問題——重評《喬廠長上任記》兼及與新時期文學的關係》一文，此爲中國人民大學「重返八十年代文學」討論課上的主講論文，未刊。這種說法顯然是受到了柄谷行人《日本現代文學的起源》一書觀點的影響。（北京，三聯書店，2003年）

單線的，不只是一個共時體系代替另一個共時體系，而且也是舊的共時體系在新的共時體系中的積澱」的話，那麼，對上述現象的重新檢視，就應該成爲下一步「重返十七年研究」、「重返左翼文學研究」的一個理由。

　　不過，正如我上面所說，怎樣用「歷史研究回答當今的問題」、怎樣認識「當代性也是一個歷史概念」，又怎樣在「『新方法』和『舊結論』」的研究怪圈中找到一個適當的平衡點，以及怎樣把「當代性」不僅僅理解成面對「當下性」的研究，同時也認爲它本身也包含著過去作品的『體系』性眼光」，仍會在很長一段時間內成爲我們理解什麼是文學史研究的「當代性」的障礙和難題。

2008.6.5 於北京森林大第

文學研究的「參照性」問題

　　在文學研究中，建立一種「參照」的知識視野是十分重要的。它的存在，使我們得以確認文學作品大致的歷史位置，給文學一個相對客觀的「定位」，再從這種定位中找出一些問題來研究。但這種「參照」往往不是研究對象主動提供的，而需要我們在深入的研究中尋找和發現。〔註1〕這種尋找又不是在自己希望看到的思想狀態、資料文獻中進行，甚至不是在自己喜歡的觀點中進行。因此，這種尋找的難度首先來自對自己研究習慣的克服，來自對自己觀點的必要的反省，它包括了給自己不喜歡的思想狀態和觀點的應有尊重。這種難度就在於在一種彆扭的研究狀態中超越自己，同時又返回自己，以便使自己的研究視域盡可能地抻開，使文學研究盡可能地回覆到圓融、包容和理解的狀態之中。

一、在被批評的情境中看文學現象

　　前幾年，白亮對遇羅錦小說《一個冬天的童話》的研究給我深刻印象。〔註2〕這篇論文的好處是在「被批評」的情境中，不僅僅從「批評者」的角度，同時也從「被批評者」的角度去認識和理解《童話》（以下簡稱《童話》）的歷史多層性，同時剖開一層層裏挾，看遇羅錦作為一個「業餘作者」、「壞

〔註1〕　參見拙作《批評對立面的確立——我觀十年「朦朧詩論爭」》，《當代文壇》，2008 年第 3 期。在本文中，我談到如果理解這場論爭的全面情況，就不能僅僅關注謝冕、孫紹振等主張朦朧詩創作的批評家的觀點，也應該關注批評指責朦朧詩人創作的批評家的觀點，如程代熙、鄭伯農等人的文章。

〔註2〕　白亮：《「私人情感」與「道義承擔」之間的裂隙——由遇羅錦的「童話」看「新時期」之初作家身份及其功能》，《南方文壇》，2008 年第 3 期。

女人」是如何缺乏躲避社會和文學批評的風險而陷入窘境的。我這裡所說的「被批評」，指的是 1980 年代前半期，作家因為在「十七年」時期作品越軌被批評，生活雖然不像「十七年」糟糕，但也受到一些負面的損害。遇羅錦也許是一個典型例子。

在白亮的研究中，遇羅錦並不是為當作家而自覺走上文學道路的：

> 遇羅錦，1946 年生，北京市人。1961 年考上北京工藝美術學校。1965 年畢業。1966 年「文革」開始，其兄遇羅克由於寫作《出身論》而被判處現行反革命分子，她因此受牽連而被逮捕，後經審判，才拘押在河北茶澱站清河勞動教養三年。1969 年勞動教養結束後被分配到河北臨西縣一小村插隊落戶。1970 年遷至黑龍江莫力達瓦旗汗古爾河鄉落戶，在那裡與一個北京知青結婚。1979 年遇羅克平凡昭雪，她也返回北京，並和北大荒的第一個丈夫離婚了。回京後，遇羅克先是靠畫彩蛋、燈籠紙維持生計，隨後有關方面給她平反，她又重新回到玩具六廠工作。經人介紹，她嫁給一個電工，兩人在一起平靜地生活了幾年以分手告終。緊接著她又和一個工程師結婚。1983 年，她應翻譯《一個冬天的童話》的德籍華人出版商之邀到德國訪問，後來輾轉定居在德國，一直再沒有回來過。
>
> 遇羅錦的《一個冬天的童話》發表在《當代》1980 年第 3 期，同年《新華月報》第 9 期予以轉載，在社會上引起了很大反響。《文藝報》、《文匯報》、《當代》、《作品與爭鳴》等報刊紛紛發表評論，既肯定它在揭批「四人幫」方面的積極意義，又對作者在愛情婚姻問題上表現的觀點提出異議。正值大家對這部小說熱議之時，遇羅錦以「沒有感情」為由堅決與第二任丈夫離婚，這一離婚案在社會上傳炒的「沸沸揚揚」，《新觀察》從 1980 年第 6 期開始開闢專欄「關於愛情與婚姻的討論」，主要刊登讀者來信來討論她是否應該離婚，這場討論整整持續了半年多，支持者認為每一個人都有自由追求愛情、幸福的權利，但更多的批評者則將遇羅錦看成是現代版的「女陳世美」。〔註3〕

與多數文學史把遇羅錦看做「有爭議作家」的觀點不同，白亮提供了她作為

〔註3〕 程光煒主編：《文學史的多重面孔》一書中白亮為自己文章所寫的「事件回放」，北京：北京大學出版社，2009 年版，第 137 頁。

「被批評者」這個有趣的「參照」。這個參照使我意識到，文學史往往是從遇羅錦的「婚姻多變」的角度評價《童話》的「自敘傳」特點的，而不願換另一個角度觀察作為現行反革命分子妹妹的切身境遇、她在幾次婚姻中的感受、各種社會思潮對她脆弱生活的衝擊等因素。不會注意到遇羅錦「被批評者」身份的強化，可能是由於她缺乏文學技巧，是她「業餘作者」的有限能力造成的。這就為「被批評者」的參照提供了更具體的實證，例如《當代》編輯部對小說初稿中關於「性描寫」的修改，編輯把初稿女主人公新婚之夜「真人真事」風格的描寫，盡量「刪得虛一些，美一些」，「編輯們把具體的動作描寫完全刪除，甚至將原稿中『我』的『順從』（閉眼）改為『強烈的反抗』（拼命地轉臉）」，等等。擅長與眾多「專業作家」來往且業務精通的《當代》的編輯，自然會減弱小說初稿「被批評者」的反抗姿態，將「自敘傳」納入主流文學的軌道。

白亮這樣做不是他比文學史教材高明，而是這種研究讓人們更理智地看到了「被批評情境」背後的一些歷史情況。研究者告訴我們，《童話》的寫作與作者個人身世之間確實存在著某種「互文性」，但這種「互文性」並不是作者「有意為之」的。事實上，「傷痕文學」時期的大多數文學作品，都帶著「作者」的「自敘傳色彩」，這不僅僅是遇羅錦一個人獨有的。遇羅錦的每一次結婚和離婚確實有個人方面的問題，人們的指責也不能說完全沒有道理。但人們為什麼不同時想想，在「小人物」與「歷史大漩渦」之間的選擇上，這種「小人物」的「卑微」是不是也帶有值得人們同情至少是憐憫的成分？這種參照，是在歷史敘述的框架之外，又新搭起了另一個歷史敘述的框架。我們不能只在一個歷史敘述框架裏想問題，同時也應該根據研究者的特殊情況在另一個歷史敘述框架裏想問題。而在我看來，這後一種歷史敘述框架，就是我這裡所說的應該注意研究小人物「卑微狀況」的「被批評者的情境」。

白亮還引進《童話》發表後的「讀者強烈反應」這個參照，來分析《童話》為何未成為「文學經典」的原因。他把這些小說之外的「社會材料」仔細放在注釋裏，通過「被批評」的情境令人對「遇羅錦現象」產生了更深入的理解：例如注釋3，「1980年初，人文社現代編輯室副主任孟偉哉『一旦接到遇羅錦的電話，也要叫來別的編輯旁聽。要是遇羅錦真人到達，更是趕緊叫人作陪。實在沒人，就把房門大敞，以正視聽』」；注釋4：「參加作協1981

年報告文學評獎而落選。同年，參加《當代》評獎，初評為『當代文學獎』，但新華社的《內參》以《一個墮落的女人》為題，譴責遇羅錦的私人生活，隨後『一個電話』又質問：『《花城》要發《春天的童話》，《當代》要給獎，是不是一個有組織的行動？』評委們緊急開會，決定取消獲獎，並寫信通知她：「原來說給你獎，經研究決定，不給你獎了」；注釋 9：「當時一位《當代》編輯回憶過這樣一件事情：遇羅錦曾將《童話中的童話》（即《春天的童話》）送至《當代》，編輯們看後不準備刊發。於是，孟偉哉讓另一個編輯姚淑芝打電話通知遇羅錦來取稿。遇羅錦來到出版社傳達室，要姚將稿子送到傳達室，她不想上樓。孟偉哉說，還是請她上樓來吧。遇羅錦上樓前，編輯們紛紛躲避，怕她發難。但遇羅錦卻讓大家意外，很平靜地接受了退稿的事實。」〔註4〕

　　白亮這裡引進的是一個 80 年代的「編輯部故事」。它讓我們看到了《童話》「內部生產」的詳細過程。沒有獲得「當代文學獎」，就意味著它被拒絕在「文學經典化」的第一道門檻之外。而在 80 年代，如果不獲獎、未編入「中短篇小說選」、「探索小說選」等選本的作家作品，想進入文學史「重要作品」行列幾乎是不可能的。「編輯部」在 80 年代文學的重要性是毋庸置疑的，當然它在任何文學年代的重要性都是不可輕視的。作為「經典初選」最重要的程序之一，「編輯部」掌握著作家作品能否成為「名作家」、「名作」的權力。自然，白亮在這裡列舉的不甚體面的「編輯部故事」不能責怪這些編輯們，它背後有當時複雜難言的歷史環境。不過，正是有了這個「編輯部故事」的「參照」，我們就不能輕易接受文學史對遇羅錦和《童話》的簡單定型了。由於這種「被批評情境」的存在，我們才得以對遇羅錦和《童話》產生了更多的理解和同情；與此同時，我們也可以借遇羅錦的「多變婚姻」為參照，去理解她小說為什麼會有如此強烈的「自敘傳」特點，以及她最後離國不返的原因。

二、「知青小說」是如何「尋根」的

　　最近楊曉帆寫了一篇題為《知青小說如何「尋根」》的出色文章。〔註5〕

〔註4〕白亮：《「私人情感」與「道義承擔」之間的裂隙——由遇羅錦的「童話」看「新時期」之初作家身份及其功能》，《南方文壇》，2008 年第 3 期。

〔註5〕楊曉帆：《知青小說如何「尋根」——〈棋王〉的經典化與尋根文學的剝離式批評》，未刊。此為 2010 年 4 月在中國人民大學文學院「重返八十年代」討

她以阿城的小說《棋王》爲個案，分析了「知青故事」是如何變成「尋根故事」的原因，指出文學批評對尋根的倡導、尋根圈子的相互影響、以及《棋王》被熱議後阿城對自己「尋根作家形象」的自覺修復並補充的過程。眾所周知，很多研究都是採取「遺忘」知青小說和「突然宣佈」尋根小說問世的敘述方式，來相信和接受尋根小說的意義的。

楊曉帆認爲，阿城發表在 1984 年第 7 期《上海文學》上的《棋王》起初沒有什麼「尋根意識」，他只是不滿流行的「知青故事」，只是有意想將這類故事的敘述「傳奇化」。這與當時文學批評將該小說納入「現實主義小說」的企圖也不很合拍。但是，當 1985 年「尋根小說」興起、尋根化文學批評成爲文學主潮後，阿城在文學批評的壓力與誘惑下改變了主意，他悄悄地跟風重建自己的「尋根作家形象」和「尋根身份」，使自己進入了新時期「主流作家」的行列。楊文指出，要瞭解這一過程，觀察當初的文學批評和作家自述的細微轉變是必要的，它們「指出了阿城在構思《棋王》時的三點設計：第一點顯然佐證了王蒙的判斷，《棋王》的創作起點，是要從此前常被忽視的知青的不同出身階層出發，去反思以往知青文學所塑造的『一代人』的苦難記憶；第二點可以看作是對「十七年」文學成規要求寫『最能體現無產階級革命理想』的『新英雄人物』的反撥，呼應新時期『告別革命』的國家意識形態回到普通人的日常生活敘事，這實際上延伸了第一點對知青文學寫作中英雄主義、理想主義情結的懷疑；第三點關於『吃』，有些突兀卻也給後來的批評留下了最大的闡釋空間。非常有趣的是，這三點的順序在阿城此後公開發表的創作自述中被完全顛倒過來。1984 年第 6 期《中篇小說選刊》（雙月刊，單月 1 日出版，即 11 月，「杭州會議」之前）全文轉載《棋王》，後附阿城的創作談《一些話》，原本排在最後的『吃』被大力渲染佔據了開篇位置，甚至被敘述成《棋王》的創作源起：阿城說，『《棋王》可能很有趣。一個普通人的故事能有趣，很不容易。我於是冒了一個想法，懷一種俗念，即賺些稿費，買煙來吸。……等我寫多了，用那稿費搞一個冰棍基金會，讓孩子們在伏天都能吃一點涼東西，消一身細汗』。阿城後來在很多場合都喜歡『躲避崇高』，宣稱自己寫作的功利性……」〔註6〕作家的「原始自述」作爲一個新的參照，對我們瞭解阿城的「知青作家史」非常有幫助。它告訴我們，在尋根批評沒

論課上的發言。

〔註 6〕同上。

有興起前，阿城並沒有意識到自己是「尋根作家」，《棋王》也不過是一種另類的「知青小說」。但這種參照卻以「追尋歷史」的方式，呈現出「知青小說」向「尋根小說」過渡時的曖昧情形，而這種曖昧情形卻往往被人們的研究忽略了。

但楊曉帆卻不願意同我們一起追尋什麼「歷史」，她認為正是在容易被研究者忽略的地方隱匿著有價值的問題。她對問題發出了追問：

> 在前面的論述中，我反覆用到「剝離」一詞，意圖是要說明在《棋王》被經典化為「尋根」小說之前，無論是當時的批評家還是阿城本人都沒有強烈的文化尋根意識，阿城的寫作緣起是基於他對自己一段知青經歷的人生體悟，而批評家也是在知青文學的範疇內思考它對知青運動史的歷史認識，並力圖發現它對於如何重建新時期改革語境中知青主體位置的正面意義，只不過這種思考還沒有深入下去，就被「尋根文學」的討論阻斷了。指出這一點，並不是要完全否定批評將《棋王》讀作「尋根文學」的價值，也不是要將《棋王》簡單判定為一篇標準的知青小說。不可否認，《棋王》的確有它溢出傳統知青小說寫作及現實主義文學成規的部分，因此，值得追問的是，當阿城採取這套另類表述方式去書寫自己的知青記憶時，它與以往知青文學對一代人歷史經驗的態度有何不同？只有在文本分析中重新發現《棋王》之於知青文學的意義，才能進一步思考將《棋王》追認為「尋根」小說的過程中批評存在的問題。〔註7〕

在我看來，她指出的「當阿城採取這套另類表述方式去書寫自己的知青記憶時，它與以往知青文學對一代人歷史經驗的態度有何不同？只有在文本分析中重新發現《棋王》之於知青文學的意義，才能進一步思考將《棋王》追認為『尋根』小說的過程中批評存在的問題」，可能正是我強調的需要在文學研究中建立「參照性」的觀點。楊曉帆把阿城放在「知青經驗史」和「尋根文學批評史」這兩種新的參照中，不僅激活了人們對「尋根文學」的思考，更重要的是她把對「尋根文學」的研究推進到了具體的步驟和知識平臺上。

不過，楊曉帆和白亮的「參照性」角度是不盡相同的。白亮是借用遇羅

〔註7〕同上。

錦《童話》背後的「社會史」來指出我們在研究認定作品的「意義」時可能會因爲忽視「社會史」而影響到對這篇小說的全面的理解；而楊曉帆從文學史的角度指出，我們只在「尋根批評史」的結論中肯定《棋王》卻沒有意識到它同時也掐斷了「尋根」與「知青」的歷史血脈聯繫，與此同時迴避了正是尋根批評「發現」了《棋王》並賦予了它「經典地位」的事實。楊曉帆以少有的理論銳氣質疑了我們，她引入「知青史」和「尋根批評史」作爲討論《棋王》經典化的「重要參照」，目的在於要恢復認識該小說之歷史意義的全面性和完整性；目的是要撕破文學批評的藩籬，還作品以其「本來面目」；目的是提醒我們意識到，當我們以「歷史研究者」的身份重新回到當時歷史之中作，讓我想起有人在評價席勒時的話：「他描繪了一幅兩種歷史學家對比的生動畫面：一種是混飯吃的學者（職業的研究者以其乾枯如土的態度對待那些成其爲歷史學的枯骨的赤裸裸的事實……）；一種是哲學的歷史學家，他們以全部的歷史爲其領域，並且把觀察事實之間的聯繫和探測歷史過程的大規模節奏作爲自己的事業。哲學的歷史學家獲得這些成果，是由於以同情的態度進入了他所描述的行動之中；與研究自然界的科學家不同，他不是面對著那些僅僅是作爲認識對象的事實；恰恰相反，他使自己投身於其中，並以想像去感覺它們，就像是他自己的經驗一樣。」〔註8〕楊曉帆通過將阿城和《棋王》「陌生化」修復了前者比較完整的歷史形象；她同時「使自己投身其中」，用這種方式觸摸阿城「就像是他（她）自己的經驗一樣」。她對「參照」的採用，使「尋根」小說的研究具有了哲學的意義。

三、80年代初文學的「兒童敘述者」形象

爲便於繼續我的問題，我從李建立寫於2006年的文章《再成長：讀〈愛，是不能忘記的〉及其周邊文本》的文章中提煉出這個小標題。〔註9〕這篇文章對我提倡的研究可能有所偏離，但它對作品的敏銳觀察和細緻分析，尤其是提出的問題則是不可忽視的。在對小說結構、母親形象、80年代文學的範導者問題等等進行了周到研究後，作者令人驚異地發現了一個事實：

> 成長是在回憶和閱讀中進行的。作爲相依爲命的母女，女兒無

〔註8〕 柯林武德：《歷史的觀念》，何兆武、張文傑譯，北京：商務印書館，2007年版，第161、162頁。

〔註9〕 李建立：《再成長：讀〈愛，是不能忘記的〉及其周邊文本》，《海南師範學院學報》，2006年第5期。

疑是除母親本人以外最切近的觀察者和講述的最佳視角，可是讀者
的閱讀過程卻多少有點撲朔迷離。原因在於，貫穿母親愛情故事的
敘述者始終是一個不諳世事的孩子，對於愛情，她充其量也只是懵
懵懂懂，在母親愛情故事的重要時刻（小說中著意描述的一次相
見），敘述者表現得十分的幼稚，使得本來可能清楚明白的一次戀人
相見變得真假難辨，最終借助成年敘述者的分析和「再解讀」才得
出結論。這些都可以看出，在「愛」這一新的主體指標面前，敘述
者是一個兒童形象，儘管她的生理年齡可能已經不再是生理學意義
上的兒童——按照文中的交待，其實際年齡至少是少年。由於這一
視角的限制，故事的場景被「推遠」了，這也平添去了相當的神秘
性，頻頻出現的特寫並沒有給不明就裏的讀者（尚在閱讀中）多少
肯定，而是在隨後敘述者作為成年人對故事進行分析時，才直白地
說出「真相」。而就在這時，故事的主人公已經先後辭世，情節已經
無法往復，這一悲劇性的結果被嫁接在（從閱讀效果上看）敘述者
童話式的「閱讀」經驗上，加劇了故事的嚴肅感和沉重感，也給讀
者和敘述者帶來了情感的震驚體驗。〔註10〕

這篇文章有價值的地方，是它幫我們提煉出新時期文學初期「傷痕期」一個
很重要的問題：即整整兩代人在歷史意識和認識上不成熟的「童年經驗」。處
在「歷史控訴經驗」旁邊這個小小的「童年經驗」的「參照」，過去是不太被
人所注意的。於是作者運用這個「參照」分析「新時期文學初期」的敘述結
構，在具有主體性意義的「母親愛情故事」面前，敘述者始終是一個「不諳
世事」的孩子，她在母親愛情故事的「重要時刻」，表現「十分的幼稚」。因
此，他對該小說的中心結構「成年戀情」，只能借助成年敘述者的分析和『再
解讀』才得出結論。由此可以看出，「在『愛』這一新的主體指標面前，敘述
者是一個兒童形象」，「儘管她的生理年齡可能已經不再是生理學意義上的兒
童」，「其實際年齡至少是少年」。對於熟悉「傷痕期」歸來者一代和知情一代
作家創作的人來說，李建立通過分析《愛，是不能忘記的》的「敘述者形象」
深刻揭示了傷痕小說普遍「幼稚」的歷史成因——也即揭示了他們「儘管生
理年齡可能已經不再是生理學意義上的兒童」，但在實際歷史經驗和對歷史經
驗的理解與表現能力上，卻頂多是處在「少年」思想和情感層次這一驚人的

〔註10〕 同上。

事實。想想王蒙《蝴蝶》無處不在的浪漫、張賢亮《綠化樹》、《男人的一半是女人》的歷史主義矯情、孔捷生《在小河那邊》的強烈戲劇巧合性、梁曉聲《今夜有暴風雪》的過於理想化色彩……進入「傷痕期」的許多當代作家身上，確實普遍存在著李建立所揭示的「生理年齡」上的「兒童」特徵。也許正是這種「不成熟」，反而讓我們這些經歷過歷史磨難卻又看不到最深刻揭示的讀者再次「回望歷史」時，在內心深處不由得「加劇了故事的嚴肅感和沉重感」，從而產生出由於這種歷史得不到應有揭示深度而導致極度失望後的「情感的震驚經驗」。

李建立文章的價值不是重新評價 80 年代初期「傷痕文學」的成就，而是由於他引進「兒童經驗」這種重要參照使得我們對新時期文學產生了更新鮮的理解。這種「參照性」的價值在於，作者意識到「故事的主人公已經先後辭世，情節已經無法往復」，歷史製造者們大多紛紛撒手而去，所以文學敘述或者進一步說歷史敘述在一種「時過境遷」的年代環境裏事實上是無能為力的。倒不完全因為敘述者的天然缺陷——「兒童經驗」，而是在一種日趨功利性的「時過境遷」的年代環境裏，他們已經沒有能力復原當年「故事的嚴肅感和沉重感」。在這裡，「參照性」不是真正要指出「歸來」和「知情」兩代作家歷史解釋能力的缺乏，更重要是它指出了這些敘述者已經處在不能解釋這種歷史「嚴肅感和沉重感」的年代環境裏，這種環境決定了敘述者只能被迫地按照這種環境對歷史的解釋來解釋歷史。這種「參照性」更深刻地暗示著，敘述者們即使曾經秉持「成年經驗」狀態在當年的歷史中生活過、思考過，但由於當代年代環境對人們成年經驗的強制剝奪和將兒童經驗的強加，也不能再回到「成年經驗」裏了。換句話說，敘述者即使曾經有過「成年經驗」，它在過去年代裏也秘密經過閹割的程序了，大多數人都退化到了「兒童經驗」生理和心理階段，他們就是想如「成年」那樣想問題，這種能力實際也是天然匱乏的，因為當代歷史的環境不僅沒有培育這種能力而事實上是希望把它剿滅在萌芽狀態的。

有意思的還不僅是「參照性」發現了新時期文學初期敘述者歷史能力的匱乏，而是還發現了重讀意義上的「文本效果」，作者寫道：

> 講述母親的故事之前，「我」是一個面對人生困惑的青年，總想辯駁而又不斷退讓；講故事中，「我」一直是一個不解世事的兒童，說話幼稚，僅僅對成人世界有著好奇，卻無法解釋；講故事後，「我」

成了一個可以告知別人如何行事的人，開始大聲辯駁，滔滔獨白。可是，講故事前的「我」和講故事後的「我」其實都是母親去世之後的「我」，也就是說，是出於相同時段的同一個人，她在講故事前，已經知道了所有的故事。這樣一來，那個講故事前的「我」的所有不知所措的言行就顯得極其虛假和做作了……〔註11〕

李建立在這裡發現了新時期文學之建立過程中有一個歷史的「預設性」。實際當時很多作家在敘述歷史時都已經知道了那個「預設性」的東西的存在。在當時各種媒體中，原來歷史的諸多形象都已經走向了自己的反面，這種預設性幾乎就是當時社會公眾和領導人物所作出的歷史選擇。在這個意義上，恐怕不止是作家，幾乎所有新時期文學的讀者「在講故事前」，都已「知道了所有的故事」了罷。但是，這種發現不是通過判斷而得到的，它是在「參照性」中建立起來的。因為有「講故事前的『我』」做參照，「講故事後的『我』」的歷史有趣性才能凸顯出來；正因為有「講故事後的『我』」的存在，「講故事前的『我』的所有不知所措的言行就顯得極其虛假和做作」的判斷才有可能浮出歷史地表，成為文學史的發現。這樣我們就能夠理解，「一種這樣粗糙的或直接的自由，只有產生出它自己的對立面才能發展成為一種真正的自由」。明白了，「在一切知識裡，不論是哪種知識，都有（先驗的）成分。在知識的每一個領域裡，都有某些基本概念或範疇，和與它們相應的某些基本原理或公理；它們都屬於那種知識類型的形式或結構，而且（按照康德的哲學）並非得自經驗的題材而是得自認知者的觀點。所以在歷史學中，知識的一般條件就是得自認知者被置於現在這個地位上這一基本原則，而且是正在以現在的觀點觀察過去。對歷史的直覺的第一條公理（用康德的術語來說）就是，每一椿歷史事件都被定位於過去時代的某個地方的」。〔註12〕

與白亮、楊曉帆又略有不同，如果白亮是在歷史情境中、楊曉帆是在文學史關係中揭示「參照性」對於理解問題的價值的話，那麼李建立的「參照性」則來自他對作品文本結構的觀察之中。他從作品細讀中發現「參照性」是以「以小見大」的方式來從事文學研究的。

〔註11〕 同上。
〔註12〕 柯林武德：《歷史的觀念》，何兆武、張文傑譯，北京：商務印書館，2007年版，第164、167頁。

四、對「不喜歡」和「喜歡」的問題的理解

遇羅錦並不是我「喜歡」的作家。她小說技術粗糙，理解歷史的方式過分個人化和簡單，而且似乎是以否定男人的方式來否定折磨過她人生的歷史的。這都不算是一個成熟或職業作家的表現。不過，正是在這種「不喜歡」中，我理解了白亮的參照性的研究。因為他引進「被批評的情境」這個「參照」，讓我這個 80 年代文學的當事人能夠進一步地確認《童話》大致的歷史位置。正如我文章前面說過的，它促使我給文學一個相對客觀的「定位」，促使我從這種定位中找出一些問題來重新研究。我找出的一個問題是，70、80 年代「轉型」的文學雖然正在鼓吹「回到個人」和建立「文學自主性」，但是對於遇羅錦這種「實錄性」的自傳小說還難以適應和接受。因為即使是文學的新啟蒙者們，也往往把「個人」理解成苦難的、理想化的、帶著時代悲情和知識精英視角的抽象的形象，而不是像遇羅錦這樣把個人經歷、尤其是性痛苦的瑣碎生活轉換為個人主體性的文學表現。某種意義上，正是白亮所引進的「被批評的情境」，讓我們能夠看到 80 年代初真實的文化狀況，看到知識界對「個人」的理解方式，看到文學實際承擔著社會大使命而不是遇羅錦個人生死病痛的這些東西，更看到了在社會輿論介入一篇小說獲獎和作家文學地位認知的強勢過程……如果沒有這些「參照」，《童話》背後的歷史故事恐怕永遠都沒有機會浮現出來，「遇羅錦風波」可能還止步在當時的社會階段上，她的「壞女人」的「作家形象」就這樣被死死栓住了。

「知青小說」是楊曉帆提供給我們認識「尋根小說」的一個重要「參照」。就像我們面前的一個湖泊，我們以為它本來就是這種樣子，而不會想到「湖泊」還有它的「上游」，它不是一開始就形成這種局面的。其實，就像賈平凹新時期小說之前還有「文革創作」，莫言「紅高粱」系列小說之前還有模式化的軍旅小說，汪曾祺《受戒》前面還有京劇劇本《沙家浜》等等一樣，找出了阿城的「知青小說家」形象才能更細膩更豐富地去理解他的「尋根小說家」形象。「上游」成為認識和理解「湖泊」的「參照」，作家的「史前史」也正是在這個意義上成為認識和理解作家「經典形象」的「參照」的。楊曉帆這篇文章叫《知青小說如何「尋根」》，說明她有意識地在按照「參照」的視野盡量去全面地理解尋根小說的發生和發展。這就是我在前面已經指出的：「這種『參照』往往不是研究對象主動提供的，而需要我們在深入的研究中尋找和發現」。尋根小說作為一個已經形成的「湖泊」，它早已成為了歷史，它不

可能主動找上來請我們去指出它的參照；我所說的在「深入的研究中尋根和發現」的意思，正是不滿足於尋根小說作為「湖泊」的這個樣子，正如有人所說的「歷史哲學乃是從哲學上加以考慮得歷史本身，也就是說從內部加以觀察」。〔註13〕這個「內部」在我看來指的就是歷史運動本身的某些規律。以「尋根小說」為例，它與知青小說的脫離並不完全都是由於「文學自身」的要求而發生的，80 年代的城市改革、走向世界的社會思潮都要求它強行扭斷與知青小說的歷史血脈，與「改革」一起「走向世界」。然而，正是這種從文學觀念到小說寫法的過早的脫離，造成了知青小說的「未完成性」；與此同時，也讓尋根小說陷入自身困境。沒有楊曉帆提供的這種「參照性」的東西，我們不可能看到尋根小說作為「湖泊」的全部風景，這個「參照」的存在，我們有可能會找到「湖泊」的出湖口，找到它的「上游」，獲得了重審尋根小說的機會。當然我們也可以說，這種「參照性」的東西正是由於「不喜歡」已經固定化的關於尋根小說的文學史結論的這個「前參照」的情況下而出現的，沒有不喜歡的這個「前參照」的存在，也不會想到還會有另一個「參照」，從而開展對它的研究。

在文章開頭我還說到：「這種尋找的難度首先來自對自己研究習慣的克服，來自對自己觀點的必要的反省，它包括了給自己不喜歡的思想狀態和觀點的應有尊重。這種難度就在於在一種彆扭的研究狀態中超越自己，同時又返回自己，以便使自己的研究視域盡可能地抻開。這是我理解李建立為什麼要通過對《愛，是不能忘記的》這篇小說的「文本細讀」，來展開他對「作家」與「新時期文學」關係維度的思考的一個理由。他一定意識到了，「新時期文學」已經成為所有研究不能不面對的「參照」，那裡堆滿了對作家作品的「定評」。這種「參照」顯然使他感到彆扭，不那麼「喜歡」，但他又要在這種彆扭中超越自己，以一種重新返回自己真實閱讀感受的方式再次面對這篇小說。因此我發現了這裡面有了這麼幾層「參照」：一是因為「母親愛情故事」這種「成年經驗」的「參照」，才有可能會發現「敘述者」（即新時期文學初期的很多作家）認識歷史能力上的「兒童經驗」在不少作家身上實際是普遍存在的事實；二是不少作家身上的這個「兒童經驗」的「參照」，讓人意識到了並不是作家們不想擁有豐富的歷史認識和解釋歷史的能力，而是「敘述者即使曾經秉持『成年經驗』它在過去年代裏也秘密經過閹割的程序了」，由此

〔註13〕同上，第 180 頁。

看見了漫長和整全性的當代史；三是由於有講故事前和講故事後的兩個「我」的不同這個「參照」的存在，作者才發現了講故事後的「我」的「虛假做作」，更重要的是發現了「新時期文學之建立過程中有一個歷史的『預設性』。實際當時很多作家在敘述歷史時都已經知道了那個『預設性』的東西的存在。」所以在這個意義上，新時期文學不僅在文學史段落上是成立的，它在「題材意義」上也是成立的判斷，恰恰是前面的「參照」這面鏡子所映照出來的一個歷史鏡象。從這個角度看，所謂「參照性」，也就是「歷史性」；所謂「參照性」的研究，也就是「歷史性」的研究。這個「歷史性」並不是早就存在那裡的，而是需要通過我們的「尋找」才可能出現。正像「參照」也不可能一開始就存在於那裡的，存在於我們的書齋中的，而是需要我們每天面對大量已有研究成果、各種歷史文獻，從那裡像從「湖泊」踏訪它的遙遠漫長的「上游」一樣去尋找，去發現。通過對三位年輕研究者文章的解讀，我覺得這個過程雖然艱難，但也值得。

2010 年 7 月 12 日於北京亞運村
2010 年 7 月 13 日再改

當代文學學科的認同、分歧和建構

　　毋容諱言，在目前中文系七個基礎學科中，「當代文學」的學科可靠性一直讓人疑惑和擔心（類似情況，恐怕還有文藝學、比較文學和語言學理論這類非「傳統」學科）。在國家教育部頒佈的學科明目上，當代文學不叫「當代文學史」，而叫「當代文學批評」，一、兩字之易，差別甚大；「現代文學」則被稱作「現代文學史」，在學科中處於較高位置。在「現代文學」研究人士心目中，學科內部的這種安排，好像是一個沒有疑問的事實。但是，這種「身份危機」並不是所有人都能認同和看得清楚的。在我們能夠見到的敘述中，當代文學是相當「繁榮」的，它的「敏銳性」、「知識信息量」，它的「思想深度」和對別的領域的啓發性，可能都不應該在「現代文學」之下（或者更高？）。當然，這樣的確信是值得讚賞的。當代文學思想的活躍性，和姿態的多樣性，它對當代中國現實深切關注和有力的剖析，也都是一個必須看到的事實。不過，不同意見的存在卻只能加重我們的擔憂，即，在今天，在當代文學研究界，對學科如何發展其實並沒有形成任何共識，相反，分歧還有繼續擴大的危險。「當代文學」作為一個獨立學科的不確定性，一些可能來自同一學科內部的偏見、歧視，有一些來自對學科「標準」的不同看法，還有一些則是它本身的問題，例如，對「批評」、「研究」價值估定的分歧，是不停地跟蹤現象，還是停下來做一些情理和切實的研究，以及設定邊界、積累資料進而形成話語共識，等等，都使問題無法獲得進展。

一、

　　始終沒有將自身和研究對象「歷史化」，是困擾當代文學學科建設的主要

問題之一。在我國現代學術史上，所謂「學問」之建立，一個很重要的檢驗標準，就是一個學科、一個學者有沒有一個（或一些）相對穩定的研究對象，而這個（這些）研究能否作為一個「歷史」現象而存在，並擁有足以清楚、自律和堅固的歷史邏輯，等於是否可以作為「學問」來看待的一個基本根據。1978 年我剛上大學的時候，記得系裏治古代文學、古漢語的教授是最「吃香」的，不僅名牌教授雲集，而且聲譽極高，被認為是中文系最有「學問」的關鍵性學科。這種現象，在全國各地的大學中都很普遍。在當時，「現代文學」就如今天的「當代文學」一樣「跛腳」，教授佈不成陣，而且倍受「二古」歧視與奚落。經過二十多年和幾代人的努力，這種「落後」狀況有了很大改觀。某種程度上，目前在現代文學研究界，他們的自我感覺，似乎已經和當年的「二古」學科一樣的「良好」了。其諸多原因，容我不再展開討論。但有一點，卻是可以確認的，即由於它對自身及其研究對象持之以恒所開展的「歷史化」的工作，足以被人看作是一門可以稱道的「學問」。這種歷史化，既有時間範疇上的，如「五四文學」、「三十年代文學」、「四十年代文學」；也有地域上的，如「國統區文學」、「解放區文學」、「東北淪陷區文學」；既有流派上的，如「京派」、「海派」、「自傳體抒情小說」、「鄉土小說」、「為人生文學」等；另外還有作家作品研究，如魯迅研究、郭沫若研究、茅盾、巴金、老舍、曹禺、沈從文、丁玲、錢鍾書、張愛玲等專屬研究領域，為此，成立了名目繁多的「研究會」，（如「魯研會」、「郭研會」、「曹研會」）還形成不同的「研究界」和「研究圈子」。在現代文學研究界，凡「知名」學者，誰都知道他是「研究什麼」的。而在當代文學界，提到學者名字，皆可以統稱為「搞當代文學的」，或都是「著名批評家」。這樣的「稱呼」，自然讓人感到不甚舒服，但實在也道出了當代文學一直缺乏學科自律、沒有歷史規劃，因此帶有相當的學科隨意性的尷尬現狀。我們必須接受這一「事實」。（我自己的某些工作，同樣也不例外）

當然，上述「缺失」，近年來已有所改觀。在當代文學中，已經出現了一批富有成效的研究成果，有了基本的「歷史眼光」，和「研究方法」，同時，也開始形成一定的比較固定的研究「範疇」，如「十七年文學」、「文革文學」、「八十年代文學」等。但是，在人數眾多的當代文學界，「當代文學研究」的聲音依然是非常微弱、寂寞的。造成這種原因，一是歷史習慣的問題。大家都沒有將它當作一個「歷史」學科看，所以，不認為「潛下心來」，就應該是

當代文學的所爲。在一些人眼裏，它還可能被看作是「不敏感」、「沒才氣」的表現。而在當代文學中，「才氣」往往被認爲是當代文學的一個很重要的從業素質，這就使一些人，在很年輕的時候就已經非常出名。但是可能中年之後，隨著敏銳度下降，精力日益不濟，一些人便不得不漸漸退出競爭，變得無事可做；或以文學活動爲主，當然也有例外（在當代文學中，知識結構的新舊與否是很重要的；它在其它學科雖然也有必要，但「工夫」的深淺卻往往更受重視）。這種情況，與許多「傳統」學科有很大的區別。因爲屬於「歷史」學科，不少人雖出名較晚，但在中年、老年階段反而日見「爐火純青」，他們「最好」的著作，不少是在這一人生階段完成的。二是偏重潛意識中追求「轟動效應」，把當代文學等同於「提出問題」的「能力」和思維方式，也不能說在研究者中沒有較大的市場。當然，當代文學的一部分學科性質，就在於它比其它學科更重視「前瞻性」和「前沿話題」，這是毫無疑義的。但，如果在學科中佔有「壓倒」趨勢，甚或成爲一哄而起的選擇時，那麼問題也會隨之而來。如「問題」的表面化、話題化和泡沫化，缺乏深潛的研究，和繼續追問的實際效果。它還勢必會導致心態的懸浮，使人們的批評觀點經常處於一種朝見夕變、疑惑時起的狀態。在這樣的情況下，難以有穩定可靠、根據十足的成果問世。這也是我們必須警惕的。第三，仍然把對不斷湧現的紛繁文學現象的「宏觀式」跟蹤和描述，看作當代文學的「主流」方向。自然，作爲文學發展的某些標誌性東西，「現象」、「潮流」的重要性是不待自言的。有時候，它還會成爲認識一個時期文學「根本規律」的敏感的試金石。不過，面對大量的宏觀式眼光和論文，這種「現象批評」也存在一些需要質疑之處。

在我的視野中，所謂「現象」，一般是有「當前」和「歷史」的區別的。不過，即使如此，「當前」現象中仍然含有「歷史」的因子，不是一種從天而降的產物。而且在現象內核之中，還潛藏著多層交叉、重疊的含義，有不少性質不同的問題需要加以辨析才能看得清楚。但是，在諸多「現象批評」中，由於被認爲是一項被批評家個人「發現」的最新成果，產生了急於攻佔的欲望，那麼在這一過程中，「歷史」的重要性就勢必降低，爲「當前」所取代，甚至有可能完全被遮蔽。如在「新世紀文學」的討論中，這種現象就比較普遍。在一些批評家的文章中，「新世紀文學」被認爲是「全球化」、「外國資本」和「跨國公司」聯合包裝的東西，他們也許沒想到，就在上世紀的二十、三

十年代，出現在上海的「新感覺派小說」、「左翼文學」等等，是可以用同樣的話語形態、批評方式稱之爲「新世紀」文學的。至少在學理上，這種聯想大概不會犯錯。又如新近「很熱門」的「民間寫作」的現象描述，在不同的批評家那裡，至少包括了這幾層意思。一是指它與「國家話語」相對立、衝突的異質姿態和內容。另一指作家通過對「民間文學資源」的吸收，所呈現出來的一種非常鮮活的「個人化」寫作狀態。還有人認爲，如果缺乏個人創作才能，那麼對作家來說，「民間」就很可能只是一個外在的、異化的因素。這些一些表述，使得這個概念變得非常的饒舌費解。造成概念、角度上的混亂，顯然與缺乏「歷史」的分析有關。另外，也不排除急於建立某一理論、方法的優勢，爭奪某些話語權的心理。這種可以理解的混亂，實際反映出當代文學一直缺少「學術規範」的問題。即便有再多現象跟蹤、描述、總結，如果沒有建立在對這些現象的材料佔有、整理和分析的基礎上，而是拿出來就寫，用一種理論事先預設，得出結論的可靠性就不免令人生疑；如果連作品都未讀完，就連聲說好，並不著邊際地給出嚇人的定論，這樣的做法難道就很妥當？又如果，提出一個問題，總得對基本概念做點限定，劃出討論範圍，並指出它本身的某種限度，否則那只叫虛張聲勢，無助於問題的求證、分析和展開。在我看來，所謂的「歷史分析」，就是在佔有材料，充分理解現象背後所潛藏的各種問題的糾纏、矛盾和歧義之後，然後針對這些現象所作出的謹愼、穩妥和力求準確的論述。當然，當代文學「每天」都在發生，面對大量、鮮活且不重複的諸多「現象」，批評者怎能耐下心來冷靜研究？要他足不出戶，不出席各種座談會，而日日那樣坐在書齋翻閱材料、清理思路和字字掂量也不現實。……這是我們實際的困難，實際也是需要深入探討的一些問題。

二、

當代文學學科的另一個問題，是如何看待「批評」。在一些人看來，批評是最能顯示文學的「當代」特徵的一種書寫形式，它的敏銳性、針對性是一般的研究無法相比的。這種看法，並非沒有道理。但是近年來，批評也招致了一些這樣的抱怨，如「表揚批評」、「圈子批評」、「炒作」，如「以偏概全」、「才子氣橫溢」等等。後者指責的是，對文本不尊重、沒有標尺的讚揚，或者那種既缺乏起碼根據，也根本不與批評對象進行「對話」，而是自說自話的

否定。例如有的「美女作家」寫得並不怎樣，卻被封為「罕見奇才」，而有的知名作家偶失水準，或有點「商業」考慮，即被批得「體無完膚」，一錢不值，如一位知名作家的「上下部」長篇小說新作。根據我有限、粗淺的閱讀，有一部長篇小說一直沒有使我感到興奮、沉迷，但在一些批評文章中，卻獲得了「很高」的評價，也令人不能理解，如此等等。這裡，可能涉及到一個觸目的問題，即「批評」究竟有沒有一個眾所周知的「標準」？一方面，批評家對文本的興趣，已經不限於「文本」，他本人就生活在這個物欲橫流的大千世界，每天都必須面對金錢、聲譽、媒體、觀眾。也就是說，「文本」已經超出了文學範疇，而變成了這個「世界」，那麼，你怎麼叫他只對「文本」負責，而不對整個「世界」負責。另一方面，批評還能不能回到「文學」當中。所說的文學，一般是指文體、敘事方式、象徵、隱喻、文本獨創性、作者、讀者、作家的才能等等。而在有的批評中，所討論的卻是知識分子、歷史、性別、種族、婦女、地域文化這些文化批評話題，「文學」只作為某個故事片斷或人物活動，成為證實、支持上述「知識」的鮮活個例。在這裡，「文學」變成了「知識」的附庸，成為顯示真理、話題的輔助性的一堆材料。但是，對於上述指責，批評家也有他們的理由。在他們看來，對任何文學文本，批評者都有權利作出自己的選擇。作為批評「主體性」的顯示之一，批評不應該成為作家、文本的附庸，不應該被人左右思想的發揮。在充分顯示批評家「個性」的前提下，作家和文本，不過是其展示眼光、觀點和審美態度的刺激性因素而已。在這種情況下，所謂批評沒有「公認標準」，其實是不奇怪的。所有這些指責和困惑的產生，相信都是正當和合理的。他們指出的，是依據自己的理解對如何建立當代文學專業標準和精神目標的一種接近個人化的設想和看法。

作為當代文學學科材料、文獻積累的重要基礎之一，當代「批評」無疑起著無可替代的作用。與此同時，它對「當前」創作現狀、現象，和作品最初、也是最生動的把握，顯然是當代文學史研究的一個重要起點。這都是無可爭議的。問題在於，它是否應該與「媒體批評」嚴格地加以分析區分。我們應該懂得，在媒體批評年代，一切「批評」都會與媒體批評牽扯到一起，變得渾然一體。媒體批評最根本的「價值訴求」之一，是對社會大眾取得一種「震撼」效果。一段明星軼事、離奇醜聞、黑幕公案、小人物悲歡，都可能成為批評的「熱點」、「焦點」，被一再追蹤、炒作和連續報導，直至掀起軒

然大波。因此，媒體批評實際在意的是社會視聽的高峰體驗，但，那才是一種真正的「價值懸空」。當代作家，尤其是「當紅」作家當然不可能與「社會絕緣」。他們中的一些人，還可能就是「大眾明星」。所以，當代「批評」具有兩面性質，一是面對大眾讀者發言，另一是要對文學發言。也就是說，它難以避免地暴露出某些媒體批評的姿態、性質。但，「批評」又必須為「文學」負責，對文學的精神生活、審美生活負責。因此，批評又只能是一種顯而易見的「價值」批評，是對藝術品嚴格、謹慎的檢驗和評價的工作。它不能人云亦云、說東扯西，把作家作品都當作「媒體」對象，將「刺激」效果作為批評的最終目標。

還有一種來自海外的當代「批評」，例如「二十世紀英雄與人的文學」、「再解讀」等等。由於以「嶄新理論」為依託，所以給人以新鮮刺激和耳目一新的效果，它們對有些過於固化的文學史結論的改寫，確也有一定的學術份量。不過，這種「批評」的明顯不足是，對歷史文獻的輕視，不耐煩於絜實、繁瑣的基礎研究。作為八十年代「文論批評」在海外的餘脈和承傳，暴露出那個時期一直未改的積習和毛病。但它以「西學」為武裝的高端姿態，也令一般人士批評不得。既然有這麼漫長的「暑假」，自然可以在國內學壇旅行和傳授布道。但是，這一批評的「武斷」口氣，也時常令人吃驚。由於迴避了研究的「中間過程」，以結論替代甚至遮蔽艱苦曲折研究進程的印象，同樣給人觸目驚訝的感覺。當然，在這些方面，我們也遇到了難題。大量的疑惑，阻塞著我們的思考：如，假如文學批評已失去了它質的規定性，完全與殖民、女性、少數民族和社會問題相混同，那麼是否還需要「文學」批評？假如文學批評一定意義上變成西方「知識」的附庸、堆積，那鮮活、個人與貼近文本的感性的文學批評是否還有存在之必要？如果一切批評都與「媒體」、「西方」掛鉤，那足以揭示人類困境、夢幻與抗爭的文學事業，究竟能否再立足於當代中國的大眾社會？或如果相反，面對浮躁局面去作一些複雜、深入（可能並不討好）的細緻研究，是否也存在一定的學術生存的難度？這些，都令我們感到了苦惱。

當代批評的這些狀況，以及對當代文學學科的深度侵蝕，自然與九十年代後的「現狀」有關。九十年代後的十餘年中，我們對「世界」和「自我」的認識，都發生了難以想像的變化。一種「震驚」的現實，是它極大地動搖了我們對現實、傳統、知識、精神、語言的穩定的認識。「處變不驚」的歷史

性沉著不見了。代之而起的，是對「未來」的驚恐、不安和虛無。一些人甚至正在一點點地喪失對當代文學學科精神信仰上的依賴感，對學科積累的基本耐心。當代文學錯過了像現代文學那樣「耐心積累」的「八十年代」，像後者一樣，它有足夠時間清理歷史，建立學科存在的根基，和共同遵守的「話語譜系」。在語言學轉向、解構主義、文化批評紛至沓來的十餘年間，它經常隨意採用各種理論、觀點，提出各種問題，卻沒有對任何「問題」進行「沉澱」、「整合」和「轉化」，並變成一種有效的屬於本學科的「通用知識」。它甚至不願意去回答，「歷史」何以這樣被「敘述」，中間經歷了什麼曲折、複雜的語言過程，並在一定的審視距離中，對其加以必要的解釋和說明。在「現代文學」逐步確立起自己的話語體系和話語霸權的這十餘年間，充斥在「當代文學」學科中，並彌漫為一種研究者「生存環境」和「文化氣候」的，不是那種「研究心態」，而是一種十分深厚的「批評心態」。在今天，「批評」已經成為「當代文學」的一個特殊存在方式、表達方式和學科的基本特徵。

當然，在客觀上看，在「大變」年代，我們都無權要求人人「超越」自己的時代和認識的極限。但「客觀」條件卻不能因此變成另一種特權，即認為本來「如此」，所以便只能「如此」。自然，對「批評」現狀的學科意義的反省，對於它的改善、討論和建議，似也不應在這一混亂的歷史過程中停頓下來。

三、

在「批評」之外，「宏觀論述」是另一種運用非常普遍的當代文學研究的書寫形態。「宏觀論述」的作者，一般喜歡使用「二十世紀」這種概括式的文章標題，和概括性的描述與結論。我們有理由相信，採取這一主觀化的方式討論問題，並求得問題的解決，肯定是因為論述者首先掌握著一種先在的、經驗的思想結論。他是在對論述對象「瞭如指掌」的情況下從事論文寫作的。但是，它也會遭遇另一個問題，即研究變成了一個「事先知道」的儀式，一件很容易的事情。

我們之所以對宏觀論述持一種比較保留的態度，一是因為它過於自信而忽視了研究對象的複雜性。我們知道，出於簡單化的理解，「當代」文學會被讀解成一種受到社會權力壓制的結果，這在 50～70 年代的文學研究中多是如

此。從大的方面得出這樣的結論，應該沒有問題。不過，「文學」與「政治」不同，不同就在於它是「文人」所從事的「事業」。因此，在歷史過程中，它潛藏著文人的情緒、心理、歷史記憶等一些為政治無法根本制服、翦滅的東西，在文人精神生活的「私密場合」，還會殘留著許多人所不知的真實「細節」。例如，這在《文藝報》的「編者按」與作家作品關係的起伏變化中，可以明顯地表現出來。其中原因，一是該報的編委會雖經過了數次清洗、改組，但它的「主編」、「編委」等等「編者按」作者們都還保留了一定的「文人本色」，有一定的「書生氣」，他們既忠誠於「黨的文藝事業」，同時對作家作品也有很深的感情。另外，也非常愛才。一旦這種隱秘心態不會與大的「原則」發生根本衝突，可以適當「通融」，那麼，由此產生的溫和態度，就會反映到對一個「事件」，或作家作品的評價中來。其次，文藝界的「政治運動」也會時緊時鬆，不可能始終「劍拔弩張」。通過報紙的「約稿」、「審稿」過程還可以發現，文藝界因為「運動」而出現的比較緊張的關係，有時候也會緩解、鬆弛。在「編輯」與「作者」之間，既隔著一道意識形態的屏障，但「文壇朋友」的人倫關係偶而也會閃現。在這種情況下，「編者按」文章的多樣姿態便會「呈現」出來，令人不再感到可怕，甚至還有些「親切」的意思。如此等等，都使人們想到，由於宏觀論述只注意「宏大」的命題、結論，所以，不關心這種歷史過程的複雜性和互文狀態。當然，也不相信凡是事物，其實都存在「限度」的問題，即使是號稱強大的東西，也未必都能事事如意、所向披靡。

「宏觀論述」的另一個表現，是「從我開始」。之所以產生這種敘述幻覺，是在許多人看來，當代文學研究就是一種「現狀批評」。有針對性、有力量對當下發言的「現狀批評」，被理解成了一種更為「有效」並有「學術價值」的研究方式。如果從當代文學的某一局部功能看，這樣的說法當然沒有問題。但是，問題的另一面又是，「現狀」並不是空洞的、抽象的和不及物的所指，隨著時間推移，一些「觀念」層面的東西，有可能沉澱為具有「實在」意義的材料（如批評文字、作家訪談、事件綜述、爭鳴文章等）；另一些是屬於作品文本「外部」的東西，例如出版宣傳、文壇酷評、依賴作品生存的文學批評，等等，也並非從批評空間中蒸發。在市場化年代，一切作品的生產，都不可能是真正「純粹」的，而這些作品「周邊」的諸多因素，即使只是兩三天的事情，都應當稱其為「歷史材料」，是我們從事當代文學批評、研究的一

個知識「共同體」。而現在的事實是，大部分的「宏觀論述」，都遺忘了這些「歷史材料」或「共同體」的存在，它們熱衷於將研究者的主觀願望和理論預設作為唯一的起點。正是在這個意義上，「從我開始」的「宏觀論述」帶來了兩方面的情況：一方面變幻不定、層出不窮的這類文章，既緊跟著社會生活、文化思潮的脈搏，又展現了南轅北轍的新鮮刺激、研究者的「創造性話語」在那兒不拘一格、自由馳騁。另一方面，千奇百怪的不同看法、觀點同時擁擠在相同的歷史時段，同一個話語空間，對同一個作家、作品的結論甚至於會大相逕庭……就連即使「著名」的作家，也很難在今天眾多研究者那裡獲得「統一認識」。從這個角度看，「歷史材料」和「知識共同體」的存在，就意味著一種寫作的障礙，一種思考的阻力，它無形之中增加了論述過程的限度，減緩了它的本質化敘述和無限膨脹的速度，改變了作者自以為是的態度——很大程度上，它是與「歷史」的一次有意義的「對話」，而不是作者本人的「自說自話」。後一種情況，在許多「歷史」學科中早已成為一種「慣例」，是大家必須遵守因而極其普通的「寫作通則」。

當然這樣說，不是說宏觀論述完全沒有可取之處。而是說，有依據的、言之有理的、思考謹嚴和深入的宏觀論述，不僅能給人更大啓發，而且正因為其「宏觀」視角而對當代文學研究的停滯局面產生爆破性的力量，有一種「方法論」的價值。一種嚴格依據材料，通過對它們的細緻甄別、界定、提煉並加以歷史歸納的宏觀論述，實際是對研究者的一個更大的考驗，有一種難以想像的寫作的難度。例如，即使在宏觀論述盛行一時的八十年代，李澤厚的《啓蒙與救亡的雙重變奏》、《二十世紀中國文藝一瞥》，劉再復的《論文學的主體性》，卻能在當時大量宏觀「空論」中獨樹一幟，給人留下難以忘懷的印象，即為一個例證。那麼如此看來，宏觀論述並不是一時興發之隨感文章，而是久蓄心底、不得不發之深沉思考的結果；宏觀論述並非人人可以輕易操作的現狀批評，而是那些眼光非凡、運心獨具且經過艱苦磨練、再三掂量和反覆思慮之後的精神的結晶；宏觀論述更不是一種流行寫作體和流行話語，而是一種拙樸、滯澀、平實和難得一見且又灼見迭出的表達方式。而在我看來，之所以「宏觀論述」在當代文學研究中大量堆積，且流行不衰，大概是「避難就易」的心理在作怪，是「取巧」的學科習慣起著支配作用。此風不煞，當代文學的學科建設將毫無希望，或者沒有多大希望，也大概也是我的「宏觀」之語。

四、

當代文學學科的最後一個問題,是寫作的「快與慢」問題。對南帆最近寫的一篇文章《快與慢,輕與重》,我很有同感(見《當代作家評論》2006 年第 5 期)。他寫道:「相當長的時間裏,人們對『快』已經產生了一種上癮似的迷戀」,「這肯定深刻地影響美學風尚的轉變」,因此他揪心地表示,「緩慢的敘述時常遭受嫌棄,多數人嚮往的是快節奏的情節」,「如今,『快』的追求肯定是最為強大的時代潮流。」九十年代初,詩人蕭開愚寫過一篇勸告別人放慢寫作節奏的名曰「中年寫作」的文章,也有相類似的觀點。一位一年能寫一、二十篇文章的朋友曾感到不解,一些做現代文學的為什麼一年只寫四、五篇文章,這是相反的例子。

當代文學的從業人員,所寫文章的數量往往都相當驚人。除了要為各種座談會、發布會趕寫各類「時評」,還因為感受很多,思維敏捷,因而也不得不發。這樣的情況,在「現代文學」中也不是絕無僅有。不過,如果認真寫一篇現代文學的研究文章,查找材料一般都要二、三個月,再整理、過濾到寫畢,怎麼也需要三、四個月時間,與上述朋友疑惑的情況比較相符——對此,沒有必要避諱。當代文學的「量大驚人」,有其學科「特點」,歷史習慣,不能夠求全責備。其實,我們可以反問,魯迅、周作人一生著述不都有幾百萬、甚至上千萬字之巨麼?為什麼沒人責怪他們「粗製濫造」、「批量生產」?問題可能是,他們的著述,水平雖然也不整齊,但還注意謀篇布局、仔細經營,與更多「現代作家」相比,顯然仍屬上乘,其中不少,堪稱是上世紀文學寫作的「典範之作」。而當代文學研究存在的問題卻是,許多文章並不是認真思考之所得,有一些還可能是「不得已」之作,而有些則多出自「感性」因素,沒有經過「理性」過濾,所以留下印象極其不佳。

但是,當代文學研究寫作的「快與慢」問題,一定程度上反映著研究者本人的「心理素質」。在當今傳媒時代,雜誌多如牛毛,約稿若雪片紛飛,而作家「新作」送出,「新人」比春筍還多,這對每個批評者、研究者都是一種「考驗」。因此,所謂「心理素質」,就是敢於「拒絕」。「拒絕」不是不食人間煙火,而是有嚴格的挑選眼光,並不一一從命。它是一道審美屏障,過濾著「非文學」、「非學術」的雜質。「拒絕」更是一種「境界」的顯示,因為它拒絕人云亦云、隨機應變、沒有立場。「拒絕」還是一種緩慢敘述,它是拿準了才去發言,是真正心有所悟、心有所得,才字字謹慎,由表入裏,對問題

能作深入的掘發。這就是南帆所說的「苯」:「在某些傳統思想家那裡,『苯』不一定是一個貶義詞。從納於言而敏於行到信言不美,美言不信,『苯』是許多思想家所推崇的品質」,「他們贊許的耐心與恒心,是兢兢業業,一絲不苟的苯工夫」,即「老子曰,大巧若拙」,「高也,樸也,疏也,拙也」。它還是郜元寶先生之批評(或挖苦?)洪子誠先生的所謂文風的「滯澀」。(見《作家缺席的文學史──對近期三本「中國當代文學史」的檢討》,《當代作家評論》2006 年第 5 期)如此看來,所謂當代文學研究的「心理素質」中,既有一個「熱眼關注」的現狀,也有另一個「冷眼旁觀」的自律問題。有一個「不得不快」、「不得不應付」的寫作的苦惱和困境,事實也存在著可以減快為慢、轉向步步為營的個人寫作自由。並不意味著整齊劃一,而是因人而異的。具體實行起來,其實相當地矛盾、猶豫,舉步維艱,並不像想像的那麼簡單。

寫作的「快與慢」,還牽涉到對當代文學學科的整體認識。一是學科的新與老問題。如果從 1949 年算起,「當代文學」已存在 50 多年時間,超出「現代文學」20 年之多。它起步不能算晚(王瑤雖然 1951 年出版了《中國新文學史稿》(上卷),但山東大學中文系的《中國當代文學史》(上冊)1960 年問世,遲到不多)由於與「現代文學」的真正「中興」(八十年代),差不多幾乎「同時」。但在不少人心目中,當代文學一直是一門「新興學科」。這決定了,他們不願意放棄「新興」的思維方式、表達方式,將問題「沉澱」下來,並對許多紛繁懸浮的文學現象作耐心細緻的「歷史性」檢討和反思。二是研究的「距離」問題。在許多人看來,當代文學研究屬於「近距離」或「無距離」批評,越是貼近研究對象,便越容易抓住問題,揭出實質。這種看法相當「誤人」。一定意義上,「當代」的批評、研究,也應該是「有距離」的批評和研究。它要求研究者(批評者)自覺地與研究對象(作家、作品)拉開心理距離,避免在認同中被對象「同質化」;它贊成以一種「審視」、「懷疑」、「追問」的方式,而不是與研究對象站在「同一立場」去思考和想像的方式進入後者的文本世界;有時候,它會肯定研究對象的主張,但更會追究它為什麼要「這樣主張」的創作動機和歷史邏輯;它甚至會把自己置於一種冷漠的精神狀態,以嚴峻挑剔的態度對研究對象開展精神「對話」。正是因為這種「距離」的存在,當代文學研究才有可能稱得上是一種「研究」,是一種「學科」性的工作。最後,是研究對象如何「沉澱」的問題。凡作家「新

作」出來，或「新現象」湧現，當代批評都要「跟蹤」、「描述」，這應當是當代文學的學科任務之一。不過，在這一過程中，也有一個如何將對象盡量「沉澱」的必要，即，不僅把它當作「從未出現」的現象，同時也當作是一個「曾經有過」的現象，用「歷史」眼光將它解剖，照出紋路肌理，揭示其內在關聯。與此同時，用「知識考古學」的方法，將它重新變成一個「問題」，在大量浮在上面的虛幻信息、聲音和主觀暗示中，剔除輝煌的假象，還其本來面目。這樣，一切思考、醞釀、寫作便不得不「慢」下來，變得日益地緩慢、艱難、複雜。這使我們意識到，在我們面前，堆積著許多「難題」，它們其實都不是那麼「容易」的事情。

至於說到當代文學學科的「建構」的問題，我實在說不出什麼意見。大量問題已經在文章中存在，新的問題還將會不斷湧出。它的複雜性，可能並不是一篇文章、一次座談會和若干次綜述所能解決的，而是需要許多年的努力，認真的自我反省。這是一個需要不斷警惕、修正、充實和完善的漫長的過程。

2006.9.12 於北京森林大第

2006.9.16 再改

（作者單位：中國人民大學中文系）

爲什麼要研究七十年代小說

　　當我們準備研究七十年代小說的時候，已經意識到有兩個框架的存在。一個是以「文學是人學」爲標準來否定「顯流文學」文學價值的觀點。〔註1〕另一個主張把文學價值認定放在對「地下文學」的挖掘開採工作上。〔註2〕應該說，它們完成了研究「文革文學」的最基礎的工作，這種工作被清楚地建築在文學與政治相對立的邏輯結構中。如果脫離這些成果，等於脫離了七十年代小說的歷史語境；如果在這些成果中繼續踏步，也等於沒有與歷史語境展開對話。但是既不脫離語境又展開對話就需要想想別的辦法，然而所謂辦

〔註1〕　參見董健、丁帆、王彬彬：《中國當代文學史新稿》第十二章，北京，人民文學出版社，2005 年。這種認識來自 1980 年代的啓蒙論。對啓蒙論思潮具有規定性意義的，是李澤厚的《啓蒙與救亡的雙重變奏》（《走向未來》1986 年創刊號）、劉再復的《論文學的主體性》（分載於《文學評論》1985 年第 6 期、1986 年第 1 期），另外朱寨主編的《中國當代文學思潮史》（北京，人民文學出版社，1987 年）、中國社會科學院文學所當代文學研究室集體編寫的《新時期文學六年》（北京，中國社會科學出版社，1985 年）、張鍾等的《當代中國文學概觀》（北京大學出版社，1986 年）等，和當時的大量文論、文學批評都發揮了聲援作用。《中國當代文學史新稿》與這一思潮的歷史聯繫非常地密切。

〔註2〕　1990 年代後，因社會轉型而觸發的「地下文學」挖掘開採熱在文學界興起，較有代表性的是楊健的《文化大革命中的地下文學》（北京，朝華出版社，1993 年）、陳思和的論文《試論當代文學史（1949～1976）的「潛在寫作」》（《文學評論》1999 年第 6 期）、李澤厚、劉再復的《告別革命——二十世紀中國對談錄》（臺北，麥田出版股份有限公司，1999 年）、北島、李陀主編：《七十年代》（紐約，牛津大學出版社，2008 年）、劉禾編《持燈的使者》（臺灣出版），以及廖以武編選的《沉淪的聖殿》（烏魯木齊，新疆青少年出版社，1999 年）和林莽等對食指、白洋淀詩群的發掘等。

法又必須在找出來的一些問題上產生，這是我們目前感到爲難的地方。

一、它有起點性的意義

　　在研究七十年代小說時，如果非要確定這些作品是否具有文學性，我覺得是沒有意思的，這樣的確定顯然取自於八十年代重評「文革」的政治性結論，而並非研究者自己的眞正的發現。在我們還沒有能力將「文革歷史化」的情況下，關於「文學性」或「非文學性」的爭執是沒有結果的。有人提醒說：「在日本的文學家中很少有超越自己，溢出作品規範之外這種類型的作家。說其數量之少，不如說這樣的類型沒有清楚地浮現到歷史的地表上來，而是以隱形的方式存在著。」〔註3〕如果說，七十年代公開發表的《金光大道》（浩然）、《機電局長的一天》（蔣子龍）、《閃閃的紅星》（李心田）、《虹南作戰史》（上海縣寫作組）、《牛田洋》（南哨）、《沸騰的群山》（李雲德）、《萬年青》（諶容）、《響水灣》（鄭萬隆）、《使命》（王潤滋）、《紅爐上山》（韓少功）、《對門》（賈平凹）、《優勝紅旗》（路遙）等等是「很少有超越自己」的小說，那麼也不能說七十年代的「地下小說」《第二次握手》（張揚）、《晚霞消失的時候》（禮平）、《公開的情書》（靳凡）、《波動》（北島）就一定「超越自己的年代」了。一定意義上，他們的寫作也許是來自對「灰皮書、黃皮書」和五十年代解凍文學《組織部新來的年輕人》、《在橋梁工地上》等作品的不自覺地模仿。「『皮書』的出版史大約從 20 世紀 60 年代初至文化大革命結束。」〔註4〕他們對自己作品的重新定義，更毫無疑義地是八十年代後對它們的「再確認」和「再闡發」。這種事實在北島、靳凡和禮平的訪談中非常清

〔註3〕（日本）竹內好：《近代的超克》，孫歌等編譯，北京，三聯書店，2005 年，第 193 頁。

〔註4〕沈展雲：《關於「皮書」的集體記憶》，《灰皮書、黃皮書》，廣州，花城出版社，2007 年，第 1 頁。據他統計，1960 年代初至「文革」結束的十餘年間，上海人民出版社、北京的商務印書館、三聯書店、世界知識出版社、作家出版社和中國戲劇出版社等出版社，「大約出版了兩千種外國社會科學和文學方面的『皮書』」。「內部發行」的政治著作有托洛茨基的《被背叛的革命》、《斯大林評傳》、《赫魯曉夫主義》、《人的遠景：存在主義，天主教思想，馬克思主義》、《通向奴役之路》，文學著作《人・歲月・生活》、《解凍》、索爾仁尼琴的《伊凡・傑尼索維奇的一天》、《索爾仁尼琴短篇小說集》、葉甫圖申科的《娘子谷》、阿克蕭諾夫的《帶星星的火車票》、塞林格的《麥田守望者》、凱魯亞克的《在路上》、加繆的《局外人》、薩特的《厭惡及其它》、貝克特的《等待戈多》和《艾略特論文選》等。有很多材料證明，北島、禮平等人在此期間都曾讀過上述著作。

楚地存在著。〔註5〕但我們也不能由於這些作家沒有超越自己的歷史，就不再對那些「沒有清楚地浮現到歷史的地表上來」的作品類型進行歷史觀察，瞭解那些「以隱形的方式存在著」的小說是否連接著八十年代文學的興起，是否還關乎著九十年代文學的發展形態和方向。也許正是在那些作品的「隱形方式」中，我們找到了文學發展的某些有價值的線頭。

前些時，我仔細研究過蔣子龍發表在《人民文學》1976 年第 1 期上的小說《機電局長的一天》，寫過《文學的「超克」——再論蔣子龍小說《機電局長的一天》一文。〔註6〕我發現，這是一篇延續十七年文學模式、同時預示著八十年代改革開放的暴風驟雨即將到來的小說，作爲新時期改革的先聲和自身「文學超克」的思想模式，它把改革開放 30 年勢如破竹的歷史趨勢和阻礙改革正常發展的諸多因素都包含在作品裏了。例如，主人公霍大道對阻礙工廠正常生產感到不滿，他大刀闊斧推動改革的主張舉止讓人想到幾年後出現的喬廠長們。他與副局長徐進亭有這樣一個對話：

> 「我可再也經不住大火了，每走一步都要反覆掂量掂量。與其走錯步，不如不邁步，何苦呢！」
>
> 「所以就躲到醫院的病床上去？不朝著建成社會主義的現代化強國這個宏偉目標往前奔了？不革命了？你這個領導幹部躺倒了，對群眾還怎麼領？怎麼導？」

霍大道糾正「文革」破壞工廠生產的舉動，與鄧小平大力推動整頓和激烈批評極左派的觀點如出一轍。他女兒毛毛所著《我的父親鄧小平「文革」歲月》一書，爲讀者勾畫了 1975 年的嚴峻形勢：

> 4 月份的時候，在聽到鋼鐵生產存在的嚴重問題時，鄧小平氣憤地說：「這種情況繼續下去就是破壞，現在到了下決心解決鋼鐵問題的時候了。」……5 月 8 日到 29 日，由鄧小平主持，中央召開全國鋼鐵工業座談會。中央把十七個省、市、自治區主管工業的書記，十一個大型鋼鐵企業負責人，及國務院有關部委負責人召集到北京，決心下大力氣進行整頓，解決鋼鐵工業存在的嚴重問題。……

〔註5〕 例如靳凡在《公開的情書》發表後，與華東師大學生的通信和對話：這些「再解釋」、「再闡發」和「再確認」，還可以見劉青峰、黃平：《〈公開的情書〉與 70 年代》，《上海文化》2009 年第 3 期；禮平、王斌：《只是當時已惘然——〈晚霞消失的時候〉與紅衛兵往事》，《上海文化》2009 年第 3 期。

〔註6〕 該文完成於 2011 年 8 月 26 日，現在還沒有公開發表。

在講話中，鄧小平用他那一貫簡要明確的作風，兩句開場白後，便單刀直入地講道：「當前，鋼鐵工業重要要解決四個問題。」他所講的四個問題：第一、必須建立一個堅強的領導班子。他說：「鋼鐵生產搞不好，關鍵是領導班子問題，是領導班子軟、懶、散。冶金部的領導班子就是軟的。」「有的單位領導班子散，與鬧派性有關。現在，在幹部中一個主要問題，就是怕，不敢摸老虎屁股。」「領導班子就是作戰指揮部。搞生產也好，搞科研也好，反派性也好，都是作戰。指揮部不強，作戰就沒有力量。」〔註7〕

這裡蘊含著中國歷史上一個非常重要的思想信息：改革開放竟以《機電局長的一天》和鄧氏講話那樣的方式蓬勃地展開，他們都沒有預料到一年後這個多災多難的國家將會因某個人的去世出現巨變。從歷史的諸多亂麻中縷出的這條微弱線索，在我看來就是「起點性」的東西。有人說道：「風景一旦確立之後，其起源則被忘卻了。這個風景從一開始便彷彿像是存在於外部的客觀之物似的。其實，這個客觀之物毋寧說是在風景之中確立起來的。」例如，「誰都覺得兒童作為客觀的存在是不言自明的。然而，實際上我們所認為的『兒童』不過是晚近才被發現而逐漸形成的東西。比如，對於我們來說風景無可置疑地存在於我們的眼前，但是，這作為『風景』乃是在明治20年代由一直拒絕外界具有『內面性』的文學家們所發現的。」「這樣的『風景』是不曾存在過的，它乃是在一個顛倒之中被發現的。」〔註8〕這就提醒我們，不是具有改革意識的新時期文學作為「客觀之物」一開始就存在於八十年代的，只有把它們「顛倒」之後，才發現1975年的鄧小平和1975年11月創作的小說《機電局長的一天》就已經開始嘗試著建立關於「改革開放」的「認識性裝置」了。這樣八十年代的改革文學，就可以一直追溯到七十年代改革文學的緣起上。

蔣子龍的兩篇小說《機電局長的一天》和《喬廠長上任記》能夠放在一起來觀察。《一天》主人公霍大道受1975年大力整頓的鼓舞，想把「文革」浪費的時間「奪回來」（小說自然不敢這麼明寫）。他計劃在暴雨山洪到來之前，用五天時間把四千多臺潛孔鑽機生產出來。思想守舊但稍有理性的副局

〔註7〕 毛毛：《我的父親鄧小平「文革」歲月》，北京，中央文獻出版社，2000年，第368、369頁。
〔註8〕 （日本）柄谷行人：《日本現代文學的起源》，趙京華譯，北京，三聯書店，2003年，第24、112頁。

長徐進亭不同意他這種急躁冒進的做法，礦山機械廠廠長於德祿也覺得這項任務與工廠實際生產能力不相符合。霍大道一邊批評他們，一邊直接跑到生產第一線發動工人群眾，結果還眞如期完成了生產任務。作者雖然沒有明寫，然而鄧小平所指出的因爲「鬧派性」使得「領導班子軟、懶、散」和「不敢摸老虎屁股」，使國民經濟長期陷入停滯癱瘓的形勢，是促使霍大道打亂工作程序大膽推動礦山機械廠生產潛孔鑽機的關鍵原因。1979 年前後，機電工業局局長霍大道決定派喬光樸到兩年半都沒完成生產任務的重型機電廠當廠長。喬光樸當眾立下軍令狀，對全廠九千名職工進行考核，將不合格的幹部和工人收入服務大隊搞基建運輸，留下精兵強將突擊抓生產。喬光樸頂住下崗職工向上級告他的壓力，爲解決生產材料和燃料問題親自出差「搞外交」，但因不懂「關係學」大敗而歸。另外，改革家喬光樸還得抽出手來對付政敵副廠長冀申和冤家郗望北。當這位改革悍將在大會戰前夕陷入各種困難無力自拔時，局長霍大道及時援手命喬光樸年輕時代戀人童貞擔任廠副總工程師和黨委常委。改革派這邊立即士氣大振，幹部工人思想混亂局面得到很大改觀。爲擊碎廠裏流言，穩定全廠大局，喬光樸當眾宣佈與童貞舉辦婚禮。

　　1975 年的「文革」即將壽終正寢，1979 年的中國將掀開改革開放時代新的一頁。黨內激進勢力一直想把國家引向持續動蕩方向，黨內務實派則要終結這一歷史悲劇重繪以經濟建設爲中心的新藍圖，兩篇小說就處在雙方的激烈博弈之中。就在這轉折年代，要求改革的呼聲從黨內蔓延到全社會，作家蔣子龍順應歷史巨變及時敘錄這一關係中國命運的大潮。以霍大道爲代表的幹部和工人的「改革呼聲」雖然「沒有清楚地浮現到歷史的地表上來」，但確實是以「隱形的方式」存在於作品內面的。這種「隱形的方式」，讓我們隱約嗅出幾年後《喬廠長上任記》釋放的更加公開和豐富的改革訊息，還曾爲這種時代巨變激動過。但反過來，正是因爲讀了《上任記》而激動，經過數十年的歷史變遷，我們再從這篇小說提供的角度「回望歷史」時，才明白它原來並不是第一篇「改革小說」，第一篇改革小說實際是《一天》。這一點告訴我們，中國民眾強烈要求改革的呼聲並不是自 1979 年才開始的，說不定1975 年就開始了，但當時人們都不敢這樣大膽表達。歷史潮流的湧動看似從1979 年出現的，它的最深處的潮汐一定在 1975 年前後就潛藏著了，只是在等待一次合適的爆發而已。文學史從不曾注意到這一點。人們總以爲 1980 年代

文學是以 1976 年爲起點的,其實竹內好前面已經有了精彩分析:「風景一旦
確立之後,其起源則被忘卻了。這個風景從一開始便彷彿像是存在於外部的
客觀之物似的。其實,這個客觀之物毋寧說是在風景之中確立起來的。」還
強調說:這樣的『風景』是不曾存在過的,它乃是在一個顚倒之中被發現
的。」這就是說,當我們把被視爲新時期「正宗」的改革文學「顚倒過來看」
的時候,才發現那裡面並沒有「起源性」的東西,「風景」一旦確立之後,「其
起源則被忘卻了。」

　　我想這也許是開展七十年代小說研究的第一個可能性。並不是看七十年
代小說有沒有文學性,而是看這種起源性有沒有研究的價值。如果我們覺
得它的起源性確實有價值的話,就覺得再看什麼文學性實際是沒有太大的必
要的。

二、小說也是一種史料

　　小說不僅具有觀賞性審美性,也是一種史料。它是對歷史的某種留影,
可能還是比歷史教科書更爲忠實的對歷史眞相的記錄。從巴爾扎克《人間喜
劇》中,人們能夠洞悉法國資本主義上升期從巴黎到外省的社會結構重組和
人們觀念的劇烈變化。在魯迅小說裏明白辛亥革命前後中國南方小鎮的社會
波瀾。借助柳青的《創業史》看清楚了在五十年代中國農業現代化過程中,
如何適當安放幾億農民的命運遭遇的難題,以及這種社會改革試驗失敗的歷
史。我們想瞭解八十年代青年對改革開放的眞實想法,社會轉型對他們的人
生道路產生的重大影響,是不能不讀徐星、張辛欣、劉索拉、路遙、遇羅錦
和賈平凹等人的小說的。如果放在歷史長河中,作家在小說裏對人物思想行
爲惟妙惟肖和極豐富的描寫所具有的史料價值,其實一點都不比圖書館裏堆
積如山的歷史文獻單薄和遜色。

　　我們在七十年代「兩報一刊」所代表的正史中,是看不到細緻眞切的史
料的,但是小說將這些彌可珍貴的東西留在了人世間。「文革」初期,《晚霞
消失的時候》的中學生李淮平帶紅衛兵去抄市政府參事、國民黨原二十五軍
代理軍長楚軒吾的家,沒想到他竟是戀人南珊的外公。而且他居然是被自己
解放軍將領的父親在淮海戰役中俘獲的。當他進一步追問楚軒吾還有什麼家
人時,南珊和她弟弟在他面前出現了,這使李淮平震驚不已:「現在我們卻在
這樣一種場面中重逢了:她將要受到一番無情的盤問和訓斥,而我卻坐在審

問席上。」通過楚的自述，李淮平懂得了他是一個有歷史反省能力和良知的老人。李淮平因內疚追到載著南珊等知青的火車上，還偷聽到楚軒吾教導外孫女要原諒傷害者的一番話。李淮平的「文革信仰」隨之垮塌了：

> 楚軒吾固執地搖了搖頭：「你是個沒娘的孩子。我真擔心，你會因爲自己缺少幸福就對他人冷漠。你把整個心都埋到書中去了。難道你真的已經將人間看得蕭瑟慘淡了嗎？告訴我，孩子，你究竟怎樣看待這個世界。如果你對於千萬萬的人還懷著眷戀之情，外公就放心了。但是，如果你由於我們家族的罪過而感到世事坎坷，或由於書看得太深太多而學得只會以理性的眼光來看待人間的一切，那你無疑已經成爲一個心地冷酷的人，你會把自己的塊壘看得高於一切，把自己的理念看成老百姓的上帝，其它人都不過是你對世界秩序進行邏輯演算的籌碼而已。這樣的人，外公是不贊成的。珊珊，人之所以爲人，就在於他不失赤子之心。所以，我只願你心中有理，卻不願你心中無情。無情之心，對己尚可，若對人，就是有罪。」……
>
> ……南珊堅強地抑制住自己的抽泣。……

老人在公理蕩然無存的緊要時刻，卻告知外孫女要站在歷史高度原諒並超越這一切，對人和人間懷著「赤子之心」，這樣的小說描寫所具有的史料價值，恐怕是史無前例的罷。它警示人們，即使在前所未有的黑暗的年代，也有人在默默地堅守道德的底線。

版本學家陳子善把他考訂史料的著作戲稱爲「邊緣識小」，但這種工作實際具有認識文學作品創作價值的「起點性」的意義。〔註9〕解志熙在談到現代詩人于賡虞一封創作通信《〈北風〉之先聲》時也強調：「或許有人會這樣說，諸如此類的文字訛誤影響不大，不校也罷。但有些文字訛誤，的確『差之毫釐，謬之千里』，若不校理，文章是讀不懂也不能援引的。」〔註10〕講的同樣是史料對於認識文學作品創作起點的重要性。他們沒有明說，都承認史料對於留存歷史真實性的關鍵作用。這就使我們暫時放棄了對七十年代小說是否

〔註 9〕　陳子善：《簽名本和手稿：尚待發掘的寶庫》，引自其著作《邊緣識小》，這部分他討論了手稿對於認識一個現代作家許多個「創作起點」的價值。上海，上海書店出版集團，2009 年，第 19～27 頁。

〔註10〕　解志熙：《考文敘事錄——中國現代文學文獻校讀論叢》，北京，中華書局，2009 年，第 3 頁。

擁有文學性的固執的堅持，而回歸到它是否具有史料的眞實性的研究層面
上。因爲按照兩位研究者的理解，文學作品眞實性——史料眞實性——文學
史研究眞實性的循環往復，對於通過文學作品理解這些作品所表現、所揭示
和所記錄的時代，幾乎是無可替代的。那麼按照這種理解，既然七十年代的
「正史」著作許多是不可靠、甚至是故意雲遮霧罩和捏造的，小說之「記述
歷史」的功能和它被當做一種重新認識歷史眞實性的史料的價值，在這一點
上就建立起來了。

　　兩位史料專家的研究使我意識到，在研究者視野裏，所有小說的地位應
該是平等的。史料具有的歷史客觀性，不僅證明地下小說、十七年小說，七
十年代公開發表的小說也有研究的價值，如果說我們在這些小說的不同層面
提取的史料是不一樣的，那麼就可以說從不同層面提取的史料擁有同等的價
值。比如李心田的短篇小說《閃閃的紅星》。一個晚上，當了紅軍的父親跟著
隊伍撤離了這個村子，因爲有人把毛澤東的正確路線改變成錯誤路線，導致
紅軍接連打敗仗。父親走之前，給了兒子潘冬子一顆紅五角星。第二天晚上，
留在村裏養傷的黨員介紹母親入了黨。就在這淒風苦雨的日子裏，還鄉團地
主胡漢山捲土重來，他抓來所有村民，宣佈奪回分配給農民的土地。夜裏，
爲掩護被救出的鄉親們撤到山裏，母親點著蠟燭梳妝打扮吸引狗腿子們的注
意力，被胡漢山燒死在茅屋中。爲替母親報仇，小小年紀的潘冬子走上了革
命道路。稍有七十年代經驗的人都知道，這是一篇成長小說，是那個年代的
典型的勵志小說。它通過向青少年一代反覆灌輸正確路線與錯誤路線鬥爭
史，令他們鞏固接革命的班的歷史觀。值得注意的是，爲什麼我們那一代人
都願意接受這類「家庭苦難——走上革命道路——才是人生正確選擇」的歷
史邏輯模式呢？這是因爲七十年代小說借助文學複製手段，將這個邏輯深深
地印在我們的腦海裏了（「從娃娃抓起」）。因此，我們說這篇小說有史料價值，
並不是說這種史料本身是眞實和有價值的，而是說從這史料的整理分析中可
以看到七十年代的教育方式，七十年代人的思維方式是如何確立起來的這個
問題。並不是說與史料相關的這種教育方式和思維方式是有價值的，而是說
建立這種教育方式和思維方式的問題本身是具有史料價值的。解志熙在前面
說「或許有人會這樣說，諸如此類的文字訛誤影響不大，不校也罷。但有些
文字訛誤，的確『差之毫釐，謬之千里』，若不校理，文章是讀不懂也不能援
引的」，在這裡就具有深刻的意味了。因爲如果，我們再不願意研究七十年代

公開發表的小說，認為它們都沒有文學性，那麼這種小說的史料價值就會隨著一代的去世而逐漸地消失。所以，解志熙才會說出「不校也罷。但有些文字訛誤，的確『差之毫釐，謬之千里』若不校理，文章是讀不懂也不能援引的」這樣具有文學史意識的話來。

由此我想到，如果說《晚霞消失的時候》是一種史料，它是對歷史的某種留影，是比歷史教科書更為忠實的對歷史真相的記錄，就不能說《閃閃的紅星》不是一種史料，它不是對歷史的某種留影，不是比歷史教科書更為忠實的對歷史真相的記錄。它們只是在文學史檔案館的不同書櫃上存放著。如果說只有一層書櫃上的文學作品所反映的歷史是真實的，還不如說將所有層次的書櫃上的文學作品組織在一起，更能夠揭示出時代遼闊的語境，與時代語境相結合的這些文學作品所反映的歷史才更加地多層、豐富和真實。確切地說，我們今天之所以看不起《閃閃的紅星》這種小說，那是因為支撐著它們的左翼文學被「重評」而歷史地位一落千丈的形勢所造成的。反過來說，如果過去幾十年後，人們再對當年「重評左翼」的現象進行「重評」的時候，說不定存放在左翼文學書櫃裏的《閃閃的紅星》等作品的歷史位置就會發生移動也是有可能的。「若不校理，文章是讀不懂也不能援引的」。文學史的研究，就是這種反覆「校理」的過程。更進一步說，「沒有七十年代，何來八十年代？」假如說七十年代的小說最後都變成「讀不懂也不能援引」的話，我們又如何去理解八十年代的中國會爆發改革開放的強烈訴求呢？實際上，很多作家都抱怨過文學史家總是把他們歸放在一個固定的書櫃上，「被放到單一的視角裏面去觀察」的話。劉心武說：「近三十年的文學研究，其實存在著一個問題，我作為一個作者、讀者，不滿足的就是，都是線性研究，只注重點、節，比如『傷痕文學』之後就是『改革文學』，『改革文學』之後就是『知青文學』，那麼每一個點就把前面那個點給遮蔽了。」他抱怨的原因是因為，他1990 年代後還寫過《四牌樓》、《樹與林同在》、《民工老何》、《人和魚》等許多新作品，這些作品卻因為《班主任》的巨大名聲被「遮蔽」了，沒有被評論家注意和理睬。〔註11〕劉心武雖然沒有我們這種「史料意識」，他這種說法還是有史料眼光的，他不僅把他寫的《班主任》看做是歷史，也把寫的《四牌樓》、《樹與林同在》、《民工老何》、《人和魚》等作品看做是自己的創作史。

〔註11〕 劉心武、楊慶祥：《我不希望我被放到單一的視角裏面去觀察》，《上海文化》
    2009 年第 2 期。

他是在抱怨我們因爲把《班主任》放在經典小說書櫃中，就不再承認他其它小說歷史價值的這種做法的理由。

然而在某種意義上，說小說是一種史料也不是絕對的，它主要是就大時代的小說來說的，平庸時代的小說作爲史料的重要性就會明顯地降低。因爲平庸時代的小說記述是以家長里短特色的，而大時代的小說家所概括的則是時代的本質。《金光大道》是試圖設計一個近乎天堂般美妙的中國鄉村社會，《閃閃的紅星》是說選擇正確路線對於農民的命運如何重要，《機電局長的一天》目的是督促中國必須進行企業改革，走出歷史困境，《公開的情書》是在探索青年人如何建立精神生活獨立性的問題，《晚霞消失的時候》是與我們討論在黑暗的年代堅守人的良知和道德底線等等。它們都不是小氣的小說，我們如果眞想瞭解中國人七十年代所走過的曲折複雜的道路，這些小說是不能不讀的極其珍貴的歷史文獻資料。當然我更願意說，七十年代報刊雜誌和各種著作給人們提供的歷史史料，恐怕是史上僞證最多、訛誤最多也最經不起時間檢驗的，它們反話正說的醒目的話語特徵，讓我們這些曾經生活在那個年代的人都爲之汗顏和蒙羞。在國家正史資料的可靠性大爲貶值的歷史時期裏，小說作爲鮮活生動的史料也許是最好的補充。七十年代小說就在這裡具有了塡補歷史空白的文學功能。七十年代小說可以說是二十世紀中葉中國人生活的一幅「清明上河圖」。在一個精神生活都死去的年代，這副圖畫卻頑強地記錄了我們永遠都不該忘卻的年代生活的所有的細節。

我想這也許是開展七十年代小說研究的第二個可能性。不過這種研究一定要撤除人們在「地下小說」與「公開小說」之間所設置的柵欄，去掉它們之間的歷史等級，恢復七十年代小說的眾聲喧嘩，否則研究者就難以對逝去的歷史做更理性和長遠的打量。

三、研究者是在重溫自己的歷史

說過七十年代小說的起點性的東西和它的史料性之後，這就要面對研究者自己了。在章太炎、王國維和陳寅恪等人身上，我發現學術研究的最高境界不是可以用名利來概括的，這些學者實際都是在借學術研究探索自己思想生活的眞實性的問題。

北島和李陀 2008 年編了一本很好的書，題目叫《七十年代》。我說它好不是說體例、篇目和人選如何完美和沒有任何爭議，而是說它起了一個很好

的頭，它讓我意識到應該把「重返八十年代」的研究的起點設定在七十年代更為穩妥，這樣我們對 1980 年代思想和文學的整理就會稍微寬闊和更深遠一些。王安憶在這本書的一篇非常短的文章裏寫道：

> 文工團的男女普遍年輕，大多在十二三歲招來，滿二十歲就有成人感，特別能感覺年華易逝。又一次去地區醫院，聽醫生喚我「小女孩」，十分的不適和反感，這就是我們對年齡的概念。想不到之後還會有很長的歲月要度，很多的改變要經歷，會擁有很多很多、多到令人厭煩的照片圖象。七十年代是個家國情懷的年代，可在我，總是被自己的個別的人與事纏繞，單是對付這麼點零碎就夠我受得了。並不經常地，僅是有時候，我會從擁塞的記憶中，闢出一個角，想起魏莊。那一個午後，送走訪客，走在春陽下的霸頂，非喜非悲，卻是有一種承認的心情，承認這一切，於是就要面對。〔註12〕

我手邊正好有一篇初瀾 1974 年寫的《京劇革命十年》一文，我也願意把它展示在這裡：

> 京劇革命已經走過了十年的戰鬥歷程。十年的時間不算長，但在我國的文藝戰線上則發生了巨大的根本性的變化。
>
> 十年前，劉少奇和周揚一夥推行的修正主義文藝路線專了我們的政。在他們的控制下，整個文藝界充滿了厚古薄今、崇洋非中、厚死薄生的惡濁空氣。盤踞在文藝舞臺上的，不是帝王將相、才子佳人，就是形形色色的牛鬼蛇神，幾乎全是封、資、修的那些貨色。〔註13〕

雖然在七十年代，年齡處在十幾歲和二十歲之間的我，偶而也會在心底深處湧起像王安憶這種「家國情懷」和「非喜非悲」的幽微晦暗的情緒，可我還沒有對自己的時代形成稍微清楚的認識。我像很多人那樣深信過初瀾對十年「巨大的根本性的變化」的結論，慶幸這樣從此中國就更有救未來就一派光明了。個人道路是如此的曲折坎坷，而國家對這段歷史的敘述又是那麼的光明，我想這就是我們這一代人共同生活過的「七十年代史」。我的生活的真實既來自成長過程中對於未來的茫然，也來自像初瀾文章這種雖然霸道但又充

〔註12〕 北島、李陀主編：《七十年代》，香港，牛津大學出版社，2008 年，第 155 頁。

〔註13〕 初瀾：《京劇革命十年》，《紅旗》雜誌 1974 年第 4 期。「初瀾」是當時文化部寫作組的筆名。

滿理想色彩的社會信息，塑造了我的這些因素並不能因為它們被懷疑而就不是真實的了。我不能因為走到了八十年代，就說七十年代給予我的東西統統都是沒有意義的。正是在這樣的心情中，我對後來批評家季紅真把這兩種東西說成是「文明與愚昧的衝突」，以及我這篇文章開頭提到的批評「顯流文學」和強調挖掘開採「地下文學」的觀點，總會持一種半信半疑的態度。〔註 14〕更準確地說，即使是說我真實的感覺罷，也不是要跳出這個歷史風景批判它否定它，或者是再昧著良心去歌頌去讚美它，而是像王安憶所說的「於是就要面對」的感覺。竹內好也持相同的觀點，他主張研究者不要跳出曾經給自己人生教育正面或負面影響的時代背景，要想法設法地重新回到那種背景當中去，按照自己的歷史經驗從對象的「內面」去觸摸、去踏訪、去理解去分析。「我想像，魯迅是否在這沉默中抓住了對他的一生來說都具有決定意義，可以叫做迴心的那種東西。」〔註 15〕我感覺到這種指認著人的「內面」的叫做「迴心」的東西，同樣也是我們這代人的「起點性」的東西，它是可以作為七十年代的史料存活於文學史檔案館裏的。

高大泉帶著一幫農民兄弟來北京支持一個大庫房的建築工程，他們先是幫助裝卸大卡車運來的木材、水泥，接著往挖開的深溝裏澆灌混凝土。他們吃住在工地上，雖然辛苦，但也覺得作為新社會的主人翁是值得的。高大泉看到，「一夥渾身冰水泥漿的工人圍在基槽裏，往上拉扯著一個人，可是那個人打著墜不肯上來。」原來是二組的陳師傅，兩天兩夜沒休息，還發著高燒，他是在那裡拼命幹呢。高大泉說：「陳師傅講得好，搞革命就得拼命。我們農民應當學習工人老大哥的樣子拼命幹！」「他說著，甩棉鞋，脫棉褲，撲通一聲，跳進基槽的冰水裏。」我最近讀到浩然長篇小說《金光大道》第一部這段描寫時，剛開始並不是非常的舒服，我清楚地知道，這種不舒服是因為接受了新時期文學文學觀念培訓後才產生的，認為它很假，違反了人道主義文學的創作原則。但穿越歷史時空，恍然想起 1974 年我在插隊的農場，也經常會在冬天的水利工地上穿著單褲這麼拼命地任勞任怨地幹活，不計較任何回報的情形，又覺得它雖然有些誇張，但卻非常地真實。我剛才覺得它可笑，

〔註 14〕 參見季紅真《文明與愚昧的衝突》，杭州，浙江文藝出版社，1986 年。在這本著作中，作者把「新時期文學」與「十七年」和「文革」文學的關係判斷為「文明與愚昧的衝突」的觀點，在當時文學界產生了很大的影響。

〔註 15〕 （日本）竹內好：《魯迅》，參見《近代的超克》，孫歌等編譯，北京，三聯書店，2005 年，第 45 頁。

是因爲我沒有面對自己曾經生活過的歷史，經過新時期文學對七十年代生活的改寫，我幾乎快把它忘記了。前面我提到《七十年代》是一部好書，也是需要分析的，因爲它記錄的是今天社會精英們在七十年代的歷史，那裡面沒有高大泉等農民的歷史，當然也沒有我作爲普通知青的生活的歷史。我如果只相信《七十年代》所敘述的歷史，就等於像竹內好所說的跳出了給自己人生教育正面或負面影響的時代的背景，沒有想法設法地重新回到那種背景當中去，按照自己的歷史經驗從對象的「內面」去觸摸、去理解去分析，而是根據另一套社會精英的經驗掉進了那些人，例如從北京、上海這樣的大城市去農村插隊，由於對上層社會的信息掌握得比較多，因此也容易成爲那些新時期文學的先驅者們所設計的歷史框架裏。我忘記我當時只是一個從小城鎮去農村插隊，在冬天穿著單褲到水利工地拼命幹活，沒有前途也沒有未來的極其普通知青了。我對《金光大道》的文學接受原來是根據別人的歷史觀而不是我自己的歷史觀來完成的。

我說這話不是在維護《金光大道》的歷史弱點，而是說要把作爲研究者的自己從新時期文學邏輯中抽離出來，不光面對被新時期歷史所規定的那些歷史，更重要的是要面對自己所親歷的那些歷史。對七十年代小說，在研究上要做到有好說好，有壞說壞，盡可能地做到客觀、包容和全面。例如，《金光大道》對「新農村」的描寫有許多確實是虛假的，有許多不是作者親眼看到的，而是根據《人民日報》等權威報紙報導出來的現實虛構出來的。但我們也要說，雖然《公開的情書》對歷史的認識非常有勇氣，有尖銳的批評力量，但也不能說它所有的描寫都是眞實的，沒有虛假做作成分。比如主人公眞眞在貴州一所山區中學教書，小說沒寫她怎樣教書，如何幫助貧困地區的孩子們，她滿腦子裏都是老久、老嘎這些有思想的朋友，天天都是愛呀、痛苦呀、孤獨呀什麼的。她在一個脫離了社會現實環境的狹小的個人天地中，享受著一種與世隔絕的生活，對於我沒有這種經驗的人來說，這樣的文學描寫不僅是虛假的，而且也是比較做作的。與七十年代社會喜歡爭論什麼眞理、道路和未來的風氣有關係，兩篇小說都偏向於講人生的大道理，不注意寫生活的細節，人物內心細微複雜的心理活動，高大泉老是在向農民講大道理，實際上李淮平、眞眞等人也不例外，他們好像都是爲了探索和解釋眞理才來到這個世界上的。

當然我承認，一個人的切身經驗會決定他對歷史和文學的判斷。成長在

大小城市或者不同社會階層裏的人，對七十年代小說的接受性閱讀並不都在同一層面上發生。例如王安憶前面那段話，以及初瀾的文章，它們明顯來自北京上海，它們都有一個居高臨下的歷史姿態和感覺。自然，我這種小鎮經驗也是過於低伏了，它的歷史局限性也同樣明顯。所以，我在這裡提出一個如何將「共同經驗」與「個體經驗」相結合的問題。我的意思是，共同經驗是指一個民族國家在歷史中形成的大致相同的社會觀念。例如，即使把「文革」放在一百年或者兩百年的中國近現代史中，也都是一次歷史大倒退，這個看法恐怕不會出現根本的差異。因為在 20 世紀六十年代和七十年代的寶貴的二十年間，世界完成了由工業革命向技術革命和信息革命的重大轉型，亞洲四小龍由弱小國家和地區一躍而為發達的經濟體，而中國還在經歷殘酷暴力的農民革命，在那裡自相殘殺，從而失去了一次追趕世界發展潮流的重大歷史機遇。個體經驗指的是，由於七十年代每個人家庭遭遇、處境和命運的差異，決定了每個個體看待社會的眼光和評價會顯示出非常不同的個別性、具體性來。因此，對於相對成熟的研究者來說，重要的工作就是如何把「共同經驗」與「個體經驗」的關係處理成一個適當的、有分寸的而且是符合理性的關係，在不損害個體經驗的基礎上照顧共同經驗在社會生活中的通約性，與此同時在照顧社會通約性的基礎上又保護維護了個體經驗的尖銳性和鮮活性，在一種適當的狀態中形成一個新的認識的張力。

所以，我們有必要拿王安憶短文和初瀾文章來比較。王的短文寫的是作家在徐州文工團時期迷茫的心境，她承認七十年代雖然是一個大時代，但又不是一個理想的大時代，於是只能是「一種承認的心情，承認這一切」，而且還要無奈地去「面對」它。初瀾的文章是一種共同經驗，它代表的是那個時候的國家意志，它表述的「現實」雖然與現實不符，甚至帶有捏造的歷史成分，但是這種「大革命」的氛圍，確實就是當時社會的氛圍，我們每個人都得生活在其中。正是它培養了我們的世界觀、人生觀以至於文學觀，這是我們必須承認的事實。某種意義上，我所說的「共同經驗」與「個體經驗」的相結合，具體來說就是在短文的歷史出發點上看初瀾文章；再以初瀾文章為藍本，來重新閱讀王安憶的短文，從中瞭解我們這代人在七十年代的大命運，大環境，從而進一步聯繫到我們在八十年代改革開放後的精神歷程。正是在這種雙重交叉、相互比照和互為參考的視野中，我所認為的「七十年代小說研究」就建立起來了。它不是批評「顯流文學」的觀點裏的七十年代，不是

挖掘開採觀點裏的七十年代，也不完全是《七十年代》編者試圖去修復的七十年代，而是一種逃出了新時期文學牢籠同時在對新時期文學的回望中與七十年代經驗發生對話的更為豐富多層的七十年代。

因此，我覺得目前的七十年代小說研究應該具備兩種視角，一個是「新時期文學視角」，另一個「七十年代視角」。它們是在一種新的辯證關係中出現的新的歷史視野。沒有新時期文學的視角，七十年代小說可能永遠都會打上官印窒息在歷史的棺木中，那些思想亡靈和工農兵作者大概不會幽靈重現。而沒有七十年代這個起點性的視角，也不會出現新時期文學對歷史的叛逆，出現歷史的覺醒，七十年代小說是通過自己的沒意義才換來新時期文學的嶄新意義的。研究七十年代小說，我覺得一個重要點就是要從七十年代再出發，以體貼、肅穆和莊嚴的心態去看待創作了那個年代文學作品的作者和主人公。應該意識到，他們之所以這樣做或者那樣做是具有他們的歷史理由的，他們這樣做是當時的歷史所決定的，而如果深入洞察當時的歷史狀況，我們從這些人物的一言一行中就可以提取到具體的樣品，找出實證，從而才會對歷史有一個圓融、深刻和全面的把握。例如，高大泉帶著一幫農民兄弟來北京支持建築工地確實充滿了悲壯的犧牲的意味，不僅在工地上風餐露宿，而且不可能有任何薪水，那是一種白白勞作付出卻沒有資金回報的勞動。如果使用新時期審視七十年代「共同經驗」的那種思想視角，高大泉等一幫農民的行為就被理解是充滿了烏托邦的極其可笑的意味，而如果結合著「個體經驗」和實際處境，那麼不可以說這些樸實農民也是非常令人感動的嗎？他們與 2008 年從唐山跑到四川汶川從地震廢墟中救人而不取任何回報的 13 個農民兄弟，在為人的樸實和悲壯意義上不是同樣的感人嗎？難道就因為高大泉一幫農民生活在七十年代，唐山一幫農民生活在 2008 年就截然不同了嗎？在我看來，這種穿越性的歷史雙向思考正是對輕看蔑視做七十年代小說的人們的輕浮歷史觀的最嚴重的質疑，是最嚴屬的否定。再例如，王安憶承認自己在七十年代有過一段「迷茫的心情」，我們把她當年的幼稚與新時期的成熟結合在一起重新認識她，就覺得作為今天的作家她才是真正豐富和深邃的。這就是竹內好前面說過的「我想像，魯迅是否在這沉默中抓住了對他的一生來說都具有決定意義，可以叫做迴心的那種東西」的深奧含義所在了。這就是我在文章中反覆強調的對於新時期文學來說，七十年代小說具有起點性的意義，它同樣具有史料價值的觀點所在了。這也就是我們這些研究者能

夠在章太炎、王國維和陳寅恪經歷了歷史巨變的境遇中強調重溫自己的歷史並希望去摸索、去清理去反省的那種感覺了。

為把我提出的問題做一個小結，我願意再抄一遍王安憶短文的話：「文工團的男女普遍年輕，大多在十二三歲招來，滿二十歲就有成人感，特別能感覺年華易逝。又一次去地區醫院，聽醫生喚我『小女孩』，十分的不適和反感，這就是我們對年齡的概念。想不到之後還會有很長的歲月要度，很多的改變要經歷，會擁有很多很多、多到令人厭煩的照片圖象。七十年代是個家國情懷的年代，可在我，總是被自己的個別的人與事纏繞，單是對付這麼點零碎就夠我受得了。並不經常地，僅是有時候，我會從擁塞的記憶中，闢出一個角，想起魏莊。那一個午後，送走訪客，走在春陽下的霸頂，非喜非悲，卻是有一種承認的心情，承認這一切，於是就要面對。」確實如作家所說，七十年代的時候我也確實年輕和無知，沒有想到那將是我後來 30 年間求學、生活和寫作的一個重要起點；也絕沒有想到它們對於我，對於我的學生們其實都是一段抹不掉的重要的史料。我還得承認，我也曾有過像王安憶那樣「七十年代是個家國情懷的年代，可在我，總是被自己的個別的人與事纏繞，單是對付這麼點零碎就夠我受得了」的切身的個人經歷，根本沒想到 30 多年後我還要重新回到那裡去，「會從擁塞的記憶中，闢出一個角，想起魏莊」——這確是一種「非喜非悲」的歷史的心情。

2011.10.16 於北京亞運村
2011.10.18 再改

八十年代文學的邊界問題

在三十年來的現代文學研究中，邊界的勘探、確認和移動是經常發生的事情。因爲無論確定在五四時期還是晚清，無論提出「沒有晚清，何來『五四』」的新見解還是發掘出陳季同的小說《黃衫客傳奇》，每樹起一出新界標，都會劇烈地變動現代文學的歷史地貌，變更文學的規則和評價標準。〔註1〕當代文學的文學史研究雖然起步較晚，但不一定沒有踏勘邊界的必要，例如現代／當代文學的轉折研究、1980年代文學邊界問題研究等都是我們關心的問題。這些研究同樣會影響到當代文學地圖的重繪，影響到對1980年代及其之後文學的再認識。

一、「七十年代」敘述

2008年，香港牛津大學出版社出版了北島、李陀主編的《七十年代》一

〔註1〕 出於對中國大陸學界將「五四」新文化運動勘定爲現代文學發生的權威起點的觀點，旅美華裔學者王德威表露了不滿，他以文學的「現代性」爲根據，認爲中國作家對「現代」的追求，在太平天國前後的晚清文學中就已經顯露。大陸學界對「現代文學」的窄化理解，使得在文學史中早已存在的「現代性」一直處在「被壓抑」的狀態。爲此，他指出：「五四菁英的文學口味其實遠較晚清前輩爲窄」，「五四其實是晚清以來對中國現代性追求的收煞——極匆促而窄化的收煞，而非開端。」王德威：《被壓抑的現代性——沒有晚清，何來「五四」？》，參見《想像中國的方法——歷史‧小說‧敘事》一書，北京，三聯書店，1999年，第3～17頁。在2010年4月出版的《二十世紀中國文學史》第一章「甲午前後的文學」中，該教材主編嚴家炎根據新發現的駐法國大使館武官陳季同1890年用法語寫作的小說《黃衫客傳奇》，把現代文學的發端向前推移了30年。嚴家炎主編：《二十世紀中國文學史》上冊，北京，高等教育出版社，2010年，第7～23頁。

書。2010 年，該書的大陸版由北京三聯書店推出。這本書重新勘探 1980 年代
文學邊界的意圖是十分明顯的。李陀在序言中說：「我們相信，凡是讀過此書
的讀者都會發現，原來那一段生活和歷史並沒有在忘卻的深淵裏淹沒（筆者
按：這裡指 1970 年代），它們竟然在本書的一篇篇的文字裏復活，栩栩如生，
鮮活如昨。」為解釋選擇 70 年代的目的，他進一步對 1970 年代與 1960 年代
和 1980 年代的關係做了深入討論：

> 在很多人的記憶裏，二十世紀七十年代並不是一個很顯眼的年
> 代，儘管在這十年裏也有很多大事發生，其中有些大事都有足以讓
> 世界歷史的天平發生傾斜的重量。但是，前有六十年代，後有八十
> 年代，這兩個時期似乎給人更深刻的印象，特別對中國人來說，那
> 是兩個都可以用「暴風驟雨」或者「天翻地覆」來形容的年代，而
> 七十年代給人的感覺，更像是兩團狂飆相繼卷來時候的一小段間
> 歇，一個沉重的歎息。這個十年，頭一段和六十年代的狂飆之尾相
> 接，末一段又可以感受八十年代狂飆的來臨，無論如何，它好像不
> 能構成一段獨立的歷史。這十年顯得很匆忙，又顯得很短暫，有如
> 兩場大戲之間的過場，有如歷史發展中一個夾縫。〔註2〕

眾所周知，這種重新重視七十年代的觀點，在 1980 年代是被人嚴重輕視的。
中國社科院文學所當代文學研究室編寫的《新時期文學》的表述有相當的代
表性：

> 這是從思想僵化走向思想解放的六年。
> 這是破除個人崇拜和打碎文化專制主義的桎梏，使人民民主得
> 到發揚，藝術領域人為的「禁區」被不斷突破的六年。
> 這是文學從十年歷史迷誤的黑暗胡同裏走出，闊步邁向未來光
> 輝大道的六年。〔註3〕

在社科院的研究者看來，1970 年代是中國當代史的一個「思想僵化」和「文
化專制」的歷史時期，1980 年代則是走過重重挫折的一段「光輝大道」，在這
樣的歷史理解中，1976 年代四人幫被抓被當做了 1980 年代文學的新起點；而
李陀拒絕用這種斷裂的思維方式去理解歷史的複雜性，他是要試圖重建 1980

〔註 2〕 李陀：《七十年代・序言》，北島、李陀主編：《七十年代》，香港，牛津大學
出版社，2008 年。

〔註 3〕 中國社會科學院文學研究所當代文學研究室編：《新時期文學六年 1976.10～
1982.9》，北京，中國社會科學出版社，1985 年，第 7、8 頁。

年代與 1970 年代和 1960 年代的歷史聯繫，希望從這段史前史中分辨出潛伏在 1980 年代裏面的多重思想脈絡，繼而重新勘探 1980 年代文學的邊界。

《七十年代》作者之一的陳丹青幫助李陀解決了這個問題，他以親歷者的敘述證實 1970 年代是具有自身的獨立性的：

> 1971 年林彪事敗，我正從江西回滬，賴著，混著，忽一日，與數百名無業青年被居委會叫到靜安區體育館聆聽傳達。氣氛先已蹊蹺，文件又短，念完，靜默良久，居委會頭目帶頭鼓掌，全場這才漸次響起有疏到密集體掌聲。散場後我們路過街頭某處宣傳櫥窗，群相圍看一幅未及撤除的圖片：那是江青上一年為林副主席拍攝的彩色照片，罕見地露出統帥的禿頭，逆光，神情專注，捧著毛選。

〔註4〕

如果按照埃斯卡皮每一重大歷史事件之後會出現新的思想浪潮、湧現另一代作家群體的說法，這種個人敘述是能夠成立的。〔註5〕因為明明已被確定為新繼承人的人物突然又被宣佈為敵人，確實令這一代人非常地震驚。他們原來對權威革命敘述一直是深信不疑的，但是這種宣佈就使 1960 年代終結了，狂熱盲目的青年政治運動終結了。這也許就是這一代人精神生活的新起點，歷史變局徹底改變了他們人生的路向。就在這時，劉青峰、禮平和北島秘密開始了《公開的情書》、《晚霞消失的時候》和《波動》等小說的寫作，它們從文學的層面證實了 1960 年代終結的訊息，北島對當時人們精神狀態惟妙惟肖的敘述已經帶著點戲謔的成分：「1971 年 9 月下旬某日中午，差五分 12 點，我照例趕到食堂內的廣播站，劈啪打開各種開關，先奏《東方紅》。唱片播放次數太多，嘶拉嘶拉，那旭日般亮出的大鑔也有殘破之音。接近尾聲，我調低樂曲音量宣告：六建三工區東方紅煉油廠工地廣播站現在開始播音。捏著嗓子高八度，字正腔圓，參照的是中央臺新聞聯播的標準。讀罷社論，再讀工地通訊員報導，滿篇錯別字，語速時快時慢，像錄音機快進或丟轉，好在沒人細聽，眾生喧嘩——現在是午餐時分。12 點 25 分，另一播音員『阿驢』來接班。廣播 1 點在《國際歌》聲中結束。」〔註6〕

〔註4〕 陳丹青：《幸虧年輕——回想 70 年代》，參見北島、李陀主編：《七十年代》，紐約，牛津大學出版社，2008 年，第 50 頁。

〔註5〕 （法國）羅貝爾・埃斯卡皮：《文學社會學》，於沛選編，杭州，浙江人民出版社，1987 年，第 23 頁。

〔註6〕 北島：《斷章》，參見北島、李陀主編：《七十年代》，紐約，牛津大學出版社，

　　李陀、陳丹青是想搭建起 1980 年代文學與前十年的聯結點，但是這種聯結點到底意味著什麼他們並不是十分清楚的。這正如有人指出的：「考古遺存是由人類行為導致的某些結果所構成的，而考古學家的工作就是竭盡所能重新組織這些行為，以重新獲得這些行為所表達的意圖。如果他能夠做到這一點，那麼便可稱得上是一名歷史學家。」而且他還警告說：「並不是我所提到的所有事項都值得被列入嚴格的歷史範疇。」〔註7〕顯然可以認為，儘管李陀和陳丹青意識到 1980 年代文學的敘述中應該擁有它自己獨立的史前史──1970 年代。然而他們並不知道歷史和史前史的聯結點必須去「重新組織」才能夠出現，並不是所有的個人記憶都值得劃入「歷史範疇」的。所謂的「歷史」必須是一個「值得」的「歷史」，而且尤為重要的是它必須是一個被「重新組織」起來的「歷史」，而並非關於歷史敘述的一盤散沙的議論。北島顯然是非常清楚這種聯繫的，他在《八十年代訪談錄》這本書中明確地對查建英說：「現在看來，小說在《今天》雖是弱項，但無疑也是開風氣之先的。只要看看當時的『傷痕文學』就知道了，那時中國的小說處在一個多麼低的水平上。」所以，「80 年代中期出現的『先鋒小說』，在精神血緣上和《今天》一脈相承。」它還孕育出美術品種：「除了《今天》的人，來往最多的還是『星星畫會』的朋友。『星星畫會』是從《今天》派生出來的美術團體。另外，還有攝影家團體『四月影會』等，再加上電影學院的哥兒們（後來被稱為『第五代』）。陳凱歌不僅參加我們的朗誦會，還化名在《今天》上發表小說。有這麼一種說法『詩歌紮的根，小說結的果，電影開得花』，我看是有道理的。」他還聲稱：「詩歌在中國現代史上扮演了重要角色，第一次是五四運動，第二次就是地下文學和《今天》。」在這種意義上正是前者「啟發」了「1980 年代文學」，「80 年代就是中國二十世紀的文化高潮，此後可能要等很多年才會出現這樣的高潮」。〔註8〕於是這樣，從 1970 年代白洋淀詩歌中走出來的《今天》詩群，就成為 1980 年代傷痕文學、先鋒小說和第五代電影的史前史，因為這種敘述建立的歷史理解是，沒有《今天》雜誌，就不可能有真正的 1980 年代文學。

2008 年，第 21 頁。

〔註7〕（英國）戈登・柴爾德：《歷史的重建──考古材料的闡釋》，方輝、方堃楊譯，陳淳審校，上海，三聯書店，2008 年，第 1、3 頁。

〔註8〕查建英編：《八十年代訪談錄・北島》，北京，生活・讀書・新知三聯書店，2006 年 5 月，第 74、75、78、80、81 頁。

如果按照《新時期文學六年》作者對歷史的重新安排，1980 年代文學的興起是直接受惠於 1976 年四人幫被抓的政治事件的，在這樣的理解中，這十年文學裏被自然而然地預埋了一個「被啓蒙」的啓動器。《七十年代》作者則認爲 1980 年代文學是脫胎於 1970 年代文學的，李陀、陳丹青意識到了這樣一個史前史的存在，而北島則把這兩個時代用他的敘述方式聯結了起來。如果根據《新時期文學六年》的判斷，1970 年代的文學統統是「文化專制」和「思想僵化」的產物，所以 1970 年代的地下小說是根本沒有存在的意義的；但是按照《七十年代》的理解，尤其加上李陀在前面敘述的：「原來那一段生活和歷史並沒有在忘卻的深淵裏淹沒（筆者按：這裡是指 1970 年代），它們竟然在本書的一篇篇的文字裏復活，栩栩如生，鮮活如昨。」1970 年代地下小說非但不是沒有意義的，而且竟然「栩栩如生」，充滿了思想的生命力，它直接啓發了 1980 年代文學的發生。如果按照《新時期文學六年》的認定，1980 年代文學的邊界在 1976 年是毫無疑問的；但是按照《七十年代》的勘探，它應該在 1969 年或者也可以說是在 1971 年前後。

不過我們都非常明白，沒有文學作品的文學史是不能作爲歷史單獨存在的，因爲歷史敘述不能代表文學作品而存在，文學史作爲歷史敘述之特殊形式而存在是要依託文學作品的寫作時間或者發表的時間。這個時間點往往能準確地判斷出文學史的發生點。前面提到的魯迅 1918 年發表了小說《狂人日記》、陳季同 1890 年創作了《黃衫客傳奇》，可以證明現代文學發生在五四或者 1890 年，就是這方面最典型的例子。因此我們還需要去尋找作品，有意思的是劉青峰中篇小說《公開的情書》恰恰就寫於 1972 年，它是距離 1971 年這個重要年頭最近的一篇小說。

二、「七十年代」小說

2009 年，小說《公開的情書》作者（靳凡）劉青峰在接受黃平採訪時說：

> 這篇小說寫於 1972 年，我與觀濤結婚不到半年。……在 1972 年，由於 1971 年發生了「9‧13」林彪出逃這一震驚中外的大事件，毛澤東思想開始解魅，但文革又沒有結束的跡象，全中國人都看不到希望和前途，特殊是年輕人，倍感壓抑和黑暗。但這也是一段思想覺醒的爲新時代來臨做準備的時期。

如果說七十年代敘述針對 1980 年代文學邊界的勘探，重在強調七十年代文學的地下性，強調應該以 1971 年林彪事件而不是以 1976 年四人幫被抓事件為時間的基點，那麼劉青峰對七十年代小說的認定正是在這條歷史線索上進行的：

> 文革中，人人被迫參加一個又一個的政治運動，對於精神活躍、有獨立思想的人來說，就只能把自己的內心世界完全隱蔽起來，在日常生活中表現得與其它人一模一樣。他們用獨特的方式，如極其私密的個人通信、與朋友共同讀書或聚談來構建另一種精神生活。
> 《公開的情書》以書信體為形式，就帶有這一時代色彩。〔註9〕

小說中有一段老久致真真的信：「我想，當我第一次吻你時，你一定會說我生硬。是的，這將是我平生第一次吻自己的愛人。過去我只得到過冷冰冰的禮貌和庸俗的說教，我時刻都在等待著真正的愛。我內心藝術情感的流水枯竭了，靈感的火花幾乎被壓滅……可是，狂風盡可以把小草壓倒在地，卻壓不倒綠色的、自由的種子。」他再致信真真說：「人們常說，一個人擺脫不了時代的局限，但這不等於時代預先已經給我們規定了局限。時代的限制只有在這個時代結束後才能說明。從這個意義上說，我們為什麼要依靠時代呢？」小說故事告訴讀者，老久與真真是七十年代大學生，又是一對戀人。在公開場合，他們不敢對「愛」、「靈感」、「自由」、「時代局限」等當時社會不允許涉足、關注和討論的敏感問題表達看法，但在私密空間中，他們卻對這些禁忌大膽發表了見解，強調在一個困難年代裏個人保持思想的獨立是如何的珍貴。也正像前面作者所說的：「他們用獨特的方式，如極其私密的個人通信、與朋友共同讀書或聚談來構建另一種精神生活。」這些小說描寫幾乎囊括了七十年代地下文學社會活動和創作的所有特徵。

在今天，雖然以地下小說劃界來圈定 1980 年代文學邊界的聲音越來越強大了，但是一個明顯的事實是，1980 年代文學並非都發源於來自地下文學，它也發源於多重不同的思想資源和文學資源。眾多研究成果已經提示，傷痕文學、反思文學、改革文學、尋根小說、先鋒文學和新歷史主義小說就像河叉縱橫的江南水鄉，它們接通著不同的文學發生點，而並非橫豎奔騰的長江黃河在中國地圖上那麼清晰，例如三十年代的左翼文學、延安文學、前蘇聯解凍文學和當代小說、十九世紀歐美小說、美國垮掉派文學、法國荒誕派戲

〔註9〕劉青峰、黃平：《〈公開的情書〉與 70 年代》，《上海文化》2009 年第 3 期。

劇和新小說、拉美魔幻現實主義小說等,它們都用不同方式參與了那個年代文學的建設。另外,1980 年代文學還與七十年代其它小說之間存在著錯綜複雜的淵源關係,比如當時公開發表小說、工農兵作者小說、知青小說等等。在這一特定歷史場域裏,諸多文學現象和流派觀念糾纏對立或是彼此混淆,代表著不同的文化傳統和歷史話語。更值得關心的是,不少「新時期作家」都帶有「七十年代作家」的跨界性身份。當他們成為新時期作家之後,研究者是不應該忽視他們寫於七十年代的那些小說的,這中間湯湯水水的歷史聯繫和殘留的痕跡,也不應該從我們的研究視野中輕易地消失。正是在這個節骨眼上,張紅秋博士論文整理的七十年代部分小說目錄給了我豐富的啓發。我意識到,在我們過多地信賴劉青峰等人所敘述的「七十年代小說」的時候,實際上已經不再把當時雜誌上發表的小說放在這一歷史範疇。甚至不再把它們看做是「文學作品」。我現在把這個篇目抄錄如下:蔣子龍《三個起重工》,《天津文藝》1972 年試刊第 1 期;蔣子龍:《弧光燦爛》,《天津文藝》1973 年第 1 期;蔣子龍:《壓力》,《天津文藝》1974 年第 1 期;蔣子龍:《時間的主人》,《人民日報》1975 年 4 月 29 日第五版;蔣子龍:《勢如破竹》,《天津文藝》1975 年第 3 期;蔣子龍:《機電局長的一天》,《天津文藝》1976 年第 1~7 期;蔣子龍:《鐵鍬傳》,《人民文學》1976 年第 1 期;陳忠實:《接班以後》,《陝西文藝》1974 年第 3 期;陳忠實:《高家兄弟》,《陝西文藝》1974 年第 5 期;陳忠實:《公社書記》,《陝西文藝》1975 年第 4 期;陳忠實:《無畏》,《人民文學》1976 年第 3 期;賈平凹:《彈弓和南瓜的故事》,《朝霞》1975 年第 6 期;賈平凹:《隊委員》,《朝霞》1975 年第 12 期;賈平凹:《豆腐坊的故事》,《群眾藝術》1976 年第 4 期;賈平凹:《兩個木匠》,《陝西文藝》1975 年第 6 期;賈平凹:《曳斷繩》,《陝西文藝》1976 年第 2 期;賈平凹:《對門》,《陝西文藝》1976 年第 4 期;李存葆:《猛虎添翼》,《山東文藝》1974 年第 1 期;李存葆:《合作醫療的風波》,《解放軍文藝》1974 年 12 月號;韓少功:《紅爐上山》,《湘江文藝》1974 年第 2 期;韓少功:《對臺戲》,(「文化大革命好」徵文),《湘江文藝》1976 年第 4 期;古華:《「綠旋風」新傳》,《湘江文藝》1972 年第 1 期;古華:《仰天湖傳奇》,收入《朝霞》叢刊《碧空萬里》,上海人民出版社,1974 年;路遙:《優勝紅旗》,《陝西文藝》1973 年 7 月創刊號;路遙:《父子倆》,《陝西文藝》1976 年第 2 期;陳國凱:《主人》,《南方日報》1976 年 1 月 31 日第四版;陳世旭:《徐家灣里一人

家》,《江西日報》1974 年 3 月 3 日第四版；周克芹：《棉鄉戰鼓》,《四川文藝》
1974 年第 5、6 期。〔註 10〕必須承認，由於現實處境不同，這些作者的歷史感
受、價值理念和創作風格確實與《公開的情書》等地下小說有天壤之別。在
主題、題材和人物形象上，可以輕易地看出十七年小說對它們的深刻影響，
不少小說還殘留著「文革」小說的遺風。這些作者的人生觀和文學觀中，不
可能有劉青峰那樣的叛逆因素和先覺者眼光，他們很大程度上是被十七年的
文學制度和文學環境訓練出來的，作為研究者，我們沒有理由責怪他們的後
知後覺。但這些都不是我們關注的重點。我們的重點是應該怎樣看在 1970 年
代的共同歷史場域中存在著如此多不同的小說現象和流派。這個視野中包含
著我們今天對這些不同小說的認識，包含著這些作者後來創作發展的線索，
也包含著我們對 1980 年代文學複雜性的理解，由於我們認識文學的方式還停
留在 1980 年代文學對我們的訓練的水平上，這些問題因此並沒有充分展開和
得到很好的解決。

　　我之所以把上述兩種小說材料並置在一起，是因為我想到，在不同的歷
史觀念中必然會產生截然不同的小說類型。柯林武德在這一點上說得是非常
清楚的：「人不僅生活在一個各種『事實』的世界裏，同時也生活在一個各種
『思想』的世界裏。」因此，「一個人的思想理論改變了，他和世界的關係也
就改變了。」〔註 11〕劉青峰當時落難於貴州一所山區中學，這種境遇決定了
她看世界的方式將會發生轉變。她之所以能夠說出「他們用獨特的方式，如
極其私密的個人通信、與朋友共同讀書或聚談來構建另一種精神生活」這樣
的話來，是因為在林彪出逃事件之後，她看到曾被奉若神話的權威思想的「解
魅」，她的「思想理論」徹底改變了。這種改變就改變了她和世界的關係。在
這個意義上，老久和真真實際代替她說出了對那個年代的評價：「人們常說，
一個人擺脫不了時代的局限，但這不等於時代預先已經給我們規定了局限。
時代的限制只有在這個時代結束後才能說明。從這個意義上說，我們為什麼
要依靠時代呢？」這顯然是一次了不起的「自我啟蒙」，這種啟蒙是以否定那
個時代的局限性為前提而建立起來的。也就是在這個意義上，她的《公開的
情書》大膽指認了與那些雜誌上的小說截然不同的 1970 年代。蔣子龍一直是

〔註 10〕　張紅秋博士論文：《「新時期」作家（評論家）在「文革」時期的文藝活動》，
　　　　　未刊。
〔註 11〕　（英國）柯林武德：《歷史的觀念‧原編者序》，北京，商務印書館，2007 年。

天津市重點扶持的工農兵作者，他雖然在工廠做工後來當車間主任，但他在那個年代是很得寵的。這種境遇也決定了，他會以不同於劉青峰的方式來認識世界。他在回憶 1970 年代的小說創作說道：「到 1970 年代初，工廠開始『抓革命促生產』，過去的生產骨幹、黨團員等又開始被重視，我在車間的日子也漸漸好過起來，勞動多，被監督少了。因為是三班倒，有的是時間，市裏也開始恢復一些文藝刊物，我便試著寫點東西，想靠文章給自己落實政策，只要我的文章能發表，就說明我這個人也沒有大多大問題，工廠的人看到我能公開發表文章了，說不定就會給我一個說法。我像許多年前初學寫作一樣，努力按照階級鬥爭的套路圖解政治，但很快就發現很難編出新鮮玩藝兒。當時有幾條規矩，寫作時是必須遵守的，你不遵守到編輯那兒也會打回來。比如正面人物應該是『小將』、『造反的闖將』，對立面自然就以『老傢夥』為主，任何故事裏都得要有階級敵人的破壞……當時最火的文學刊物，也可以說是文壇的標杆，是上海的《朝霞》。」〔註 12〕在這段回憶中我們看到，「林彪出逃事件」沒有作為一種震撼性的歷史經驗沉澱在蔣子龍的創作過程中（顯然也不會），它還明顯裏挾著 1970 年代的思想的痕跡，如「抓革命促生產」、「生產骨幹」、「階級鬥爭」、「小將」等主流化的表述。這和劉青峰自述中提到的「私密的個人通信」、「思想解魅」和「構建另一種精神生活」相比，是生活在同一個時代的截然不同的話語。也就是說，在創作小說時，他的「思想理論」並沒有發生劉青峰那樣的深刻逆轉，這決定了他的作品的社會主流化狀態。

　　《機電局長的一天》被標榜為蔣子龍從 1970 年代向新時期過渡的跨界小說，不過，在主張「抓生產」的局長霍大道身上，我們仍能讀出有意味的信息。他和思想保守、缺乏進取精神的副局長徐進亭有一個對話：

　　　　徐進亭鼻子哼了一聲，沒有回答。

　　　　老霍緊盯著他道：「我們都是老同志，說話不用兜圈子。這個廠不是哪個私人的點，是局黨委委派你來蹲點的，就不許別人來說個不字了嗎？」

　　　　徐進亭點火抽煙，藉以在腦子裏掂量輕重。他感到，內心的一些想法擺到桌面上是站不住腳的，還是走為上策，於是大聲說：

〔註12〕蔣子龍、李雲、王彧：《當代文學的「現實主義」敘事，正等著一次突破——蔣子龍訪談》，《上海文化》2009 年第 4 期。

「這個點我蹲不了啦，這些問題你看著辦吧，我去向雲濤同志請病假。」

「老徐同志，你帶著這樣的情緒，住進什麼醫院也無濟於事。局黨委的會必須開，你就是請病假，也要幫你把思想問題搞清楚。」

對老霍這些熱誠的話，徐進亭聽不進去，連樓也不上，坐車走了。

這篇小說發表在《人民文學》1976 年第 1 期。對於熟悉當代文學前三十年小說的讀者來說，這種人物關係和對話方式並不陌生，如《創業史》、《豔陽天》、《金光大道》、《歐陽海》、《七根火柴》，等等。「先進人物」總是在幫助「落後人物」跟上形勢，改造自己的思想，先進人物在掌控著落後人物「思想問題」的話語權的同時，一個小說敘述模式便產生了：這就是，用反面人物襯托正面人物、用一般群眾來襯托英雄人物直至主要英雄人物，而後者總處在比前者更為進步和革命的歷史階段上，他們對社會的未來總是未卜先知。這就是黃子平在「革命·歷史·小說」中所發現的一種「進化史觀」。〔註13〕徐進亭像霍大道一樣曾經是拋頭顱灑熱血的革命老戰士，但在和平年代他思想退伍了，不求上進了，於是出現了「思想問題」。這樣他的思想問題就落入了仍然保持著旺盛的革命精神的霍大道的手中。小說中，霍大道一定要幫助他改造思想，跟上形勢，把機電廠的生產建設轟轟烈烈地搞上去。《公開的情書》的人物老久、真真和老嘎的關係，就沒有這種誰一定要領導誰的問題，尤其它們都沒有徐進亭這種早已被前三十年小說模式設定好的「思想問題」，他們所焦慮的是如何在這個灰暗的時期重建人的精神生活的獨立性，而霍大道這樣的訓導者也許正是他們所懷疑的對象。在《機電局長的一天》中，我們經常看到這種細節：英雄人物總是威風凜凜，而落後人物卻老在那裡猶豫不決，彷徨無定。而在《公開的情書》中，主人公一般都十分憂鬱並且警覺性非常高，像地下工作者一樣無聲地蟄居在不被公眾注意的時代的角落。

我把兩篇小說並置在一起，無非是要探討這樣一個有趣的問題，即 1970 年代在不同人群中是沒有公約性的。雖然生存在同一個年代，劉青峰、李

〔註13〕黃子平：《「灰闌」中的敘述》，上海，上海文藝出版社，2001 年，第 20～29 頁。

陀、陳丹青等所經驗的生活與蔣子龍等所經驗的生活就好像是兩個相隔遙遠的朝代，他們好像變成了不同朝代中的中國人。在這個意義上，霍大道似乎是一個活在未來的「文學超克」，他公而忘私，完全犧牲了業餘生活，一心只撲在工作崗位上，這種精神上的毫無瑕疵也許幾十年幾百年後的人們才能夠領悟。而老久和眞眞則是生活在 1970 年代的普通人，他們所表露的苦悶彷徨，表明他們是實實在在地生活在中國的現實土壤上的。但是在這裡，兩篇小說令人啓發地強調了一個不能公約年代人們精神生活的並置性的特點。這種「並置性」是我們今天認識 1970 年代小說的最最困難的地方。研究者需要克服的，是當我們把地下小說設置爲一種歷史界限和文學標準，應該在哪種範圍內和層次上同時也把其它公開發表的小說吸納進來。在面對公開發表的小說時，這種情形會同樣發生。對這兩種不同的小說創作，我們實際上也無法在同一個思想和學理層面上去評價和理解。不過作爲文學史研究者，我們確實又是需要去辨析、包容和磨合它們不同的歷史觀和小說觀的。這都是我們即將開始 1970 年代小說研究的時候，幾乎無法迴避和不得不考慮的問題。

三、被剪輯掉的七十年代的人和事

查勘 1980 年代文學的邊界，還有一個需要注意的問題，到了新時期之後，不少作家都在有意無意地剪輯掉與自己有關的七十十年代的人和事。

在回答批評家謝有順訪談的時候，賈平凹是從 1980 年代初他「寫過一批農村改革的小說」《臘月・正月》、《雞窪窩人家》等作品開始的，他對「文革」中的創作隻字不提。〔註14〕韓少功訪談的話題起止於尋根文學的發動。〔註 15〕在自傳中，王蒙詳細敘述了他在伊犁伊寧市郊巴彥岱生產隊的生活，對那個時期究竟寫了什麼文學作品是一筆帶過的。〔註 16〕在路遙的創作談中，他對「文革」時期參加紅衛兵組織活動和文學創作基本採取了迴避的態度。〔註17〕即使我們剛剛列舉的蔣子龍的「自述」，他對新時期時期創作敘述

〔註14〕 賈平凹、謝有順：《對話錄》，蘇州，蘇州大學出版社，2003 年，第 16、17 頁。

〔註15〕 李建立：《文學史中的「尋根」──韓少功訪談錄》，《南方文壇》2007 年第 4 期。

〔註16〕 《王蒙自傳》第一部，參見從 61「『文革』是怎樣開始的」到 64「邊城『文革』紀景」等章節，廣州，花城出版社，2006 年。

〔註17〕 參見李文琴編選：《路遙研究資料》中「生平與創作自述」部分，濟南，山東

的容量也明顯超過了「文革」時期。〔註18〕這是一段「不光彩」的創作經歷，對作家的形象只會抹黑而不可能增光添彩，這可能是他們避而不談的原因。自然，這與新時期改革開放獲得充分的歷史合法性，「十七年」、「文革」被矮化貶低和抹黑的總體歷史環境有很大關係。人要在歷史上留名，被載入文學史，就應首先進入「新時期敘述」，被這種歷史敘述所接納，並成為新時期文學家族中重要的成員。這種情況下，沒有人願意原來的「文學前史」來搗亂，干擾和模糊自己的文學創作起點，從而破壞自己完整的文學史形象。

更需要注意的是，它不光影響到人們對作家文學創作的觀察，還會遮蔽掉與其關係密切的那個年代的人和事。因為沒有這些人和事，哪有作家這種文學創作的面貌。例如，作為天津市重點培養的工農兵作者，蔣子龍要被納入市文聯和作家協會的培養計劃，不僅當地的報刊雜誌要留出重要版面推介他的作品，領導和批評家也會時刻關注他創作的動態和發展。對在 1970 年代起步的賈平凹、路遙和陳忠實等作家也是如此。然而，與此相關的豐富的歷史資料及其細節卻在後來的訪談中被剪輯掉了，它們突然在作家創作檔案館銷聲匿跡了。這些本來可以與作家們的 1980 年代創作做更深勾連的歷史材料，在作家的歷史再敘述中，好像已經變得無足輕重。這些對於文學史研究十分重要的歷史材料的被簡化、被壓縮和被剪輯，或說由於它們的不在場，客觀上就為《七十年代》作者們的歷史再敘述騰挪出了很大很大的空間，這就容易使人們對劉青峰們地下小說家的思想獨立性，給予更多的歷史同情和理解。由於與1980 年代文學關係密切的眾多豐富的歷史線頭被剪輯掉了，這樣就剩下地下小說這條最具權威性的歷史線索，用這條線頭所牽扯和建構的 1980 年代文學，於是就形成了我們今天能夠看到的從地下小說──新時期文學啟蒙的歷史框架。但是這種歷史框架又是不能令人滿意的，因為沒有眾多文學生態現象烘托的文學史，實際是一部沒有歷史參照物的文學史，而沒有歷史參照可供觀察和討論的文學史是不真實的。對我們這些還活在人間的1980 年代文學的親歷者來說，這並不是我們親眼目睹的那個年代文學的全部

文藝出版社，2006 年。

〔註18〕參見《蔣子龍自述》一書，鄭州，大象出版社，2002 年。在本書中，蔣子龍對他十七年被天津列為重點工農兵作者加以培植，以及「文革」時期的創作，都採取了輕描淡寫的方式來處理，而對「機電局長的一天」這個「創作事件」，則大加渲染。

的事實。

　　舉例來說，在賈平凹和路遙等人 1980 年代「農村改革小說」的創作歷程中，顯然是有一條十七年和「文革」「農村題材小說」的前路的。賈平凹、路遙是從那條由趙樹理、孫犁、李準、柳青、浩然所鋪設的農村題材小說舊路上走過來的作者，而不可能一下子就是 1980 年代的那種創作姿態。賈平凹有一次也說過：

> 　　我不是現當代中國文學的研究者，以一個作家的眼光，長期以來，我是把孫犁敬為大師的。我幾乎讀過他的全部作品。在當代的作家裏，對我產生過極大影響的，起碼其中有兩個人，一個是沈從文，一個就是孫犁。我不善走動和交際，專程登門拜見過的作家，只有孫犁。〔註 19〕

我們知道，賈平凹是 1970 年代初開始文學創作的，他閱讀孫犁的小說並受其影響，應該也就在這一時期。值得注意的是，賈平凹並不是在地下小說的狀態中認識、閱讀並接受孫犁的小說的，他是出於文學創作的需要，也就是孫犁的農村題材和農村生活的經驗方式與想像方式啟發了他，所以在他的創作中，並沒有像劉青峰那樣一開始就埋入了自我啟蒙的認識性裝置。郜元寶 2005年的一篇文章，幫助我們釐清了這個問題。他認為賈平凹是一個對文學思潮並不敏感的作家，他對創作道路的選擇更多來自於自己農村人的經驗和事先零星散漫的閱讀：

> 　　很長一段時間，他並沒有找到適合自己的道路，只是靠著散漫的閱讀、豐富的農村生活經驗、中國當代文學某種慣性推動力，以及韌性的投稿，來表達一份朦朧的感動。……
>
> 　　他顯得相對遲鈍一些，也正是這種遲鈍，反而使他多少避免了過於直白地迎合時代主題……
>
> 　　和具有群體認同的「右派作家」、「知青作家」相比，賈平凹的時代意識並不明顯。他加入「新時期文學」的合唱，主要不是依靠「右派作家」或「知青作家」的可以迅速社會化、合法化的集體記憶和思考，而是與生俱來的鄉村知識分子難以歸類的原始情思，以及西北落後閉塞的農村格調特異的風俗畫卷。有人因此認為他在文

〔註 19〕　賈平凹：《孫犁的意義》，參見《朋友》，重慶，重慶出版社，2005 年，第 294頁。

學傳統上屬於孫犁所開創的「荷花淀派」，他和那位蟄居天津的可敬的文壇隱士之間為數不多的幾封通信，確已成為一段佳話。然而，……從《山地筆記》以及後來的《二月杏》、《鬼城》、《小月前本》、《臘月・正月》、《商州初錄》和「又錄」、「再錄」、《雞窩窪的人家》裏吹來的，並非40年代荷花淀和冀中平原清新溫潤的風，而是80年代黃土高原一股燥熱的生命氣息。〔註20〕

對修復被作家剪輯掉的七十年代的人和事這項繁重的工作而言，這個孤例是不能令人滿足的。但是我們看到，郜元寶已經在做一些局部的修復，這種修復對於恢復賈平凹創作的原貌，直至推進到逐個地修復許多作家創作的原貌顯然是有用的。對於賈平凹來說，張紅秋整理的他「文革」時期的創作目錄，例如《彈弓和南瓜的故事》，《朝霞》1975年第6期；《隊委員》，《朝霞》1975年第12期；《豆腐坊的故事》，《群眾藝術》1976年第4期；《兩個木匠》，《陝西文藝》1975年第6期；《曳斷繩》，《陝西文藝》1976年第2期；《對門》，《陝西文藝》1976年第4期等等的周圍，是沉埋著許多有意思的故事的。如果以後的《賈平凹傳》能夠提供更詳細的史料，那麼我們就可以進一步看到賈平凹與十七年文學和「文革」文學的淵源關係，知道他在1980年代的小說創作逐步摒棄了那些前者的影響痕跡，而又如何吸收了孫犁小說的散文抒情成分；他是如何逐漸褪去前三十年當代文學中某些概念化的文學因素，又是如何注意接受80年代外國文學的影響，同時結合農村經驗寫作他風格獨特的小說的；我們甚至還可以拿這些「文革」小說與他新時期初期的小說，從主題、題材和人物形象塑造的方式上加以細緻的比較，分析整理出他文學創作轉變的軌跡。對賈平凹、路遙和蔣子龍等人而言，如果我們不在介於1970年代與1980年代之間這個狹窄領域裏做一點研究，這些作家的創作起點與後來創作的關係，就很可能變成一個模糊地帶，一個被歷史遺忘的角落。

四、新的邊界需要確立在哪裏和如何確立

事實上，最近以來，有的研究者已經為我們提供了切實有效的研究思路，例如劉芳坤的《女知青愛情敘述的失效——重讀〈北極光〉兼論「跨界」作家

〔註20〕郜元寶、張冉冉編：《賈平凹研究資料・序》，天津，天津人民出版社，2005年。

的「歷史清理」》和艾翔的《文學史闡釋模式的無力》這兩篇文章。〔註21〕

劉芳坤寫道:「早在 1975 年,25 歲的她便發表描寫知青生活的長篇小說《分界線》。進入『新時期』,從《愛的權利》開始,張抗抗的小說也是屢受關注並頻頻獲獎。」她認為,由於「文革」時期知青小說只允許塑造「英雄人物形象」,所以剛到新時期,從 1976 年到 1978 年,差不多有三年時間她的創作面臨轉型的困難。劉芳坤發現,她之所以成功創作了長篇小說《北極光》,並獲得新時期讀者和批評家的認可,是因為她借助了十七年小說如《青春之歌》人物原型和主題的資源。而主人公芩芩的人生問題雖然與林道靜有某些相似之處,例如都在尋找最理想的人生答案,背景卻與前者差異明顯。就在這種轉型情境中,芩芩的形象由英雄主義向平民主義發生了歷史位移。促使作家創作轉型的一個原因是:「1979 年知青返城風后,1980 年中共中央及時召開全國勞動就業會議,當年城鎮新安置就業人員就達到 900 萬人」。劉芳坤觀察到:「大批的知青回城後,切實的生計問題提上了議程。《北極光》中的主人公的選擇正是這千百萬知青中的代表。」艾翔從張承志小說《北方的河》理想性敘述中,發現了 1970 年代遺留的紅衛兵行為元素,他認為以此為線索,還可以打通 1980 年代與 1960 年代的精神聯繫。

有了張抗抗這個跨界作家的個案,我們可以藉此把 1980 年代文學邊界問題的探討落到實處。誠如我們前面已經提到,無論是劉青峰、李陀和北島等七十年代地下小說家群體,還是蔣子龍、賈平凹和路遙等七十年代就在公開雜誌上發表作品、而後轉型成新時期作家的小說家群體,或者像張抗抗這種雖然起步困難但最終也實現轉型的跨界作家,他們都有一個思想起點或者說是創作的出發地——七十年代。例如像劉青峰這種情況,由於受到 1971 年那個事件的震撼,她的思想理論改變了,她和世界的關係也隨之改變了。又例如像蔣子龍、賈平凹和路遙這種情況,作家們儘管都不願意正視自己的七十年代創作史,他們受到這一時期的工農兵文學、孫犁和柳青等人的很大影響,仍然是無容置疑的事實。據此可以發現,他們 1980 年代的文學思想與 1970 年代的文學思想並不是一種割裂的關係,相反我們能夠一次次地追尋到那個原初的文學起點。正是敏銳地注意到許多作家身上這種跨界性的特點,劉芳坤的研究給了我們更細緻的提示,她認為張抗抗的文學創作雖然跨越

〔註21〕 這兩篇文章均為中國人民大學文學院現當代文學專業博士生 2011 年上半年「重返八十年代文學」討論課上的發言稿,未刊。

了不同的歷史時期，然而對人生問題的關切卻是貫穿這一漫長過程中的一條紅線。她 1970 年代初在創作反映知青生活的長篇小說《邊界線》時，由於受到「文革」文學觀的限制，只能把知青一代的人生問題的焦慮加以變線而轉移到對他們戰天鬥地生活的描寫上。到了新時期，作家對人生問題的探索沒有弱化，但她一時還找不到藝術表現的角度和方式，在猶豫彷徨了三年後，作家終於抓住知青大返城這個事件創作了《北極光》。因此在劉芳坤看來，從 1970 年代到 1980 年代整整十年，張抗抗與賈平凹、蔣子龍等人相比不算是一個「成功轉型」的作家，不過她提供給我們的研究話題卻是有價值的，因為僅憑知青問題——人生問題這一在張抗抗小說創作一以貫之的線索，並對之加以提煉，就可以用來觀察很多同時期的同類作家的創作，發現有意思的問題。

到了現在，有一個結論大概已經沒有什麼問題，這就是上述小說家 1980 年代的創作是從 1970 年代開始的。這樣，我們可以把 1980 年代文學的界樁向前推移到 1970 年前後。能夠在不同的小說家群體中找出他們的共性，應該是一個重要的收穫。我把這個收穫歸結為以下幾點：一是 1976 年並不是「新時期文學」真正的發源地，它思想和文學的溫床大概可以界定在 1970 年前後。更確切地說，應該說是萌發於 1960 年代的青年政治運動，經歷了 1970 年代的過渡期之後，才在 1980 年代結出了文學的果實。二是 1980 年代文學的發生和發展，並不只是地下文學這麼一個發生點，還有很多個發生點，例如從「文革」公開雜誌上走出的新時期作家、由知青文學中轉型的女作家，以及從很多很多點上出現的新時期小說流派，等等。對這些發生點，我這裡只是做了簡單的清理，提出了一些問題，並沒有認真深究，做更切實和具體的研究。如果這一研究得以展開，我們就可以從中找到很多 1980 年代文學發生的資源和問題。更重要的是，從這些發生點上再出發，我們可以觀察到從傷痕文學——改革文學——尋根小說——先鋒文學——新寫實小說這樣的文學史線索和排序，是存在很多問題的，至少，為什麼一些文學現象沒有發揚光大就被淘汰了、被文學史篩選掉了，例如蔣子龍、柯雲路的「改革文學」、路遙的「現實主義小說」等等。由於對邊界問題的討論沒有受到重視，對這些問題的研究實際無法展開。三是由於 1980 年代文學的研究剛開始不久，很多概念和問題還有待釐清，所以「如何確立邊界」在我的想像中還是一個較長的過程。對自身邊界的探討，古代文學經歷了晚清以來近百年的時間，現

代文學也經歷了三十年時間，1980 年代文學邊界的界定同樣也會面臨很多爭
辯和反覆。鑒於當代史認識的複雜性，它必然會牽連到對 1980 年代文學的判
斷和認識，以及對文學史邊界查勘的難度，對此我們都不能掉以輕心。

2011.7.28 於北京亞運村
2011.8.9 再改

「資料」整理與文學批評
——以「新時期文學三十年」爲題在
武漢大學文學院的講演

　　同學們知道，我是學現代文學「出身」的，是貴校（當然也是我母校）著名新詩研究專家陸耀東先生的學生。過去寫過現代文學的文章，編過教材，後來興趣轉向當代文學史研究。由於「轉行」，我近年特別怕見研究現代文學的學者，擔心人家表面客氣，心裏卻對搞當代文學的「不以爲然」。這是因爲，在現代文學研究界，發現和利用「文獻資料」被看作是基本功，受到普遍重視，研究者的文章多是在此基礎上寫成的。所以，他們中的一些人很相信自己那才是「學問」。在當代文學研究中可能就有點怪怪的，因爲「批評」畢竟是這個領域的顯學。因此，在講這個題目之前，我先對自己做點「辯護」，意思是不要輕看「資料」整理的作用。韋勒克、沃倫在他們的《文學理論》中說過，雖然文學理論、文學批評和文學史同屬文學「本體」的研究，但它們又可以說都是一種「文學批評」，即使聲稱「客觀」、「公正」的文學史也包含著批評的眼光和選擇。〔註 1〕這樣，「資料」整理可以看作是文學史研究的一個重要方面，它本身所包含的「批評性」是無可置疑的。

　　據我有限瞭解，當代文學的「資料」整理工作，確實比現代文學薄弱得多。這 20 多年間，能夠查找到的，主要有 1979 年揚州師院中文系編的《中

〔註 1〕　韋勒克、沃倫：《文學理論》，北京，三聯書店，1984 年 12 月，第 30～39 頁。

國當代文學研究資料》（內部發行）、茅盾、周楊和巴金等人任顧問、1988 年前後貴州人民出版社出版的《中國當代文學研究資料叢書》、洪子誠主編、長江文藝出版社 2002 年 6 月出版的《中國當代文學史·史料卷》（兩卷）、楊揚主編、天津人民出版社 2005 年推出的《中國當代作家研究資料叢書》，和孔範今、雷達、吳義勤、施戰軍主編、山東文藝出版社 2006 年出版的《中國新時期文學研究資料彙編》等幾種。還有一些零星的「爭鳴」資料、文壇回憶錄，以及規模和影響都較小的叢書等。我們得承認，它們都費時很多，規模浩大，實屬不易。我的講演，不是要對它們再做一次「書評」，而是以它們為對象，針對不同叢書的變化和調整，來觀察作家作品的篩選、讀者的遺忘和重新激活、資料整理語境化以及歷史對它的再敘述這樣一些問題。同時說明，「資料」整理不單是收集「客觀」事實，它很大程度上是以「批評」的方式參與了「新時期文學三十年」的建構。換句話說，我們今天所看到的「新時期文學三十年」不僅是作家創作層面上的「三十年」，同時也是被文學批評和文學史研究所敘述的「三十年」，「資料」整理就是其中一種有意味的敘述方式。

一、作品篩選、歷史遺忘與激活

從一般文學常識看，文學批評總是走在文學理論和文學史研究前面的，它擔負著作品經典化、作家排名和規劃文壇格局的特殊任務。通過批評的第一道「篩選」，「優秀作品」和「優秀作家」名單被初步確認。但作為讀者，我們的閱讀會經常處在與「同時代」作品幾乎「同步」的狀態，所以容易受思潮擺佈，而且比較個人化。那麼，它就需要「權威」批評家來引導，指出哪些是「最好」的作品和作家，於是我們就在批評家所篩揀、指認的文學作品中得到美的享受，形成初步的經典意識。我手頭收藏過一些「新時期文學」的「選本」，我發現它們儘管出版較晚，但還是殘留著當時文學批評的痕跡。相信編選者肯定希望做到客觀，不過當年文學批評對一些作家作品熱烈的肯定和認同，也一定在他們腦海裏積留下深刻印象，沉澱成對那個時代的文學記憶。所以，即使是多年後出版的「文學選本」，仍然可能是文學批評的結果。只要我們把《文藝報》、《人民文學》、《當代》、《十月》、《上海文學》、《上海文論》、《文學評論》和《當代作家評論》所「推崇」的「優秀作品」，與諸多「選本」的入選篇目做一對應性比較，會發覺上面所述並非妄猜。為把分

析做得更加周密和可靠，我來比較兩個不同時期的文學選本。前一類出版於
1983 年 11 月至 1986 年 9 月之間，分別是上海文藝出版社的《1981～1982・
全國獲獎中篇小說集》（上、下卷，版權頁為「1983 年 11 月」）、上海文藝出
版社的《1983 年全國短篇小說佳作集》（版權頁為「1984 年 3 月」）、人民文
學出版社的《1984 年短篇小說選》（版權頁為「1985 年 3 月」）、作家出版社
的《1983～1984・全國優秀中篇小說評選獲獎作品集》（兩冊，版權頁為「1986
年 1 月」）和上海社會科學出版社的《新小說在 1985 年》（版權頁為「1986 年
9 月」）；後一種 1999 年 9 月出版，即北京十月文藝出版社的《1949～1999・
中國當代文學作品精選》（十二卷，版權頁為「1999 年 9 月」）。前類「選本」
選入的，有李存葆的《高山下的花環》、《山中，那十九座墳塋》、路遙的《人
生》、張承志的《黑駿馬》、《北方的河》、王蒙的《相見時難》、王安憶的《流
逝》、史鐵生的《我的遙遠的清平灣》、張賢亮的《肖爾布拉克》、汪曾祺的
《陳小手》、梁曉聲的《今夜有暴風雪》、阿城的《棋王》、鐵凝的《沒有紐扣
的紅襯衫》、張潔的《祖母綠》、韓少功的《爸爸爸》、《歸去來》、徐星的《無
主題變奏》、劉索拉的《藍天綠海》、莫言的《秋韆架》、《枯河》、馬原的《岡
底斯的誘惑》、殘雪的《公牛》等。後類選本與前類選本出入不大，後類選本
只增添了王蒙的《蝴蝶》、汪曾祺的《受戒》、王安憶的《本次列車正點》，其
餘未變。即使後增添的一些作品，也只是因為發表較遲，所以才沒被前類選
本收入。這說明，批評家和編選者同在知識分子圈子之中，沒有知識分子的
同意，即使這二十年社會怎麼變化，文學經典的恒久性也是動搖不了的。它
還說明，儘管編選者有了很大權力，但他還得嚴格遵守與文學批評的協約，
即，批評家是「經典」的「首選者」。如果把當時發表的批評文章拿過來比
較，會證實這種「優秀作品」篇目的經典化是與批評家對作品的明確認定
「同時發生」的說法不是危言聳聽的。所以我們說，與其說「文學史」是由
「作家」創造的，它更準確的表達應該是，只有經過了「批評家」的參與和
認可，這種「文學史」才會被看作是「毫無疑問」的「文學史」。沒有批評的
「篩選」，這個「文學史」幾乎是不可能出現的。這一點非常重要。這是我要
講的第一個問題。

下面我講第二個問題，即讀者對「優秀作家和作品」的「歷史遺忘」問
題。我們知道，除非像詩經、唐詩宋詞、托爾斯泰、紅樓夢這樣一些「偉大
經典」，存在時間較短的經典作家和作品，一般都不可能被「幾代讀者」牢牢

記住。也就是說，隨著時間推移，對當時作家和作品的「遺忘」和「誤解」便很容易在讀者和研究者中產生。比如，誰能總是記得幾十年前的這些東西？人們，尤其後代的讀者，總是會因為別的事情的打攪而逐漸忘掉這些作家和作品的。我說這話，絕不是「危言聳聽」，而確是事實。前一段時間，我去北京語言大學中文系參加一個會議，碰到在那裡擔任教授的著名作家梁曉聲先生。閒聊中，他用帶點傷感的語氣對我說，他的作品「60 後」讀者都知道，「70 後」可能只知道一點，但「80 後」究竟是否知道就很難說了。我相信梁先生是一個誠實的人，他出身於復旦中文系，受過正規文學史知識訓練，不會像有的作家那樣盲目迷信自己作品會「流芳百世」。梁先生的意思是，每個作家都有「自己的時代」。這對我震動很大。法國社會學家埃斯卡皮有一個著名觀點，叫「作家的世代」，也是這個意思。通過對 18、19 世紀英國、法國幾代作家「年齡史」的統計學研究，他認為，一般作家 20、30 歲左右步入文壇，「在 40 至 45 歲時到達最高點，然後穩定在相當高的水平直至 70 至 75 歲。」不過，很多優秀作家的「黃金時代」都在一、二十年之間，然後他們會逐步退出公眾視野，並被世人遺忘：「一位作家的形象」，「幾乎近似於他 40 歲左右給人留下的那個樣子。」為此，他列舉了斯達爾夫人、夏多布里昂、裏瓦羅爾、貝朗瑞、司湯達、巴爾札克、雨果和繆塞的例子來加以說明。那麼，為什麼會出現這種急速的「作家更替」現象呢？他認為是由於「歷史事件」和「文壇規律」這兩個因素：這個作家「群體」在「某些事件中『採取共同的立場』，佔領著整個舞臺」，但他們的文學命運最後又得受制於「變動的政治事件——朝代的更替、革命、戰爭等；另外，「文壇規律」也不能小看，「歷史性的考驗所作的篩選針對壯年人的作品，尤其是老年人的作品，這些作品被淘汰，讓位給年輕人的作品。」「當上一代的主力軍超過四十歲，新一代的作家才會冒尖。」〔註 2〕

　　對這種文學史現象的分析確實十分「殘酷」，讓那些熱愛自己心儀作家的讀者都有點接受不了。但它對文學史的「資料」整理很有參照價值。其價值在於，它提醒我們，所有在世或辭世作家的作品，都要經歷被「歷史遺忘」的過程。有的隨著文學雜誌進入了資料室，有的選集被圖書館或個人收藏，除非為了研究，人們再很難想起他們（它們）。舉例說，在今天，有誰不是因為研究需要而僅僅出於閱讀衝動去「重讀」在八十年代「興盛一時」的作

〔註 2〕 埃斯卡皮：《文學社會學》，浙江人民出版社，1987 年，第 17～23 頁。

品，如「傷痕文學」、「尋根文學」、「先鋒文學」或者「朦朧詩」呢？也就是
說，當一個作家發表作品後，他要經過兩道「歷史篩選」：一是當時的「批
評」，二是由於時間推移而發生的「遺忘」。人們注意到，年輕的文學研究
者，很少有人再重視李存葆的《高山下的花環》、路遙的《人生》、王蒙的《相
見時難》和鐵凝的《沒有紐扣的紅襯衫》等小說。這是因為，孕育這些文學
作品的「事件」已經不復存在，人們在「遺忘」當年「事件」的同時，也就
將這些曾經「紅極一時」的作品幾乎「遺忘」個乾淨。這也沒有辦法。我們
生活的社會語境畢竟發生了深刻變化，在一個更加多元和充滿矛盾的年代，
人們所焦慮的已經不是文學當年提出的那些問題，而是更為嚴重的生存危機
和精神的無根感。所以，不要說讓生活在不同歷史和文學環境中的「80 後」
讀者對它們產生興趣，即使連與作品一起經歷過「驚心動魄」的歷史和文學
環境的「當事人」，也不可能始終保持那種震撼性的體驗。這後一種，就是我
要說的「同代讀者」對「同代作家」作品的遺忘。其實，不單是一般讀者，
即使受過專門訓練的研究者，也只會永遠對「新作品」感興趣，如王安憶的
《啓蒙時代》、莫言的《生死疲勞》和賈平凹的《秦腔》等。不知道你們注意
到沒有，時間在我們毫無覺察和不斷變化的文學記憶中正在形成某些「等級」
秩序：譬如，人們總是認為作家「後來」的作品比他「原先」作品「更為優
秀」，作家總是越寫越好。這種「文學記憶」實際類似於一種「過濾」，它以
過濾「原來」作品為代價來強化對「後來」作品的認同。而這種現象，人們
往往是「無意識」的，並不是「刻意為之」的。這才是一種更為「可怕」的
文學的「遺忘」。

　　前面我花去很多篇幅去分析「作品篩選」和「歷史遺忘」的問題，同學
們可能擔心，這會不會影響到作家和作品的「經典化」認定？如果這樣，還
會不會出現「經典作家」？這種擔心肯定有道理，這就是我接著要講的第三
個問題：即如何通過「資料」整理去「重新激活」那些被讀者和研究者遺忘
的作家、作品，讓他們「重返」公眾視野和記憶當中。在我看來，這就是「資
料」整理的意義。或者說資料整理只有在這種情形中，才會變成一種更有力
量的文學批評。但是，我所說的「資料」整理，不是單指機械性的「資料彙
編」，它也應包括文學選本、作家研究資料叢書、本科生和研究生作品閱讀書
目等各個方面，許多人都明白，這些「資料」是通過主觀建構的途徑才成為
了有意義的歷史。對於「後代」讀者，比如對以「80 後」為主體的碩士生、

博士生來說，由於沒有經歷過那些文學作品產生的年代，不瞭解當時年代為
這些作品營造的「經典化」的知識和歷史氛圍，他們對「傷痕期」文學經典
的認識可能有些模糊。不過，當「資料」叢書將開列的「經典書目」和「經
典作家」重新放在他們面前的時候，這個「問題」好像就解決了。孔範今、
雷達、吳義勤、施戰軍等老師編選的大型叢書《中國新時期文學研究資料彙
編》就這樣宣稱：「發端於上世紀七十年代末的中國新時期文學至今已走過了
近三十個年頭」，但是，「到目前為止，國內尚沒有一套權威性的能完整反映
新時期文學發展全貌的文學大系」，「這無疑為我們在新世紀全面展示、回顧、
總結新時期的文學成就」，「帶來了諸多困難和不便」。〔註 3〕這種「權威性」
口氣，無疑是在向「後代」讀者宣佈：他們所編選的是一部非常「真實」的
「新時期三十年文學」。接觸這套叢書的人會產生一個印象，在許多大學課堂
和研究生教學中地位明顯下滑的「傷痕」、「反思」作家作品，正陸續在大型
「資料」叢書中「復活」。比如，《中國新時期文學思潮研究資料·上》從第
一篇劉心武的《根植在生活的沃土中》到徐敬亞的《時刻牢記社會主義的文
藝方向》，用 139 頁、差不多占該書三分之一多的篇幅「重現」了「傷痕文學」
驚心動魄的「歷史」。再比如，《中國新時期小說研究資料·上》頭條文章用
的就是季紅真當時為「新時期文學」定調的著名文章《文明與愚昧的衝突——
—論新時期小說的基本主題》。我相信作者對「新時期文學」基本意義的明確
判斷，會對「後代」研究者的「新時期文學印象」有非常明顯的暗示：「文明
與愚昧的衝突」，在整個新文學文學中，「存在於小說諸多分散主題」中，這
種「內在的同一性」，「我們稱它為基本主題」。〔註 4〕同樣值得注意，一些為
人淡忘的作品也在被悄悄「放回」文學史的主軸敘述，它們是：王蒙的《蝴
蝶》、《活動變人形》、劉心武的《班主任》、鐵凝的《沒有紐扣的紅襯衫》、高
曉生的《陳奐生上城》、《「漏斗戶」主》、從維熙的《大牆下的紅玉蘭》、蔣子
龍的《開拓者》、諶容的《人到中年》、張賢亮的《綠化樹》和梁曉聲的《今
夜有暴風雪》等。不僅如此，「彙編」還啟用了當年評價它們時的熱烈字眼，
如「對真善美的探求」、「美——在於真誠」、「短篇小說發展態勢」和「當代

〔註 3〕 孔範今、雷達、吳義勤、施戰軍主編：《中國新時期文學研究資料彙編·出版
說明》，濟南，山東文藝出版社，2006 年 4 月。

〔註 4〕 季紅真：《文明與愚昧的衝突——論新時期小說的基本主題》，原載《中國社
會科學》1985 年第 3、4 期。又見孔範今等主編《中國新時期小說研究資料
（上）》，濟南，山東文藝出版社，2006 年 4 月，第 1～60 頁。

中篇小說所處位置」等。〔註5〕對我們這些「經歷過」八十年代的人來說，在心裏多少會覺出它的誇張；但對「後代」研究者而言，他們會相信本來「就是如此」，因爲「彙編」不就是一個最有力的歷史的證明？它「講述」的的文學史就應該是「這樣」的。

　　以上分析讓人們發現，「資料」整理儘管是一種「滯後」於作品批評的文學批評，但經過歲月淘洗，當一些作家和作品在時間裏開始失勢，並進入「遺忘」的程序時，它卻在以一種更爲強勁的「後敘述」姿態，顯示出在文學史中的特殊份量。其中，一個最值得提到的例子，就是路遙的「復活」。我們知道，在八十年代，路遙是被作爲柳青的「傳人」看待的，他的小說《人生》、《平凡的世界》被看作「農村題材」在「新時期」的高峰體驗，後者爲此還榮獲過「茅盾文學獎」。但是，九十年代中期以後，鑒於各種複雜原因，沒有人再認爲路遙是新時期的「重要作家」，他在文學史的敘述中，經常處在「邊緣化」的尷尬位置。當然，關於「如何」評價路遙一直爭論不休。我注意到，在王蒙、劉心武、蔣子龍等「現實主義作家」全部「落選」的情況下，「彙編」卻獨獨把「作家研究資料」的特殊機遇給了這位失意作家，這就是孔範今等人主編的《路遙研究資料》。更有意思的是，該資料的篇幅，也明顯超過當前某些「當紅」作家，居然有 57 萬餘字之多。相比之下，賈平凹（54.6 萬）、陳忠實（53.8 萬）、王安憶（47.9 萬）、張煒（48.5 萬）、韓少功（41 萬）、莫言（38.7 萬）、余華（43.3 萬）、蘇童（45.4 萬）……人們不免懷疑，難道路遙的「歷史份量」和「藝術價值」都大大超過了這些作家？它的理由是什麼？在對歷史「重新激活」的「資料」整理中，評價者使用的是一種「重敘」歷史的莊嚴聲調：「五十歲，是人生的盛年，但路遙的墳塋卻已是七載枯榮了。」然後他回憶了路遙「貧困」的童年，再與作家的小說創作「接軌」：「這段銘心刻骨的飢餓史，被他幾度寫入《在困難的日子裏》和《平凡的世界》。」他認爲，「正是由於環境和個體內部的現實衝突，使路遙的創作心理自覺或不自覺地以一種固有的模式表現出來，這就是：城鄉的差距與現實的衝突，這也成爲路遙創作的典型情結。」以此爲研究方向，評價者發現：「作爲一個農民的兒子，路遙對農村的狀況和農民的命運充滿了焦灼的關切之情」，而且堅信，「他們的來路與去路，路遙縈繞於懷，牽掛一生。」爲證明上述判斷的「眞

〔註5〕 參見孔範今等人主編：《中國新時期小說研究資料（中）》，劉景清、楊世偉、
　　　蔣守謙和李潔非、張陵等人的文章，濟南，山東文藝出版社，2006 年 4 月。

實性」，他還把我們帶到了一個歷史「現場」：「一九九二年春，路遙在西北大學作報告時，我曾問他：『您最愛什麼？最恨什麼？』他說：『我最愛勞動者，最恨不勞而獲的人。』」〔註6〕重讀這些目的在於「激活」的研究文章，不難發現，在娛樂消費文化成爲社會主導文化、人們的信念大廈幾近崩潰的背景中，強調一個作家創作中的「道德價值」，無疑會增加他的「文學史份量」，使其處在別的作家更爲優越、有利和重要的認識位置上。尤其是當「底層文學」再次成爲公共話題「熱點」，路遙文學書寫與它的歷史性相遇，顯然會使作家在公眾心目中的「重要性」暗中增殖。這也無可避諱。在這樣的考量中，關於路遙的「資料整理」絕對不是一項「純客觀」、「純學術」的工作，而明顯帶有重新規劃「新時期文學三十年」歷史地圖的野心。

當然，「重新激活」也是有「條件」和有「選擇」的，並不是所有被文學史「埋葬」的作家作品都能在「資料」整理中「復活」，像禮平的《晚霞消失的時候》、遇羅錦的《一個冬天的童話》、白樺的《苦戀》、北島的《波動》等等，它們不照樣還在歷史漫漫長夜裏「沉睡」？而無人理睬？這也是需要研究的現象。

二、「資料」整理的語境化問題

「資料」整理、選擇、歸類和出版，一般都是在作家創作、文學批評活動的許多年之後，逐漸成爲文學史的事實的。比如，天津人民出版社的《中國當代作家研究資料叢書》（2005）、山東文藝出版社的《中國新時期文學研究資料彙編》（2006）的問世，距「八十年代文學」、「九十年代」都有一、二十年的時間。「圍繞王朔所產生的『王朔現象』，是中國當代文壇不能忽視的人文景觀之一。20世紀八九十年代的許多文學、文化爭論，如大眾文化問題、市民社會問題、人文精神問題、自由寫作與個人寫作問題、作家『觸電』現象（作家涉足影視）等等的論爭都與他直接或者間接有關」，所以正因爲如此，「有些爭論甚至持續至今。不僅僅是王朔本人的作品及其文學觀念，而且也包括那些對王朔的研究和爭論」。〔註7〕但編選者都相信：「彙集一些有質量

〔註6〕 陳思廣：《理解路遙——重讀〈路遙文集〉》，原載《文藝理論與批評》1999年第5期。又見《路遙研究資料》，濟南，山東文藝出版社，2006年4月，第137～146頁。

〔註7〕 葛紅兵、朱立冬編：《王朔研究資料·後記》，天津，天津人民出版社，2005年5月。

並且具有代表性的評論、研究賈平凹的文章，不僅有助於認識賈氏本人的創作，也可以此爲線索，認識中國當代文學和文化的或一側面。」〔註8〕它們表明，在經歷橋斷路毀的歷史風浪後，人們希望去重建一個「統一」的「新時期文學三十年」。

但今天看到，「新時期文學三十年」只是一個歷史階段，它作爲「整體性」的歷史時期來理解恐怕有了很大問題。這一、二十年發生了很多意想不到的事情，不用說大家都明白。用「一天一變」來形容我們的時代，恐怕也不算過分。當前中國社會結構地震式的扭動、震盪與重組，對這三十年文學價值觀念的撕裂是前所未有的。在人們心目中，幾年前的文學現象，就像是那種「恍若隔世」的「往事」。即使活在相同時空之中，大家也都有「同床異夢」這種令人震驚的時代錯位感。人們與其在學科話語中「說話」，還不如說是在不斷變化的歷史語境中「說話」。或者說，「語境」正在「重編」人們對文學的認識，所謂「新時期文學三十年」實際上早已經處在被「重編」的文學史狀態。「語境」因素參與到了「新時期文學」的建構活動之中，它對編選標準、入選作家等等產生了頑強干擾，新的文學意識對編選者態度的影響，也大大超出人們的預料。舉例說，在貴州人民出版社 1985 到 1990 年間出版的《中國當代文學研究資料》大型叢書中，曾有《王蒙研究專集》、《劉心武研究專集》、《從維熙研究專集》、《蔣子龍研究專集》、《徐遲研究專集》和《柯岩研究專集》。但到最近兩年天津人民出版社、山東文藝出版社的「作家研究資料」中，這些「新時期」知名作家全部消失。這一現象說明了什麼問題？我以爲它與社會轉型對人們社會、歷史和文學觀念的重大「建構」有極大關係。我們知道，「新時期三十年」，最最重要的「語境」就是「走向世界」這一舉國戰略。一切的政治、經濟、文化、文學活動都要服從和遵守這一民族振興的戰略。爲什麼「新時期文學」從「傷痕文學」到「先鋒文學」的「轉變」就這麼「順理成章」？僅僅靠激烈的文藝論戰，靠尋根和先鋒作家的卓絕奮鬥行嗎？沒有「走向世界」作爲它的歷史邏輯行嗎？肯定不行。進一步說，「傷痕文學」爲什麼沒有發育成熟就迅速走向衰落了呢？如果在這種「戰略」提供的歷史途徑中想問題，原因就非常簡單，因爲人們認爲它仍然屬於「工農兵文學」範疇（如李陀的看法），與「走向世界」的社會轉型水火不相容，所

〔註8〕 郜元寶、張舟舟編：《賈平凹研究資料·序》，天津，天津人民出版社，2005
年 5 月。

以必須拋棄。在這種情況下，以賈平凹、張煒、莫言、余華、韓少功、陳忠實、王安憶、蘇童等「先鋒作家」去取代「傷痕作家」王蒙、劉心武、從維熙、徐遲、柯岩在文學史中的位置，被認為是「理所當然」的。然而，編選者沒有意料到，就在這種新的歷史敘述之中，原先被想像成整體性的「新時期文學」出現了明顯「斷裂」，這種「斷裂」不僅出現在「傷痕文學」與「先鋒文學」之間，與此同時也出現在兩個作家群體中間。這兩個文學時期，因為「斷裂」而失去了「邏輯」性的聯繫，評價「優秀作家」的「標準」也隨之發生了變化，於是便可能在人們的理解中出現數個面貌不同的「新時期文學三十年」。這樣看，「重編」便不應該被理解成朝著一個方向走的歷史的結果，它還會因人們心境、知識、體驗的不同而形成「歧路叢生」的文學史認知局面。近年來，關於什麼是「真正」的「當代文學」的分歧，不是已經在諸多當代文學史書寫中出現？另外，在「資料」叢書對「優秀作家名單」的調整中，還有一個問題值得注意，即「新時期文學三十年」的「建構史」被等同於一個不斷被「剪輯」的過程。在一些文學史中，「先鋒文學」的文學史篇幅明顯擴容，「傷痕文學」被嚴重壓縮，「新時期文學三十年」被理解成以先鋒文學為「主流」的文學期；而在另一些文學史著作，「傷痕文學」的地位並未因「先鋒文學」的興起而動搖，「啓蒙論」仍是解讀「新時期文學」的唯一歷史鑰匙。……當然，人們這樣做也不能說就沒有他們的理由。

「語境化」對「資料」整理的另一重影響，是「文藝論爭」和「思潮」在文學史書寫中的被邊緣化。去年 12 月底，我在中國社會科學院文學所主辦的「文學史寫作的理論和實踐」國際學術研討會上談到過這個問題。文學所研究員白燁的觀點也很有意思。他發言的大意是，過去文學史把「文藝論爭」和「思潮」列為主要敘述內容當然不對，但最近十幾年的當代文學史著作都在大幅度縮減它也同樣是一個問題。因為這樣，無異是在抽離「文學作品」發表所依賴的歷史環境。那麼在這種情況下，我們還怎樣讓學生真正瞭解文學史上曾經發生過的事情。我覺得他講得非常好。最近幾年出版的文學史研究資料，都或多或少有這個問題。我發現，有的在故意沖淡書名的「意識形態」色彩，用「史料選」這種「中性」詞彙來代替；有的更願意編成「作家研究資料」這樣的叢書；有的即使有「文學思潮」、「新文學史資料」部分，也不再使用「文藝論爭」等「露骨」說法，因為擔心「論爭」會影響叢書的「學術質量」。以山東文藝出版社的「彙編」為例。「文學思潮研究資料」共

計 142 萬餘字，分上、中、下三冊，但 1979 至 1984 年 5 年間文藝論爭最激烈的文章，只占上冊的二分之一，約 20 餘萬字。最醒目者，莫過於雖收入《爲文藝正名》、《「歌德」與「缺德」》、《祝詞》、《關於「向前看文藝」》、《新的課題》、《令人氣悶的「朦朧」》、《時刻牢記社會主義的文藝方向》等文，卻未收入我們更加熟悉的《繼往開來，繁榮社會主義新時期的文藝》、《人是目的 人是中心》、《在劇本創作座談會上的講話》、《在新的崛起面前》、《文藝與人的異化問題》、《四項基本原則不容違反》、《論〈苦戀〉的錯誤傾向》、《新的美學原則在崛起》、《現代化與現代派》、《關於「現代派」的通信》、《馬克思主義與人道主義的關係》、《高舉社會主義文藝旗幟 堅決防止和清除精神污染》、《當前文藝思想的幾個問題》、《在「崛起」的聲浪面前》、《關於人道主義和異化問題》等等……我擔憂的是，通過這些文章人們可以讀到並親自體驗那個年代令人緊張、驚心動魄的「文學環境」；但如果離開它們，人們是不是甚至都無從理解《班主任》、《愛，是不能忘記的》、《苦戀》、《回答》、《宣告》、《致橡樹》、《夜的眼》、《布禮》、《車站》、《你別無選擇》、《一個多天的童話》、《在同一地平線上》、《綠化樹》等作品複雜的文本內涵和原初環境，集聚在它們周邊的文學制度、文學成規、讀者反應、文學與社會關係、歷史轉型和精神陣痛等等。必須看到，「文藝思潮」的被邊緣化，是近年以「資料」整理爲形式的文學史書寫的重要變化之一。受到八十年代以來「去政治化」風潮的一再衝擊，「思潮內容」被許多人認爲是嚴重遮蔽「文學性」生長的陳舊歷史形態。但是，也有人開始意識到，在凸顯和進一步強化八十年代文學「純文學」圖景的同時，「文藝思潮」也在經歷著被歷史「風化」的漫長過程，相信很多年後，它終究會變成一片無人所知的長眠的廢墟。……

問題的複雜性在於，無論「語境化」批評還是「資料」整理者，誰都想盡可能地走進一個更爲「眞實」的「新時期文學三十年」。「資料」整理者即使意識到了「語境」的壓力，也無法脫離它而單獨與歷史對話，它認爲作爲歷史敘述的有效性之一，就是避免陷入「資料大全」的尷尬困境。福柯曾提醒人們，歷史檔案並非人們想像的那樣雜亂無章，那些看似混亂的資料堆積，其實是一種有意圖的歷史分析。在我看來，這種「歷史分析」的意圖性，只有到了資料「編選」階段才可能看得比較清楚。所以，一定意義上，「資料彙編」並不是一種純粹的技術性工作，而是反映了編選者整理、壓縮或擴充歷史想像的敘述意圖，代表著他「重構歷史」的大膽想法。如此一來，我們在

「重讀」這些「文學史資料」時所產生的，不僅僅是與歷史的「重逢感」，還包括同時被一種陌生感所籠罩的歷史驚訝感。我們發現，儘管「材料」都是「舊」的，但是隨著編選者把它們搬出圖書館，通過新的篩選程序把它們重新「組裝」的歷史過程，這些歷史材料的陌生化含義，便源源不斷地凸現出來。它們與早已經固定在人們記憶中的那個「新時期文學」，甚至有了南轅北轍的感覺。之所以會如此，我想這主要是因爲這些材料脫離了原來的語境，而與今天的「語境」重新簽訂了「協議」。

但不難意識到，「語境化」在壓扁或膨脹的背景中重編「資料叢書」的時候，將意味著一個怎樣重新認識新時期文學的歷史痛苦和歷史浪漫化問題的開始。在座的同學大概都屬於「80 後」這個年齡段，是不容易理解我們這代人「生命」中的「八十年代」的。有的研究生在參考這些「資料叢書」時，可能還會產生一種歷史感覺，好像八十年代只經歷了短暫的「傷痕文學」期，一下子演變到「先鋒文學」階段，整個「新時期」一直都在分享「先鋒文學」的「輝煌成果」。這就把文學界的痛苦探索悄悄排斥掉了。「歷史」如果是這樣，那將是這些「資料叢書」本身的問題。我舉王蒙小說《布禮》的例子。他 19 歲寫長篇小說《青春萬歲》（1953），22 歲發表轟動一時的小說《組織部新來的青年人》，23 歲被錯劃右派，1963 年去新疆接受思想改造。1979 年從新疆返回北京時，他已是 45 歲的中年人，20 多年人生最美好的歲月，都在社會動亂中被折騰掉了。《布禮》表面是「意識流小說」，作家的敘述也有點「油嘴滑舌」，但它的探索卻很嚴肅，這就是對革命的「忠誠」問題。這個問題是很浪漫的，但又是很痛苦的，你要癡心不改地追求「革命理想」，但「革命」又因爲它的過錯，對你甚至有不當的摧殘性行動。「革命理想」是崇高的，但「革命現實」又是殘酷無情的。這是多麼「矛盾」的歷史命題啊。王蒙探討的其實不光是糾纏在他個人內心深處的痛苦和困惑，他的小說反映的實際是一個中國的「世紀性」的歷史難題。試想想，我們這代人的「歷史」，怎麼能因爲有了「新世紀」，就與上個世紀「革命史」輕易地「脫鉤」呢？所以我說，《布禮》實際是一部有很大歷史難度的小說，是一部考驗一個作家思想能力和寫作能力的小說。托爾斯泰的《戰爭與和平》、帕斯捷爾納克的《日瓦戈醫生》都是這類題材的偉大作品。我們可以說王蒙寫得並不很好，至少處理得不是很理想。但他能動這種「大題材」，胸懷和眼光就不簡單，有大作家的氣度。在今天這個以「娛樂消費文化」爲中心的大歷史語境中，同學們會覺得

我這個話題很可笑，至少是「書生的迂腐」。現在人們都搞「後現代」、「現代性」什麼的，誰還對這種文學的「老題目」感興趣？這就是我今天關注的問題：即，「革命文學」怎麼成了一個「老題目」？它是因爲什麼「語境」的壓力才成爲「老題目」的，將它「變成」一個「老題目」，是不是也是一個值得探討的「問題」？等等。這都讓我很困惑。

《布禮》有這樣一段描寫，是說鍾亦成被錯劃右派後的生活，他對革命對他的體力懲罰並不生氣，真正「難過」的是把他的戀人（當然也有他自己）「開除」出「革命隊伍」這個事實。他抗議道：「難道費了這麼多時間，這麼多力量，這麼多唇舌（其中除了義正辭嚴的批判以外也確確實實還有許多苦口婆心的勸誡、真心實意的開導與警闢絕倫的分析），只是爲了事後把他扔在一邊不再過問嗎？難道只是爲了給山區農村增加一個勞動力嗎？根據勞動和遵守紀律的情況劃分了類別，但這劃類別只是爲了督促他們幾個『分子』罷了，並沒有人過問他們的思想。」又說：「好比是演一齣戲，開始的時候敲鑼打鼓、真刀真槍，燈光布置，男女老少，好不熱鬧，剛演完了帽兒，突然人也走了，景也撤了，燈也關了。這到底是什麼事呢？不是說要改造嗎？不是說戴上帽兒改造才剛剛開始嘛，怎麼沒有下文了呢？」這些敘述當然有點「油滑」，過於繞舌，我覺得寫得不好。但是，當聽到凌雪因堅持和自己結婚而被組織開除黨籍的消息時，鍾亦成毫不掩飾地作出了強烈而複雜的反應：「布禮，布禮，布禮！突然，淚水湧上了他的眼眶。」……這「可笑」嗎？我一點都不覺得它可笑。這實際是一個以「信仰」和「痛苦」做底襯的歷史感受。現在，我想分析一下我所說的「歷史的浪漫」。這其實是一種「社會關係」，指的是一群有知識、有頭腦和自覺的人，出於對不公正社會的不滿和反抗，爲建立一種「更公正」的社會而與「革命」、「戰爭」、「鬥爭」、「組織」等等發生的一種持久的、帶有組織行爲特點和有信仰內涵的聯繫，比如，「投身革命」、「入黨」、「犧牲」、「獻身」、「崗位」等等。如果按一般「生活常識」，這種關係確實顯得「非夷所思」，是對普通生活的一種「脫軌」。因爲它「脫離」生活和時代倫理，有點接近某種「戲劇性」的思維和行爲方式。在這個意義上，「歷史的浪漫」這個專屬詞組又可以反過理解，即「浪漫的歷史」。它其實尖銳地凸顯出一個難以解決的歷史難題：即，實現了「現代民族國家」目標後的「革命」應該怎麼辦？它還應該繼續「浪漫」下去，不去腳踏實地去建立完備、持久的「現代民主」制度嗎？或者說，既然說「革命」本身就具

有社會批判性，它只有保持對社會和自己的「批判」，才能始終具有歷史活力，那麼，它將怎樣處理「革命」與「建設」的複雜關係？我們 1978 年以前的所有「歷史」，不是都在這種巨大的歷史困惑和矛盾中折騰和反覆嗎？我、我們同代人和鍾亦成就曾生活在這一歷史時空之中，在這一「浪漫」的「歷史」中度過了童年、少年和中年，形成了這代人所獨有的世界觀、人生觀和文學觀。但是，「浪漫」的對面就是「痛苦」，因為「浪漫」所規劃的「理想目標」太崇高了、太遙遠了、太難以達到了，與我們每天面對的「現實」反差太大，簡直無法「兼容」。於是，「歷史」就要為它付出巨大的和難以想像的「代價」。這就是「歷史的浪漫」和「歷史的痛苦」的根本來源。

其實，「歷史的浪漫」與「歷史的痛苦」等難解的歷史命題，不只是我們課堂上討論的題目，在「革命歷史」中它本來就存在。2002 年我去重慶參加一個學術會議，順道到渣子洞、白公館等革命遺址參觀。紀念館有兩處「材料」給我留下極深的印象：一是犧牲烈士中 80%的人都是四川大學、重慶大學的學生，很多還是「富家子弟」；二是他們在生前探討過革命成功後如何「預防腐敗」的問題。……顯然，這些數字和材料的內在含義已遠遠超出人們對 40 年代、50 至 70 年代和 80 年代的解釋，它包含著中國人一個世紀以來對什麼是「理想國家」、「理想社會」的艱苦思考和探索。我和鍾亦成，其實也包括你們今天在座的「80 後」同學，都是這一漫長的歷史鏈條上的若干個「環節」，是與它發生著血肉相連的深刻聯繫的。如果我們通過「資料」整理的方式「重述」「新時期文學三十年」，如果我們想站在「忠實」、「公正」的立場把這一文學期的歷史面貌留給後人，那麼，有什麼理由把「革命文學」、「社會主義經驗」、「歷史的浪漫和痛苦」這些東西在「資料叢書」中「淡化」？我不是反對「語境化」的存在，不是覺得這些「資料」整理工作做得不好，我的遺憾是，對「作家研究資料」中「作家名單」的被置換，「文藝論爭」材料的被忽視和邊緣化這些，編選者都沒有作出令人信服的交代、說明和討論。它沒有經過「學術討論」這一複雜細緻的環節，一下子就變成了今天我們所看到的「新時期文學三十年」。它的「歷史根據」是有一些問題的。

或者說，我更想說的是，當同學們通過「資料」整理看到這個「文學三十年」時，不要以為它就是自己在研究中所要的「全部」的「文學史」了。而應該回到圖書館、資料室中去，去翻翻當年的那些舊雜誌、舊報紙和作家

作品，以一種相互「參照」的閱讀方式，以一種肅穆的歷史心情，去比較一下你們在「第一手資料」中看到的「三十年」，與被「資料」整理過的「三十年」究竟有什麼不同，它「不同」的理由是什麼，等等。我覺得，這才是一種比較可靠的文學史研究的態度和方法。

三、資料整理的「再敘述」

事實上，「資料」整理不光是一種「後批評」，它還是一種「再敘述」或「再批評」。這種說法的理由是什麼？艾略特在《傳統與個人才能》這本書裏談到過這種觀點，大意是，爲什麼人們總是要「重評歷史」？因爲歷史中有「過去」的「過去性」，也有「過去」的「現存性」。我對這種「現存性」的理解是，它是以「過去」的形態「重現」在今天並使今天的社會意識重建對它的認同感的。而對於「新時期文學三十年」來說，「資料」整理的重要價值也許就在於，它以「再敘述」的特殊方式，並以強烈的主觀願望（儘管所有編選者都聲明自己的「客觀」和「公正」）參與到當前文學史的敘述當中。

我舉的第一個例子，是作爲貴州人民出版社《中國當代文學研究資料叢書》之一的《劉心武研究資料》。我們知道，人們對劉心武的「文學史印象」是通過他 1977 年發表的短篇小說《班主任》確立的。之後，他的《愛情的位置》、《醒來吧，弟弟》、《鐘鼓樓》、《公共汽車詠歎調》和《「519」長鏡頭》等作品，和大量評價他的創作的文章，在「共同」幫助我們鞏固他這種「傷痕文學第一人」的形象。有意思的是，當我們作爲「一般讀者」零星讀到這些「作品」和「評價文章」時，是很難「勾畫」出劉心武的這種文學史形象的；但是，當它們以「資料」這種「成規模」的形式將零星材料提煉、集中和歸納成 30 萬字的「劉心武研究專集」時，那麼就沒有人懷疑它確實已成爲一種「歷史的結果」。不知你們怎麼看，對我來說，這部「研究專集」最具份量的不是 30 篇評論文章和後面的「評論文章目錄索引」，而是第一個欄目「劉心武的生平和創作」中作家對於自己創作的「再敘述」，它們是以「後記」、通信、「答問」等方式展示在讀者面前的。也就是說，通過劉心武對自己「創作歷程」的「再敘述」，讀者從中得知了許多「鮮爲人知」的「作家故事」，而這些豐富、複雜和曲折的「故事」，也在參與對劉心武小說的闡釋，進一步滿足了讀者在讀這些「原作」時對作家本人的「好奇心理」。因爲它告訴我

們，這就是作家的「真實的歷史」。同學們，誰不想瞭解作家的「真實歷史」？就連我們這種所謂的「專業研究者」，有時也會對這隱秘的「作家文本」充滿了好奇心。在「後記體」的作家「再敘述」中，劉心武告訴我們：「我幾乎每天都要收到這樣的讀者來信，誠懇地、執拗地問我：『你是怎樣成為一個作家的？你小時候文章就寫得很好嗎？』」他回憶了「少先隊員」時期的「幸福生活」，非常自信地認為，「成年後寫出的《班主任》等小說中，就「潛移默化」地體現了這樣的「境界」，「這就是為什麼我一聽見少先隊的鼓號聲，淚洙便掛在睫毛的原因。」〔註 9〕「《班主任》成功的秘訣是什麼？」它「是我十多年在中學裏『摸爬滾打』，真情實感的產物，是我久蘊在心、發於一朝的結晶」。〔註 10〕為了寫長篇小說《鐘鼓樓》，要「用多種方式深入生活」，「我去京郊農村生活過一段」，「我隱去作家身份，『混』入到北京市民的婚宴上，從早泡到晚，仔細地加以觀察……我覺得我採取的是嚴格的現實主義的創作態度。我力求準確而精微地反映生活，給讀者留下一個時代一個地區的真實記錄。」〔註 11〕毫無疑義，讀完這些「後記體」文字，我們對作家和作品的「理解」，會很自然地與作家再敘述的願望發生「接軌」，產生強烈的認同感。我們感覺它們並不只是「作家的故事」，而就像是發生在我們自己身上的「故事」一樣。尤其是在當下「相對主義」社會思潮抬頭，理想、認真、忠實、刻苦這些非常樸素的為人操守和精神信念普遍下滑的時候，人們會感覺它的「再敘述」幾乎是「生逢其時」的，人們又重溫並回到了那個樸素的年代，在劉心武的自述與前者之間搭起了一座精神溝通的橋梁。我們會相信這些「傷痕作家」不僅都有「神聖的理想」，他們的創作還是建立在「嚴格的現實主義的創作態度」上的。有的人可能還會抱怨，自己「生活」中為什麼就沒有了這些東西了呢？今天的有些作家，為什麼總是在所謂「欲望敘事」上沒完沒了？他們就沒有自己把自己搞煩的時候？這恰如巴赫金所指出的：「對作者，首先應該從作品事件本身去理解，即他是作品事件的參與者」，他同時「又是作品

〔註 9〕 劉心武：《淚珠為何在睫毛上閃光──回憶我的少先隊生活》，《輔導員》1980年第 5 期。

〔註 10〕 劉心武：《〈班主任〉後記》，引自小說集《班主任》，北京，中國青年出版社，1979 年 5 月。

〔註 11〕 劉心武：《我寫〈鐘鼓樓〉》，《書林》1985 年第 3 期。注 9、注 10 和注 11 等文章，又見於《中國當代文學研究資料·劉心武研究專集》，貴陽，貴州人民出版社，1988 年 3 月。

事件中的讀者的權威引導者。」〔註12〕某種程度上,《班主任》是在「文革終結」這個重大「社會事件」背景中問世並成爲著名小說的,因此,我們也就在對「社會事件」的理解中重新「理解」了這部小說。抑或說,我們又是在當下「不理想」的語境中,重新去「找回」過去曾經有過的對這小說的「理解」的。與此同時,我們正是在「理解」劉心武之後才得以「全面理解」了「傷痕文學一代」。我們把對作家十年前的「過去」,當成了我們今天的「現存性」,儘管事隔多年,我們也沒有一絲一毫覺得它就是「過去」的那種感覺。這種文學感覺,眞的是非常奇怪和有意思的。

進一步說,把《班主任》看作是只有在「社會事件」層次上才有「意義」的小說,我有自己的理由。第一,沒有「文革終結」,劉心武就不可能提出「救救孩子」的問題;第二,沒有九十年代中國社會轉型,革命意識衰退,娛樂消費意識重占社會生活中心,《班主任》也不會被歷史認識「邊緣化」;第三,正因爲娛樂消費意識成爲社會生活中心,人們的精神追求被放逐,大家才又會懷念起《班主任》的年代,進而希望重新發掘它的那些沒有被意識形態化的價值。從這個角度看,既然「文革終結」、「社會轉型」、「娛樂消費年代」都是布置在《班主任》小說文本周圍的「社會事件」,那麼這些社會事件中所包含的矛盾、衝突和問題以及人們對於它們的不斷讀解,就會給「作家研究資料」一個「再敘述」的機會。正是因爲我們以今天娛樂消費文化觀念的「現存性」作爲評價尺度,所以我們看低了《班主任》「再敘述」中的「現存性」;而只有當今天娛樂消費文化觀念的「現存性」再次受到普遍質疑的前提下,《班主任》「再敘述」中被娛樂消費文化所壓抑和封存的「現存性」才體現爲新的認識的價值。這種追問的方式,可能是非常拗口和矛盾的,但正是因爲它是矛盾的,尤其是在我們這個時代是矛盾的,按照我的理解它才有意思,有認識的深度。

我舉的第二個例子,是研究者對王朔創作生涯「斷裂史」所做的「縫補式」的「資料」整理。在這裡,我特別想提到葛紅兵老師編選、天津人民出版社 2005 年 5 月推出的《王朔研究資料》。我們知道,九十年代初王朔是一個優秀作家,在文壇表現很「搶眼」。他曾寫過《空中小姐》、《一半是火焰,一半是海水》、《動物兇猛》、《我是你爸爸》、《頑主》、《過把癮就死》和《看

〔註12〕 巴赫金:《巴赫金文論選》,北京,中國社會科學出版社,1996 年 4 月,第 538 頁。

上去很美》等小說，被認爲是「後期京味」的代表作家之一。〔註 13〕後來，由於他的作品不節制地嘲弄、挖苦知識分子而招致普遍反感。著名作家王蒙寫出《躲避崇高》來維護他，繼而又被批評家王彬彬尖銳抨擊，引發所謂的「二王之爭」。九十年代中期，王朔在他個人的「市民哲學」上越走越遠，他不再寫小說，開公司投身大眾化電視劇的編導和製作，推出了影響很大的《渴望》、《過把癮就死》等。他還變成「酷評家」，比如猛烈攻擊金庸和他的小說等。王朔這種「行爲」引起了知識界的「眾怒」，一些文學史不再談他的創作，有的即使談，也沒有把他看作「純文學」作家。這種文學史敘述，不僅造成作家與他原來創作的「斷裂」，而且也造成了作家與他的時代的「脫鈎」。也就是說，沒有人再把他當作一個「作家」看，而當作了文化市場上典型的「頑主」。我這裡所說的「脫鈎」，指的不是王朔與他的時代眞的脫鈎了，而是怎麼去理解他與時代關係的問題。也就是說，假若站在精英化立場，他與「知識者」的話語系統當然是「脫鈎」的；但如果回到他的「市民哲學」上來，他可以說就是大眾文化時代所「生成」的經典作家。那關係太「密切」了。

以上是我對王朔創作「背景」做的交代。下面我們再來看通過「資料」整理怎麼「復活」這位作家的「正面」形象的。讀葛紅兵老師和他學生朱立冬編選的《王朔研究資料》，給我的深刻印象是他們對作家的「深度同情」和維護性「再敘述」。該書第一輯是「王朔眼裏的文學世界」、第二輯是」評論家眼裏的王朔」、第三輯是「爭議中的王朔」、第四輯是「王朔研究論文摘要」、第五輯是「王朔代表作梗概」、第六輯是「王朔研究論文、論著索引」、第七輯是「王朔主要作品目錄」。進一步說，編選者的目的恐怕是要向後代讀者、研究者「復原」一個更「本眞」和「複雜」的王朔。其中很多例子我就不一一列舉。說老實話，翻完這本「研究資料」，我也開始對他有一些「同情」，對自己過去的「偏見」產生了懷疑。在與王朔的「對話」中，葛紅兵的「再評價」不能說沒有說服力：「你是新時期以來中國文壇最具爭議的作家之一，你的小說無論是在創作觀念還是在語言上對當代文壇都有顛覆性，你的思想觀念對中國當代社會也構成了巨大衝擊，許多中國當代文學事件、中國當代一些重要思想事件也與你有關」，所以，「這一切甚至構成了中國當代文壇獨特的『王朔現象』」……他認爲：「總的來說，海外研究者對你的評價比

〔註13〕 王一川：《想像的革命──論王朔》，《文藝爭鳴》2005 年第 5 期。

較高，國內研究者許多人則低估了你的價值。」〔註14〕與楊揚同時編的《莫言研究資料》、郜元寶編的《賈平凹研究資料》相比，這本書「資料」做得更爲翔實，專輯分配得更爲細緻、周到，爲了強調對作家的「理解」，編選者又在「後記」加重了肯定王朔的語氣。這本書無論對關於王朔的不確定的評價還是「貶低性」的表述，都有很大的「糾偏」作用。在這樣的表述中，王朔「原來」是一個被「嚴重誤讀」的「重要作家」，作爲「中國文壇最具爭議的作家之一」，他的「價值」和「複雜性」也許遠未被「當代人」所認識。我們對那些關於王朔的多種「結論」，也差一點在「當代中國文學史無論如何已經不能忽略這樣一位對中國社會有獨到觀察，對小說表現有獨到創造的文學家」的大聲疾呼中產生了動搖。……我的理解是，葛老師還是希望把王朔拉回到「知識者」話語系統中來，希望讀者從知識分子的角度去認識、理解和重新接納他。他認爲王朔對現狀的批評其實是對的，是非常尖銳和眞實的，知識者儘管都明白，只是沒有人敢像他這樣以刻薄、激烈、充滿暴露和降低自己形象的姿態去批評而已。對他的「縫補」資料整理中是不是有這樣一個邏輯，我還說不太清楚。

　　沒有人懷疑，這是對「新時期文學三十年」對於王朔的值得注意的「再敘述」。對我們這些曾經經歷過王朔所創造的那段「文學史」的研究者而言，顯然知道「再敘述」明顯帶有「再批評」的意思，它對文學史研究的參照性作用，是不應該被忽視的；但對於不瞭解九十年代的「王朔評價史」，剛進研究生階段的年輕人來說，它或許就構成了一個更強有力的「新時期文學史」。因爲一個作家身上的「反叛」，是更容易受到年輕研究者的「歷史同情」的。他們會覺得，王朔這種「叛逆」有什麼呀？值得這麼「大驚小怪」嗎？一代人有一代人的歷史邏輯，說老實話，我對一些同學所持有的這種「理解和同情」也不會「大驚小怪」。我只是想藉以提出另一個問題：即，當我們這代人有一天退出歷史，離開大學講臺和教職的時候，後者那裡的「理解和同情」會不會重新改寫歷史？讓更年輕的讀者和研究者去迎接「另一個」作家王朔？所有的事情，都可能發生，這一切都在所難免……這讓我再次回到艾略特對「重評歷史」的精闢判斷之中，我們對王朔的認識和評價是基於一種「過去」的「過去性」，而學生們發現的則是「過去」的「現存性」。他們只能在自己

〔註14〕葛紅兵、王朔：《放下讀者，看見文體》（對話），引自《王朔研究資料》，天津，天津人民出版社，2005年5月，第1頁。

的「歷史」中理解和重構王朔，而不會僅僅按照我們這代人的經驗去固定他。大相徑庭的歷史感受，不是也在我們與我們的前輩學者之間出現過？這有什麼值得大驚小怪和新鮮的呢？但與此同時，我也想到，艾略特所謂「過去」的「現存性」並不是一個固定不變的概念。我前面說過，確實有那種由於對「當代語境」產生懷疑而出現的對「現存性」的新理解。但現在我又有新的看法，即由於「代際經驗」不同，即使生活在「同一個時代」，不同年齡的人對「過去」的「現存性」的讀解和接受也有著很大的差異性。由此我預料，鑒於社會的不斷變化，以上「資料」整理對「王朔現象」的「再敘述」可能還不是最後的結論。在這種理解中，王朔與其是一個文化「頑主」，可能還不如說是一個「問題型」的作家。對他的「問題」的再認識，既意味著對他個人創作的再認識，也是對他的時代某個特殊的橫斷面的再認識。

我因此相信，同樣事情若干年後也將會在劉心武、王蒙等人的「再評價」中發生。例如，當中國社會基本完成「社會轉型」，解構主義文化思潮成為過去；當「嚴肅」、「信念」再次「重返」人們的公眾生活的時候，劉心武、王蒙等人的「現實主義」歷史情結，他們這代作家曾經有過的焦慮和痛苦等等，會不會在新的「話題」中被另一代讀者和研究者所接納，所理解。而在我看來，文學歷史的這種「反覆活動」，不僅經常發生在同代作家和讀者身上，也會發生在隔代讀者和作家那裡。「資料」整理所面對的就是這種這種複雜、多變的歷史生活。而「新時期文學三十年」，也只能是我們這代人所理解的「三十年」。它並不等於是所有人的「三十年」。正是在這個意義上，說「資料」整理其實就是一種特殊的文學批評不是沒有道理的。

2008.1.9 於北京森林大第
2008.1.27 再改

評價新時期文學三十年的幾個問題
—— 在四川大學文學院的講演

　　今年，有關「新時期文學三十年」的學術研討會特別多，連我這個經常「逃會」的人都參加了兩個會，說明這個話題已經成為一個「年度」焦點。不過，偶而參加一些會也會有收穫，比如，有的發言者的觀點會刺激你想一些問題，把一些曾經想過但很含糊和不成熟的問題藉此清理、反省和展開。今天我想談的主要是在評價新時期文學三十年時的「多重標準」問題。因為我發現，在會上大家談得好像是「同一個」新時期文學三十年，但由於人們選取的角度、方法和眼光各式各樣，最後告訴我們的卻是「各式各樣」的三十年文學。之所以會出現這種令人驚訝的情況，是因為許多不同的文學評價標準進入了對新時期文學三十年代的歷史認識。我的討論，不是要告訴人們一個結論，而是想借這個問題來分析為什麼會存在著這麼多的評價標準，支持這些標準的背後是一些什麼因素。

一、

　　文學評價的第一個標準，是如何看待新時期文學成就的問題。人們會說，這有什麼問題？很高唄。它不光對十七年文學、「文革」文學來說是一個巨大的歷史進步，甚至可以與「現代文學」的成就相媲美。這當然沒有問題。但我仍覺得它過於籠統，缺少具體、細緻的分析。

　　最近幾年，通過當代文學史的出版，人們開始形成一種共識，即「先鋒文學」思潮代表了新時期文學的「最高成就」。持這種觀點的人認為，一，先鋒文學把 1949 年到 1984 年間「公共空間」（其實是社會主義現實主義文學不

斷變形的空間）的文學轉變到「私人空間」之中，恢復了「文學性」的歷史合法地位，使文學成為一種「個人化」的表達方式；二是認為它主張的語言實驗、虛構等，更有利於表現現代人的孤獨感、異化感，體現文學的「現代意識」，並與「走向世界」的社會潮流接軌。我們知道，1985年前後知識界的思想非常活躍，發生過「主體論討論」、「文化熱」、「二十世紀中國文學」、「重寫文學史」、「創作自由」等重要文化事件，它們集中表現出「告別文革」與「走向世界」的歷史路向和文化選擇。先鋒文學「最高成就」論，實際是這一歷史邏輯所推演的一個結果。還有人認為，1949到1984年的文學可統稱為「左翼文學」，而不是「當代文學」，真正的「當代文學」是以1985年後尋根文學、先鋒文學的興起為標誌的。在這種「先鋒文學」的評價標準中，傷痕文學、反思文學因為與「左翼文學」有某種扯不斷的歷史糾纏，就被看作是藝術價值不高、「低一級」的文學形態。在這個意義上，先鋒文學的評價標準顯然是一個「純文學」或「文學性」的標準，「個人化」、「個人寫作」被推崇為一種「真正」的文學寫作，以至被認為對整個新時期文學中都有某種「示範意義」。當然，這種所謂的「純文學」和「文學性」，是在八十年代中期的討論中建構起來的文學史概念。

另有人認為，九十年代的長篇小說，「代表」了新時期文學三十年的突出成就。理由是，文學的成熟，某種意義上是以「文體」的成熟來體現的；而九十年代後長篇小說在文體上的貢獻不光超出了十七年文學，甚至超出了現代文學三十年。確實，經過二十餘年文學的論爭、探索、實驗之後，文壇格局似乎已「塵埃落定」。很多作家已退出了文學競爭，不少「名作家」已經被讀者淡忘，而幾位「眾望所歸」的重要小說家成為「九十年代」文學創作的中堅。這都是不可否認的事實。不過，這種文學評價仍然給人一種以小說寫作的「意義」為標準的印象。它表面上有「文學史」做「參照」，但人們感覺在它的起點和終點上的依然是「批評家的眼光」。也就是說，它是在篩選、剔除了許多流派、作家和作品的基礎上，才收攏到這個很嚴謹和小範圍的「作家名單」的，而對後者的確定，所依據的又是他們「文體」上優越於其它作家和作品的貢獻。我們得承認，正像先鋒文學「最高成就」論有賴於1985年各種文化事件的聲援和支持一樣，九十年代「文體成熟」論的論者，則得益於目前小說評論界對近十年小說創作的「批評的結論」。這種從各種文體中單挑出某種文體來證明文學發展的成就的做法，之所以在當代文學研究中還比

較普遍，是因爲很多人還相信，「離開」作家創作評價的文學史研究是缺乏依據的。那麼，由這種文學共識所形成的文學評價標準，就自然滲透到了對新時期文學的歷史認識當中。

在幾天之前《上海文學》編輯部召開的「回顧與展望：新時期文學的評價和成就」的座談會上，學者劉緒源先生表達了他對新時期文學三十年的新穎見解，這就是他的「黃金年代」論。他認爲，在二十世紀中國文學史上，眞正的「黃金年代」是 30 年代和 80 年代，這是中國作家「人文精神」的高潮期。以此爲標準，他認爲所謂「黃金年代」並不表明該時期的文學作品比別的時期寫得好，而是它們的精神風貌、人文氣質、審美態度表現出更爲「自由」和「明朗健康」的時代文化特徵，所以優於其它年代。按照他的觀點，所謂文學高潮期的「代表作品」並不一定就比別的作品寫得好，它們之所以有代表性，是因爲其反映了二十世紀中國文學最好的氣象和心靈狀態。因此，我理解，他所說的「黃金年代」指的是一個時代文學的「特殊氛圍」，是文學環境，是那種能使整個人的精神狀態獲得提升、并進而達到歷史的某種高度的制度環境。劉先生說得是很有道理的。不過，我較爲擔心的是，一些「優秀作家」、「優秀作品」因爲不在他規定的時間段裏，他們（它們）的「重要性」是不是就失去了文學評價的歷史平臺？那麼，我們又該在什麼理由中把他們（它們）重新放回到「黃金年代」？或者說，他們（它們）就活該被「黃金年代」的評價標準所拋棄呢？因爲劉先生沒有進一步說明，所以，我的「疑問」就一直徘徊在他的立論的周邊，而久久無法釋懷。

我們發現，新時期文學三十年才剛過去不久，人們對它「藝術成就」的看法已經很不一樣了。批評家之所以會得出不同的結論，很大程度上是他們在評價這段文學史時，所參照的是不同的「批評標準」。先鋒文學「最高成就」論／當代文學的「非文學性」、九十年代「文體成熟」論／小說寫作的意義、「黃金年代」論／自由、健康的時代文化，這種比照性的認識方式，某種程度上催生了這些批評結論，或者某種程度上它們爲我們推出了不算重樣的新時期文學的「成就」。正因爲有這些參照性「批評標準」的存在，設置了一個又一個進入新時期文學的路徑，當然也使各種研討會最後都不了了之。但是我想，這有什麼好大驚小怪的呢？既然新時期文學被列出了那麼多「不同」的「文學成就」，我們就按照這種種理解與文學史的多張面孔親密接觸就是了。

二、

　　文學評價的另一個標準，是批評家開出的「經典篇目」，後來被文學史所接受，成爲「理所當然」的文學史經典的現象。在 80 年代初期，國家文學評獎有很多因素介入，如「群眾推選」、「專家投票」，最後由「有關部門」平衡等等。在我看來，它們就是當時的「文學批評」，最終確定的獲獎篇目實際是它們共同挑選和決定的。這是我要說的第一個問題。

　　我要說的第二個問題，是這個獲獎篇目「如何」形成的。我的意思是，是哪些「權力」介入了評獎，並通過一種文學愛好者看不見的搏弈、協商、鬥爭和妥協，最終達成了這個方案的。進一步說，「群眾推選」、「專家投票」只是一個表面程序，起決定作用的，還是他們挑選的獲獎作品是不是與當時的文學問題、社會意識、大眾意願等等取得了某種平衡。爲便於說明問題，容我對「1981～1982 全國獲獎中篇小說」做一個「知識譜系」的歸類和分析。代表反思歷史題材的有 4 篇，如王蒙的《相見時難》、王安憶的《流逝》、韋君宜的《洗禮》、叢維熙的《遠去的白帆》；反映改革題材的有 10 篇，如蔣子龍的《赤橙黃綠青藍紫》、路遙的《人生》、水運憲的《禍起蕭牆》、湛容的《太子村的秘密》、魏繼新的《燕兒窩之夜》、汪浙成、溫小鈺的《苦夏》、孔捷生的《普通女工》、張一弓的《張鐵匠的羅曼史》、顧笑言的《你在想什麼》、譚談的《山道彎彎》；軍事題材有 3 篇，如李存葆的《高山下的花環》、朱蘇進的《射天狼》、朱春雨的《沙海的綠蔭》；少數民族題材有 2 篇，如張承志的《黑駿馬》、馮苓植的《駝峰上的愛》；文學探索題材的僅 1 篇，即鄧友梅的《那五》。獲獎作品共 20 篇，其中最多的是改革題材，有 10 篇，依次是反思歷史、軍事、少數民族和文學探索等題材。這說明，1979 至 1984 年的文學，還沒有獲得文學的「自足性」，（1985 年後，文學「自足性」的標誌，很大程度上是以職業批評家如「先鋒批評」開始主導文學生產方式來體現的。他們編選的「選本」，在影響上已經超出了那些「獲獎叢書」，最爲典型就是《新小說在 1985 年》）因此「群眾投票」對「文學評獎」仍然有著很大的影響。「群眾」的權力制服了其它文學權力，如反思歷史、軍事題材等等，成爲挑選和決定這一時期「文學經典」的主導勢力。但是顯然，「群眾」最爲關心的不是文學問題，而是社會意識，即中國社會的改革問題，這就使那個時候的「文學評獎」受到了改革問題的牽制。這個獲獎（經典）篇目的「文學價值」可能都不高，所以，不少作家在更嚴格的文學史過濾中都未能成爲

「經典作家」（如上面提到的水運憲、魏繼新、顧笑言、譚談等），其獲獎作品，也被從新時期文學「經典作品」譜系中拿了出來（我們現在如何不是為了研究文學史，誰還記得這些作家和作品）。當然，1985 年以後的文學評獎情況又有所不同，90 年代後的魯獎、茅獎更加不同，這是需要討論的另一個問題。

我的第三個問題是，從以上列舉的現象可以知道，在這三十年，新時期的「文學經典」並不是一次評獎、座談會就能決定的，它還會因為語境的變化而不斷調整。剛才我說到，1981～1982 年全國獲獎中篇小說的不少作品，後來沒有進入「文學經典」的譜系。事實上，不少在「尋根」、「先鋒」、「新寫實」文學思潮中很有影響的作家、作品，也到遭遇了這種「未能」經典化的命運。其中一個表現，是同一個作家的「代表作」經常還會處在「不確定」的狀態。比如，對馬原的代表作，洪子誠的文學史指認的是《拉薩河的女神》（337 頁），陳思和的文學史認為是《岡底斯的誘惑》（295 頁），我和孟繁華的文學史舉出的的《虛構》（218 頁），而朱棟霖、丁帆等的文學史則同時推出了《岡底斯的誘惑》和《虛構》兩篇小說。文學史研究者之所以在馬原小說「代表作」問題上難以形成「一致」的意見，我想可能是基於幾個原因：一是受到當時文學批評的影響，批評家的選擇一定程度上在決定著文學史的選擇；二是研究者後來的審美趣味又推翻了這種影響，對代表作的確認，是一種再閱讀的結果；三是認為一些小說也許並沒有原來所說的那麼「重要」，而另一些小說，則應佔據更重要的位置，等等。這不光是一個作家代表作的認定的問題。由此類推，人們還可以注意到，原先被認為是新時期文學三十年的「重要作家」，在是否「重要」的問題也已經出現了爭議。換句話說，「群眾投票」（如果還讓他們給「先鋒文學」投票的話）、「文學批評」，顯然已經無法控制文學史研究者對什麼是新時期「文學經典」的觀點和認識。也就是說，在「群眾投票」、「文學批評」的「當下性」，與文學史研究者的「歷史化」之間，開始出現了關於什麼是「真正」的「文學經典」的嚴重分歧。我舉的僅僅是馬原這個例子。如果我們拿出 10 位不同風格的作家的情況來分析，可能還會有更大的、更加驚訝的發現。例如，王蒙現象、劉心武現象、王朔現象，以及劉索拉現象等等。

在這樣的理解視野裏，新時期文學三十年能否作為一個整體存在的問題是可以討論的，因為它牽涉到如何去理解「80 年代」、「90 年代」和「新世紀」

這些不同時間單元的問題。這就是說，由於它們對「新時期文學」歷史敘述的參與，我們過去所理解的新時期文學，已經不再是過去的那個新時期文學，它擁有了更具爭議性和更為豐富的內容。在這個意義上，「改革開放」雖然是貫穿這一歷史過程中的最主要的線索，但它已然在這三個不盡相同的語境中，被人做了不同的理解和闡釋。這就使我們想到，如果說，文學評獎、文學批評和文學史認定構成了「文學經典」的不同認知層次的話，那麼「80 年代」、「90 年代」和「新世紀」的語境化問題，也必然會使「新時期文學三十年」的評價出現不斷的調整和轉換。也就是說，從「經典篇目」、「作家代表作」的不斷變動來看文學經典形成之複雜性，可以看出新時期文學三十年之歷史面貌的差異性和多質性。我這種以「文學」來看改革的「社會」，又以改革的「社會」來看「文學」的比較性評價視野，是要指出，「改革開放」在新時期文學三十年的歷史建構中是始終作為一條紅線存在著的。但與此同時，不同時期文學、現象、流派對它的理解和詮釋，卻不都是同質的，有的時候的差異性還很大。比如，80 年代初期的文學，相信「群眾投票」是能否評出「好作品」的關鍵因素，改革開放使「群眾」第一次在文學評獎中掌握了「民主」的權利；但 1985 年後，文學圈子又重新奪回「群眾」的民主權利，文學評獎和經典認定的權力再次被批評家、大學教師和文學史研究者所掌控；90年代後，尤其是到了新世紀，「群眾」又開始參與文學評獎，他們會利用各種媒體、互聯網、群眾文化專政等途徑，分享文學的權力，最典型的例子，莫過於對「80 後作家」的評價和認定。另外，「群眾」（或說某些掌握權力者）還會通過「社會關係」來公關，最終使魯獎、茅獎改變「獲獎篇目」。這種情況下，新時期文學三十年的「完整性」再一次被撕裂，對它的歷史完整性的重新敘述，將會面臨種種想像不到的困難。

三、

如何認定「重要作家」，是我要談的評價新時期文學三十年的第三個問題。眾所周知，新時期文學發展的歷史，已與「現代文學三十年」的時間不相上下。既然已有三十年的時間，那麼分出「重要作家」和「一般作家」就成為一個無法迴避的工作，無論讀者、批評家、雜誌和研究者都會關心這個問題：有沒有一份「重要作家」的名單？他們是誰？把他們列入這份名單的理由是什麼？

　　最近幾年，我的當代文學研究界的同行，恐怕都在私下談論過這個問題。我相信批評家的心目中，更是應該有這麼一份「秘而不宣」的名單的。最先打破這個沉默的是《當代作家評論》，從 2006 年開始，它分別推出了賈平凹、莫言、王安憶、閻連科的「研究專輯」，每期都給這個專輯將近一半的篇幅，以示與過去一般性「作家研究專輯」的區別。這可能是該刊「推出」的一份新時期文學三十年「重要作家」的名單。但我不知道它之後為什麼不接著往下做了，是因為別的作家還沒有「資格」進入這個名單？還是因為別的雜誌編輯技術上的原因？這至少給我一個印象，繼續的認定已經出現了困難，因為不能通過降低認定水平使工作進一步展開。

　　但是通過這份名單，我們可以看出《當代作家評論》雜誌關於新時期文學三十年「重要作家」的認定標準。這就是，有過較長文學創作期的、具有突出藝術貢獻、至今仍有旺盛的創造力和新作的作家。在我看來，這個「標準」是非常嚴格的，對一個作家的要求也非常高和全面，恐怕不是所有的作家都能達到這樣的標準。進一步說，這是一家「文學雜誌」認定「重要作家」的標準。它要求一個作家始終處在有效的、具有創造力的寫作狀態，不能「過時」，尤其應當經常出現在讀者、批評家和研究者的視野之中。更具體地說，它乃是一種「批評」的「標準」。也就是說，凡入這份名單的作家的創作，必須仍然有「文學批評」的價值，是批評的熱點、焦點，否則，他們的「重要性」就將會成為一個「問題」。

　　我們知道，如果在一段文學的發展期認定什麼人是「重要作家」，除了上述的「文學批評」標準外，還應該有「文學史」的標準。文學史的標準可能涉及面很廣，入選標準很複雜，我這裡無意去做討論。我只想談兩個方面：即作家在當時文學轉折期的「影響力」，和他對文學期的「貢獻」。

　　先說「影響力」。它指的是當一個「文學期」出現拐點，轉入另一個「文學期」的時候，那些能夠領一時風騷、具有標誌性的作家。比如，傷痕文學期的劉心武，反思文學期的王蒙，現代派實驗期的劉索拉，性與政治文學期的張賢亮，尋根文學期的阿城、韓少功，先鋒文學期的馬原，新寫實小說期的劉震雲、池莉，女性文學期的陳染、林白，抵抗文學期的張煒，新歷史小說期的陳忠實，等等。範圍如果再擴大一點，高曉聲、余華、北島、汪曾祺等人也應該進入這份名單。這些作家的「重要性」在於，他們的創作終結了前一個文學期的有效性，而使他們的文學期獲得了某種文學合法性。通過他

們的作品，人們可以看出新時期文學三十年的一個個不同的「文學期」，它們各自的標誌、邊界和差異點。而他們的創作，在一個特定時期對社會和文學的影響力是有目共睹的。

另外說說「文學貢獻」。這個問題與前一個問題有一些交叉，這是因為，一個作家的影響力，某種方面和程度上是通過他（她）對一個時期的文學貢獻的大小來體現的。當然也有另一種情況，即有的作家身上顯示的可能更多是他（她）的社會影響力，而其「文學貢獻」可能則不大。所謂作家的「文學貢獻」，我覺得應該是他（她）所提出的文學主張、觀點能夠影響很多人，能推動文學明顯的發展；更重要的，是他（她）創作的風格和方法具有較高審美價值，對其它作家有「示範作用」，在文學史上也是獨一無二或具有鮮明特色的。正是由於他們的文學貢獻，某一文學流派的意義才得以成立，如果放在幾十年某一文體（如小說、詩歌）中，也將會極大地豐富和擴展這些文體發展的空間。我個人認為在新時期文學三十年中，有突出「文學貢獻」的作家，是賈平凹、莫言、王安憶、余華、汪曾祺、北島、馬原、阿城和韓少功等。當然，批評家和研究者也許不同意我的看法，他們還可能會提出另外一些人，如張承志、劉震雲等，也許還有別的作家。甚至會覺得這些作家的「文學貢獻」，比我所提到的一些作家更為突出和明顯。

我列舉以上一些現象，不是非要得出一個結論，或找出一個什麼規律，為新時期文學提出一份「重要作家」的名單。我顯然沒有權力和能力做這件事情。而是說，如果真的把許多人集中到一起，大家討論出一份新時期文學三十年的「重要作家」名單，這個過程肯定會是充滿爭執和分歧的，尤其是要求這份名單的人數嚴格限定在五個人或十個人的時候，彼此的爭論就將會更加激烈。我的意思是，新時期文學三十年「重要作家」名單誕生的艱難，牽涉到方方面面的諸多問題，有文學批評上的，也有文學史認知上的，有認定者個人經驗和審美趣味上的，更有圈子意識和文人相輕上的，「三十年」的歷史，已經把認定作家分化、撕裂成了許多個「標準」。但在我看來，對認定標準分化問題的討論，將會有助於我們進一步觀察新時期文學三十年的「評價」問題，通過對評價問題的研究和分析，也會深化我們對新時期文學的歷史的認識。

四、

通過列出評價新時期文學時可能出現的一些問題，可以看到，雖然人們在對它歷史功績和價值上能達成一定共識，但如果將認識進一步細化、深入，仍然有許多可以繼續討論的空間。之所以在評價新時期文學過程中，在什麼是「最理想」的文學、文學經典和重要作家的認定等等問題上，還存在著種種差異和分歧，與以下一些因素有較大的關係。

一是「改革開放」的社會環境和文化構成，雖然有利於文學多樣化的發展，卻不利於達成一定的文學共識。一個明顯例子，就是在如何評價余華長篇新作《兄弟》的問題上出現的分歧。肯定這部作品和批評它的各方，都有自己的立足點和解釋模式，有相對自足的評價標準。在認定賈平凹的《秦腔》時也有這個問題。就是說，新時期文學三十年並不是一個游離歷史之外的文學史概念，它恰恰已經處在「改革開放」的解釋系統當中。改革開放年代人們文化意識和文學意識的多次轉移，也即多元化，都會帶入對它的歷史定型工作中，並將會在更具體的評價上呈現出多層化的狀態。

二是文學史評價與當時文學現象之間的「時間差」問題。我們知道，新時期文學三十年剛剛落幕，如果馬上作出準確、全面和沒有爭議的文學史評價，恐怕既不現實，也難以被更多的人所接受。有人可能會提到王瑤為什麼能夠在「現代文學三十年」剛剛落幕不久的 50 年代初就寫出了《中國新文學初稿》，我想這可能是由於王先生有一般人不能比擬的「總結歷史」的非凡能力，再就是因為有新民主主義論做底，或者就是因為北大這所學校有驚人的自我經典化的辦法。當然，這個問題非常複雜，我在這裡一時說不清楚，請容許暫時擱置。「時間差」問題的存在，就會出現我在上面所列舉的幾種不同的評價標準問題、馬原代表作認定的分歧問題、新時期文學經典和重要作家的名單等等，。它們就堆積在我們的研究中，誰也不可能繞開它們，採取視而不見的態度。換句話說，對這些問題的清理，還需要一段時間的沉澱、過濾和尋找共識點的過程。

三是一些作家的創作已經走到了「終結點」，亮起了紅燈。而另一些作家還有比較旺盛的創造力。後者新作不斷問世，角度仍在變化，他們已經跨出「新時期」的門檻，進入了「新世紀」。於是，不管我們願不願意承認，他們的「新作」，都會影響、干擾我們對他們「整個成就」的評價；我們甚至會在他們的「新作」中尋找其文學創作的新的制高點，由此而降低對他們「舊作」

和他們所代表的「新時期文學」的評價的標準。那麼，如何認識這種作家創作的「跨界現象」，如何處理它與「新時期文學三十年」的文學史關係，又如何將其中一些舊作「歷史化」，將另一些新作仍然看作是「文學批評」的「對象」，都會是我們不得不面臨的一些棘手的問題。

　　由於以上種種，我對「新時期文學三十年」的評價的看法可能不會像許多人那麼樂觀，當然也不至於悲觀，而是感到比較的為難。我這篇文章實際試圖討論其中的一些問題，至少把一些問題提出來供研究界同行批評。而在我看來，只有在批評與被批評的過程中，人們才可能逐步找到「走近」新時期文學三十年的歷史感覺和具體辦法，而不是想像在一次歷史建構中完成那麼的簡單。

2008.4.6 於北京森林大第

2008.4.21 再改

如何理解「先鋒小說」

我們所知道的「先鋒小說」，某種意義上也可以說是 80 年代作家、批評家和編輯家根據當時歷史語境需要而推出，經「文學史共識」所定型的那種「先鋒小說」。它「在文學觀念上顛覆了舊的眞實觀」，「放棄對歷史眞實和歷史本質的追尋」。〔註1〕「是爲了更好地表達作者獨特的人生體驗和社會感受。在這個意義上，敘述方式的試驗無疑具有正面的價值。」〔註2〕顯然，從這些評述中可以明顯看出人們更願意與「非文學」／「純文學」、「舊眞實觀」／「敘述方式」等問題相聯繫來論述先鋒小說的「超越性意義」。但是 1985年前後，「城市改革」、「計件工資」、「消費浪潮」、「超越歷史敘述」、「文化熱」、「美學熱」、「出國熱」、「進藏熱」以及「作家與編輯部故事」等「非文學因素」正在密集形成，它們擁擠在文學的內部或外部，即使宣佈是「純文學」的先鋒小說的生產也再難「單獨」完成。鑒於主張者更願意在「文學」層面上理解，先鋒小說的含義實際已經被不少文學研究所「窄化」，它從當時「多元」的歷史語境中脫軌成爲一個無可否認的事實。所以，彼得·比格爾警告說：「當人們回顧這些理論時，就很容易發現它們清楚地帶有它們所產生的那個時代的痕跡」，然而「歷史化也並不意味著人們可以將所有以前的理論都看成走向自身的步驟。這樣做了之後，以前的理論的碎片就從它們原先的語境中脫離開來，並被放到新的語境之中，但是，這些碎片的功能和意識的

〔註1〕 朱棟霖、丁帆、朱曉進主編：《中國現代文學史 1917～1997》（下冊），北京，高等教育出版社，1999 年，第 133 頁。

〔註2〕 董健、丁帆、王彬彬主編：《中國當代文學史新稿》，北京，人民文學出版社，2005 年，第 458 頁。

變化則還沒有得到充分的反思。」〔註3〕

一、「先鋒小說」與上海

我首先想到的一個問題是「先鋒小說」之發生與上海的關係。這在現代文學研究者看來已經不是新鮮的「研究題目」，但它對認識 80 年代的「先鋒小說」還不失其有效性。當時先鋒作家主要分佈在北京、上海、江浙和西藏等地，顯然，就像 20 世紀 30 年代曾經發生過的一樣，它的「文學中心」無疑在上海。〔註4〕據統計，僅 1985 到 1987 年間，《上海文學》發表了 30 篇左右的「先鋒小說」，這還不包括另一文學重鎮《收穫》上的小說。〔註5〕差不多佔據著同類作品刊發量的「半壁江山」。另外，「新潮批評家」一多半出自上海，例如吳亮、程德培、李劼、蔡翔、周介人、殷國明、許子東、夏中義、王曉明、陳思和、毛時安等。正如作家王安憶描繪的，那時上海的生活景象是：「燈光將街市照成白晝，再有霓虹燈在其間穿行，光和色都是濺出來的」，「你看那紅男綠女，就像水底的魚一樣，徜徉在夜晚的街市。他們進出於飯店，酒樓，咖啡座，保齡球館，歌舞廳以及各種專賣店，或是在街頭磁卡電話亭裏談笑風生」，這「才是海上繁華夢的開場。」〔註6〕而當時北京和大多數內地城市，各大商場夜晚 7 點鐘前已經息燈關門，很多地方還是「黑燈瞎火」的情形。某種程度上，城市的功能結構對這座城市的文學特徵和生

〔註3〕 德國學者彼得・比格爾的《先鋒派理論》，北京，商務印書館，2005 年，第79、80 頁。這本書是在我課堂上旁聽的北師大文藝學碩士生楊帆同學推薦給我讀的，儘管因爲翻譯的問題，它非常晦澀和饒口，但對我「重新理解」八十年代中國文學中的「先鋒小說」，仍有不少幫助。

〔註4〕 近年來，關於上海與現當代文學關係的研究有很多成果，如李歐梵的《上海摩登》、李今的《海派小說與現代都市文化》，王德威對王安憶與「海派」關係的研究、楊慶祥的《讀者」與「新小說」之發生──以〈上海文學〉（1985年）爲中心》等論述。

〔註5〕 1985 到 1987 年在《上海文學》上發表的「先鋒小說」（當時叫「新潮小說」）有：鄭萬隆《老棒子酒館》，陳村《一個人死了》、《初殿（三篇）》、《一天》、《古井》、《捉鬼》、《琥珀》、《死》、《藍色》，阿城《遍地風流（之一）》，張煒《夏天的原野》，王安憶《我的來歷》、《海上繁華夢》、《小城之戀》、《鳩雀一戰》，韓少功《女女女》，馬原《海的印象》、《岡底斯的誘惑》、《遊神》，劉索拉《藍天綠海》，張辛欣、桑曄《北京人（七篇）、（十篇）》，孫甘露《訪問夢境》，殘雪《曠野裏》，李銳《厚土》，莫言《貓事薈萃》、《罪過》，蘇童《飛越我的楓楊樹故鄉》等。

〔註6〕 王安憶：《海上繁華夢》，引自《接近世紀初》，杭州，浙江文藝出版社，1998年，第53、54 頁。

產方式有顯著的影響。所以，無論從雜誌、批評家還是作為現代大都市標誌的生活氛圍，上海在推動和培育「先鋒小說」的區位優勢上，要比其它城市處在更領先的位置。這些簡單材料讓人知道，即使在 1980 年代，上海的文化特色仍然是西洋文化、市場文化與本土市民文化的複雜混合體，消費文化不僅構成這座城市的處世哲學和文化心理，也滲透到文學領域，使其具有了先鋒性的歷史面孔。

從這一時期的文學雜誌上，我們可以看到在小說觀念上，上海批評家比其它地方的批評家有更明確的先鋒意識。吳亮的《馬原的敘述圈套》、李劼的《論中國當代新潮小說的語言結構》等文章率先確立了先鋒小說的內涵和文體特徵，他們對其「形式」、「語言」、「敘述」等價值的重視，與其它批評家仍在強調「歷史」、「美感」截然不同。當許多批評家在歷史參照視野裏談論「主體性」、「偽現代派」等話題時，上海批評家已經意識到先鋒小說對「歷史」的超越恰恰是與中國正在發生的「城市改革」緊密聯繫著的，先鋒小說之所以是「消費」、「孤獨」、「個人性」所催生的產物，是因為它的形式感、語言感更符合城市那種量化、具象化的特徵。「我更側重於文學作品的社會歷史方面與美感形式方面的有機把握」。（黃子平）〔註7〕「當前社會生活中的一個引人矚目的重大變化發生在消費領域」，「最能體現市場機制的莫過於通俗文學了，從定貨、寫作、付型出版、發行乃至出現在各種零售書攤上」都莫不如此（吳亮）。〔註8〕雖然同為先鋒文學戰壕中的「戰友」，黃子這時主要關心的是《「詰」詩和「悟」詩》、《藝術創造和藝術理論》、《論中國當代短篇小說的藝術發展》（都寫於 1985 年）等空靈抽象的文學問題，而吳亮對小說的認識明顯在向更具象和生活化的城市層面轉移。我這裡拿吳亮和黃子平來比較，不是說吳更先鋒，而黃不先鋒，而是意識到了當時的先鋒陣營內部已經存在著某種差異性。也就是說，上海的「先鋒派」與北京的「先鋒派」究竟是不一樣的。或者說北京的先鋒派是「學院型」的先鋒派，而上海的先鋒派應該是那種「城市型」的先鋒派。我們知道，1980 年代的吳亮曾經是「社會歷史」和「美感」的堅定信仰者，但現在，一種久居城市卻前所未有的「孤獨感」突然打垮了這位強勢批評家：「今年初秋的某天下午，我一個人匆匆地走在大街上，突然感到了一種驚奇：因為我發覺自己置身於陌生人的重

〔註7〕 黃子平：《沉思的老樹的精靈·代自序》，杭州，浙江文藝出版社，1986 年。
〔註8〕 吳亮：《文學與消費》，《上海文學》1985 年第 2 期。

圍之中，而那熙熙攘攘的『陌生人的洪流』並沒有與我敵對」。﹝註 9﹞當黃子平沐浴在文化氣氛濃厚的北京學院式生活的風景中時，吳亮卻對缺乏溫情和歷史聯繫的人際關係感到糾心：「儘管我廣交朋友，可我仍然時時感到有孤獨襲來」，「建築在相同的或互惠的利益基礎上，僅僅在計劃、意見、觀點、規約等等超個性的社會性內容方面進行繁忙認真的交流，而許多個人的東西則被掩蓋起來。」﹝註 10﹞顯然，他的「先鋒意識」除來自翻譯和閱讀的影響，還直接來自一種強烈的「都市虛無感」。80 年代雖有持續高漲的「思想解放」和「文化熱」思潮，但他精神生活已經無法抵抗重新復活的「上海都市文化」的腐蝕；他發現，「先鋒姿態」不單是指那種與歷史生活傳統相「對立」的方式，可能還像本雅明在評價法國先鋒作家時指出的：「波德萊爾高出同代作家的地方則在於，他今天高喊『為藝術而藝術』，明天已一變而成『藝術與功利不可分割』的鼓吹者」，「文人通過報刊專欄在資本主義市場裏佔據了一席之地，從而在社會生活中佔據了一個位置。他的訂貨性質和他的產品的內在規律已暗示了他同這個時代的關係」。﹝註 11﹞應該說，在認識「先鋒小說「與」上海」的多管道秘密聯繫的問題上，吳亮是最早也是最敏銳的批評家之一。

眾所周知，對吳亮、程德培、李劼、蔡翔、周介人、殷國明、許子東、夏中義、王曉明、陳思和、毛時安等批評家來說，《上海文學》的「理論批評版」就是這樣一種非同尋常的「資本市場」的「雜誌專欄」。他們 80 年代在全國文學批評家中所具有的「領先性」，一定程度上是和這家雜誌「理論批評專欄」的文學市場敏感性和高端位置，以及與文壇的密切互動分不開的。同樣道理，《上海文學》、《收穫》等具有市場規劃性的「雜誌專欄」，對馬原、扎西達娃、孫甘露、余華、王朔等正在「崛起」的先鋒作家來說也同樣重要。他們與這些文學雜誌「小說專欄」編輯的「密切關係」，反映了與這座大都市密切的互動關係。而加強與這座在西方文化資源和現代影響方面都比中國的任何城市具有超前性、獨特性的大都市的聯繫，顯然就建立了與全國新華書

﹝註 9﹞ 吳亮：《城市人：他的生態與心態》，就在這個「吳亮評論小輯」中，作者特別加上了一個提示性的副標題「文學的一個背景或參照系」，參見《上海文學》1986 年第 1 期。

﹝註 10﹞ 吳亮：《城市與我們》，《上海文學》1986 年第 11 期。

﹝註 11﹞ 參見本雅明：《發達資本主義時代的抒情詩人‧中譯本序》，張旭東譯，魏文生校，北京，三聯書店，1989 年，第 5、7 頁。

店、大專院校、讀者這個「文學流通管道」的聯網式「訂貨發售」關係。《收穫》雜誌編輯程永新在寫文學回憶錄《一個人的文學史》時也許沒有意識到，他告訴人們的正是文學史背後這個「作家與雜誌互動史」的秘密。在 1987、1988 年先鋒作家們「致程永新」的信，發展到了「密集轟炸」的程度。扎西達娃告曰：「2 期的稿子我已寫好，三兩天內寄出，兩萬字的短篇。如不能用請轉《上海文學》，或退回。」「謝謝你對我的期望，我的名利思想較之許多人淡薄，我永遠不急躁，過去如此，將來亦如此，紅不紅是別人封給的，想也無用」。馬原焦急地詢問：「長篇真那麼差嗎？李劼來信將你和小林都不滿意，我沮喪透頂，想不出所以然來」。因此，「很想知道其它稿件的情況。魯一瑋的，蘇童的，洪峰的，孫甘露的，馮力的，啟達的。」孫甘露謙虛地坦承：「《訪問夢境》不是深思熟慮之作，這多少跟我的境遇有關。感謝你的批評，你的信讓我感到真實和愉快。」蘇童說：「《收穫》已讀過，除了洪峰、余華、孫甘露跟色波也都不錯。這一期有一種『改朝換代』的感覺」。臨末，他不忘對「盛極一時」的莫言說點「壞話」：「《逃亡》在南京的反應還可以，周梅森說莫言的文章，馬爾克斯的痕跡重了，而費振鍾、黃毓璜（兩個搞評論的）反而認為莫言馬爾克斯痕跡不重。告訴你這些，也不知道想說明什麼。」王朔則露骨地說：「你在上影廠的朋友是導演還是文學部編輯？」「史蜀君曾給我來信表示對《一半是火焰一半是海水》（《啄木鳥》1986 年第 2 期）有興趣，但我們至今沒有進一步聯繫，如果你認識她，不妨問問她的態度。」又叮囑：「僅一處拙喻萬望手下留情，超生一下，即手稿 319 頁第 4 行：『眼周圍的皺紋像肛門處一樣密集」，「此行下被鉛筆畫了一線，我想來想去，實難割捨」。「老兄若再來北京，一定通知我，一起玩玩。」〔註12〕

　　自然，我們在考察「先鋒小說」之「發生史」的過程中，也能找到很多同類先鋒作家與其它城市（如北京、南京、廣州、瀋陽、拉薩等）「密切互動」的材料，因為這些城市的《北京文學》、《人民文學》、《文學評論》、《鍾山》、《花城》、《當代作家評論》和《西藏文學》等都參與了先鋒小說的生產。不過，不應該忘記，1984 年後中國社會「改革」重心已經向「城市」轉移，上海雖然在企業改制和重組、引進外資方面暫時落後於廣東，但作為「老牌」現代大都市，它的「都市意識」卻遙遙領先於前者，這可在《上海文學》、

〔註12〕　參見程永新編：《一個人的文學史‧1983～2007》，天津，天津人民出版社，2007 年，第 32～44 頁。

《收穫》、《上海文論》比《花城》更爲頻繁的「欄目」調整，組稿明顯向「先鋒小說」傾斜，「先鋒批評家」規模和影響力大大超過後者的現象中見出一斑。不管人們願不願意承認，這些雜誌的編輯家、批評家事實已經具有了某種現代「出版商」、「書商」的面目。吳亮前面的「預見」和「不安」在這裡得到了證實。埃斯卡皮的論斷非常精闢地揭示了文學與都市的「秘密關係」：「因此，高雅文學的圈子呈現出一環套一環的連續選擇的面貌。出版商對作者創作的挑選也限制著書商的挑選，而書商自己又限制讀者的挑選；讀者的選擇，一方面由書商反應給商業部門，另一方面，又讓批評界表述出來並加以評論，隨後，讀者的選擇再由審查委員會加以表達和擴大，反過來限制出版商此後的選擇方向。結果是，各種可能性呈現於有才能的人面前。」〔註13〕至於後者，人們大概已在先鋒作家與《收穫》雜誌編輯的通信中隱約覺察。

二、「先鋒小說」與「新潮小說」、「探索小說」

　　這一部分，我準備討論「先鋒小說」與「新潮小說」、「探索小說」之間繁複交叉的關係，也即是說對「先鋒小說」的多元化理解是如何被集中和簡化了的，而這種理解上的變異性究竟與當時的文化狀況是一種什麼關係，做一些討論。進一步說，經過這麼一個「去粗存精」的過程，這些被「精選」的作家和作品是如何被看作「先鋒小說」的。顯然，這裡存在著一個它被從上述各種「新潮小說」中「分離」的過程，而它爲什麼被分離，這正是我們感興趣的一個問題。

　　「先鋒小說」（當時叫「先鋒派文學」）的名稱可能最早出現在《文學評論》和《鍾山》編輯部 1988 年 10 月召開的一次「現實主義與先鋒派文學」的研討會上。〔註14〕90 年代後，密集使用這一概念的是陳曉明、張頤武等批評家。〔註15〕它是一個帶有追授性色彩的歷史性命名。它之所以被「追授」，說明它本來包含著矛盾而多樣，大家當時無法能夠解釋清楚的豐富的文學史

〔註13〕埃斯卡皮：《文學社會學》，杭州，浙江人民出版社，1987 年，第 61 頁。

〔註14〕參見李兆忠：《旋轉的文壇——「現實主義與先鋒派文學」研討會紀要》一文，《文學評論》1989 年第 1 期。

〔註15〕在陳曉明的成名作《無邊的挑戰》一書中，他大量採用了「先鋒小說」，而不是此前的「意識流小說」、「新潮小說」、「新小說」、「探索小說」等說法。該書 1993 年由吉林長春的時代文藝出版社出版。

信息。也就是說，1979 至 1988 年間出現的被稱作「意識流小說」、「實驗小說」、「現代派小說」、「探索小說」、「新小說」、「新潮小說」的小說實驗，一開始攜帶著各種不同的歷史目的，有不同的文學訴求。而後來所說的「先鋒小說」就是從這些命名中分離出來的，但在當時，即使在上面這次「研討會」上，人們還不會注意這個複雜問題，更不會對它做歷史分析。我們先從王蒙對「意識流小說」的「自我命名」中做些瞭解。1980 年，針對有人對他和宗璞「意識流小說」的批評，王蒙在《對一些文學觀念的探討》一文中指出：「過去曾把恩格斯的命題譯為『典型環境中的典型性格』，即「認為塑造典型性格乃是文學的最高要求」，但這種「傳統的文學觀念，需要探討」。文學要寫人這沒有問題，然而人是否就等於「人物」、「性格」？他認為寫人也可以通過「人的幻想」、「奇想」、「心理」和「風景」等來表現。〔註16〕王蒙與「先鋒小說」理解，是通過將「意識流小說」與「經典現實主義文學」相對立的方式來進行的。這種理解顯然與「文革」後當代文學對「經典現實主義」理論的深刻質疑有極大關係。如果我們瞭解王蒙、宗璞這代作家與十七年「干預型現實小說」的「歷史淵源」，就會明白，他們的「意識流小說」其實仍然還在「干預型現實主義」的文學規劃之中，即人們今天所說的「形式的意識形態」。

但這種狀況到 1983 年前後有了一個變化，原因是身居北京的一些青年作家和藝術家，受到開始轉型的城市生活的鼓勵，不願再在「文學意識形態」的簡單框架中來定義「探索小說」。他們渴望走出「歷史恐懼」，把小說當作描述他們個人現代心理和生活的一種中介形式（類似於今天的「信息公司」、「婚介所」等等似乎試圖逃脫社會控制而貌似「中立性」的機構）。當時，在社會上和藝術院校校園裏，已開始流行青年叛逆的情緒，還會一些出現有意規避主流社會意識的「邊緣人」、「局外人」。於是，一種把「探索小說」、「現代派小說」理解成「個人」可以通過某種「逃避方式」而游離於「社會群體」的相當前衛的文學意識，一時間密集出現在劉索拉《你別無選擇》、徐星《無主題變奏》和張辛欣等《在同一地平線》等小說中，它們令在「文學轉型」上找不出良策的文學批評大吃一驚。劉武以相當推崇和肯定的口吻寫道：「當劉索拉、徐星、張辛欣等一系列心態小說出來時，我們應該由他們塑造的人物體味過一種深刻的懷疑意識。」他認為這是由於 80 年代社會主義價值觀念

〔註16〕 王蒙：《對一些文學觀念的探討》，《文藝報》1980 年第 9 期。

與因城市改革而興起的現代社會價值觀念沒有銜接所出現的「價值斷裂」造成的，「這些迷惘的青年正處在由自然經濟結構社會向商品經濟結構社會（即傳統文學向現代文明）過渡的轉型期，新的價值體系尚未建立，他們抱著對舊價值體系的鄙夷與嘲笑，急於擺脫它們，但卻找不到新的大陸立住腳跟。」他認為，隨著「改革開放」轉向城市後力度的加大，文學的「干預功能」不再被年輕作家所理睬，而城市改革所催生的「現代人危機」，將成為他們定義「現代派小說」的一個獨特的視角。〔註17〕

「城市改革」對文學的衝擊還有「女性問題」。1985 年後，中國社會的「離婚率」、「婚外戀」持續升溫，「探索小說」、「新潮小說」被匆忙貼上了新的歷史標籤。李宏林的報告文學《八十年代離婚案》是這方面最直接的反應。而且那時候到處都可以看到以《離婚啟示錄》為名來吸引讀者的報告文學、紀實文學，這使剛剛從封閉時代走來的廣大讀者，尤其是年輕讀者的感官大受刺激。「女性解放」、「女性自由」成為繼五四和建國初之後的又一股社會潮流，它因為在大膽女作家的作品裏越來越「實錄化」，而在「主題」、「題材」上產生了激動人心的文學效果。張潔的中篇小說《祖母綠》借女主人公曾令兒在生活重壓下的堅毅形象，來凸現「女性意識」的全面復蘇。她的《方舟》通過三位離異女性的婚變，則尖銳提出了「女性身份」危機這一社會問題。像王蒙的「意識流小說」、劉索拉、徐星和張辛欣的「現代人危機」一樣，「女性問題」這時被文學界正式納入「探索小說」的文學譜系。「愛情」、「情慾」等等在「當代文學」中未曾真正品嘗的「尖端命題」，就這樣在特殊年代和文學認定機制的急促推動下被賦予了「探索」的歷史特徵。正像白亮在分析遇羅錦《一個冬天的童話》的「內在困境」時所指出的：「作品以文學的形式描寫並歌頌自己的婚外戀和「第三者」是不符合社會主義道德規範的，作者孜孜以求的愛情不僅帶有明顯的私人色彩，而且是突出了強烈的『情慾』特點的『愛情』，此外，作者的立場和觀念也超出了國家和民眾的期待和認定。」〔註18〕他認為，由於作家敘述的個人生活成為「社會焦點」，造成了文學與社會的新的對立，「社會輿論」作為一種變形的「文學批評」開始進入文學作品的評價系統。同樣理由，「離婚」、「婚外戀」、「獨身主義」等

〔註17〕劉武：《懷疑的時代》，《當代文藝思潮》1986 年第 4 期。在 1985 到 1988 見間，「懷疑」曾是人們評論現代派文學創作時使用頻率最高的專用詞之一。
〔註18〕白亮：《「私人情感」與「道義承擔」之間的裂隙——由遇羅錦的「童話」看新時期之初作家身份及其功能》，《南方文壇》。

社會思潮因爲深度介入女性文學的創作（如伊蕾引起轟動的組詩《獨身女人的臥室》，因受到有關方面的嚴厲批評，她的創作陷於停頓，不得不下海到俄羅斯經營油畫作品），使這些充塞著大量社會問題的文學作品進一步凸現出「先鋒文學」的色彩。在當時，人們還沒有今天這麼清楚的文體辨別意識，認定文學類型的文學史意識，所以，人們往往都會把這種與傳統文學觀念、社會習俗和道德倫理關繫緊張，帶有一定挑戰性的文學創作，統統想像爲「探索」、「新潮」、「現代派」的小說。在這種情況下，「探索小說」、「新潮小說」的「文學選本」多如牛毛，指認範圍相當地寬泛，而且從沒有人對這種過於隨意的文學主張表示過懷疑。因此，連一向有敏感批評觸覺的批評家吳亮也在不同版本的「探索小說」面前，表現出「選擇」的猶豫和無奈：「確實，在既定理論規範勢力範圍之外還有更爲寬廣的天地。我真對那些小說心悅誠服；概念把握不了、把握不全的東西，由他們的語言敘述來整個兒呈現了。」〔註19〕

　　不過，「探索小說」、「新潮小說」這種「群雄並起」的混雜局面到 1987年有一個急刹車。原因是西方結構主義理論開始被中國知識界接受，結構主義推崇的「語言」、「形式」、「神話結構」很大程度上聲援了正在興起的「純文學」思潮。它使「純文學」批評家們意識到，「意識流小說」、「現代人危機」、「女性問題」等涉及的仍然是「社會內容」，而非「文學本體」。這些「社會小說」在文學淵源上與「干預生活小說」、「傷痕」、「反思」小說實際如出一轍。出於這種不滿，李劼有意識把「內容小說」推到「形式小說」的對立面上，他要採取「分身術」的方法使「形式」脫離「內容」的歷史束縛：「人們以往習慣於從一種社會學、文化學的角度看待一個新的文學運動」，「即便談及這種文學形式的革命，也總是努力把它引向」「大眾化、平民化之類的社會意義和人道主義立場，很少有人從文學語言本身的更新來思考新文學的性質。」他說：「當內容不再單向地決定著形式，形式也向內容出示了它的決定權的時候」，它就會「因爲敘述形式的不同竟會產生截然不同的審美效果」。在這種情況下，他感覺自己終於爲「先鋒派小說」創立了一個「正確」的命名：「從八五年開始的先鋒派小說是一種歷史標記。這種標記的文學性與其是

〔註19〕　《新小說在 1985 年・前言》，吳亮、程德培編，上海，上海社會科學院出版社，1986 年。可以說，這是「新時期」第一部已經具有「先鋒小說」價值傾向和審美規範的文學選本，從中能夠隱約感覺到編選者後來「先鋒小說」批評意識之形成的來龍去脈。

在『文化尋根』或者現代意識，不如說在於文學形式的本體性演化。也即是說，怎麼寫在一批年青的先鋒作家那裡已經不是一種朦朧不清的摸索，而是一種十分明確的自覺追求了。」〔註20〕當實驗性比前面幾批作家更加激烈和異端的馬原、洪峰、余華、孫甘露等新人出現在面前時，吳亮的「態度」也在急劇轉變。在批評文字中，各種「探索」、「新潮」小說的社會問題被弱化，它們被強制地「歸化」和「集中」到一體化的「先鋒小說理論」中。他明確提出了自己關於「先鋒小說」的觀點：「在我的印象裏，寫小說的馬原似乎一直在樂此不疲地尋找他的敘述方式，或者說一直在樂此不疲地尋找他的講故事方式。他實在是一個玩弄敘述圈套的老手，一個小說中偏執的方法論者。」「馬原確實更關心他故事的形式，更關心他如何處理這個故事，而不是想通過這個故事讓人們得到故事以外的某種抽象觀念。」〔註21〕一年前，一向謹小慎微的先鋒批評家南帆也意識到讓各種形態的「探索小說」在那裡「各自表述」是一場嚴重的災難：「文學批評的具體化既可能是一種感受，一種宣泄，一種鑒賞，也可能是一種選擇」，「可是，當這些形形色色的批評活動尚未分化之前，它們是否可能來自一種共同的緣起？」他發現，就在批評家從浩如煙海的作品中對「先鋒小說」加以「挑選」的時候，一種比單純追求「社會轟動效應」更具有先鋒企圖的文學生產方式出現了：「批評家所探究的並非純粹的作品，而是作品加讀者的文學現象。無論肯定抑或否定，批評家所攝取的考察對象都只能是那些擁有相當讀者的作品。批評家時常樂於承認：這些作品比之那些默默無聞、雖生猶死的作品更有價值。所以，吸引批評家的與其說是作品本身，毋寧說是作品在讀者中的成功」。〔註22〕他們敏銳地意識到，「探索小說」、「新潮小說」「新小說」、「現代派小說」說倒底仍然是一個「寫什麼」的問題（經典現實主義文學觀念），而「先鋒小說」卻是「怎麼寫」的問題（現代主義文學觀念），而它恰恰標明了回到「文學本身」的「歷史性要求」。

在這裡，「先鋒小說」從繁雜多元的「探索小說」、「新潮小說」中被「分離」的過程，正是 1980 年代中期中國社會各個階層、社會觀念開始「分化」的過程。「城市改革」某種程度上在爭奪、分享或淡化傳統意識形態對文學壟

〔註20〕 李劼：《試論文學形式的本體意味》，《上海文學》1987 年第 3 期。
〔註21〕 吳亮：《馬原的敘述圈套》，《當代作家評論》1987 年第 3 期。
〔註22〕 南帆：《批評：審美反應的解釋》，《當代作家評論》1986 年第 5 期。

斷權的迷戀，而它直接催生的「邊緣人」、「局外人」、「女性自由」、「獨身主義」等社會思潮，則幫助作家擺脫了意識形態的精神捆綁，於是正式公佈了「純文學」思潮的誕生。而先鋒小說強調「形式」、「語言」就是「文學本體」的主張，則為「純文學」提供了一個最為理想的「文學文本」。因此，在文學界很多人的心目中，「形式」、「語言」正是從「社會內容」中被「淨化」出來的文學觀念，它距離「社會」越遠，越能阻斷文學與社會的歷史聯繫，是使文學真正獲得「自主性」的重要保證。1985、1986 年後，更加繁重而多極的城市改革相當程度上緩解了文學與意識形態的緊張關係，西方「現代語言學」、「敘事學」、「修辭學」理論的大量湧進，使小說生存發展與認知空間得以更新，因此它面對的時代語境，與「探索小說」、「新潮小說」相比已有天壤之別。也就是說，「先鋒小說」意義上的「純文學」思潮在這裡呈現出一個根本性的歷史位移，它開始被文學界理解成一個「純粹」的「寫作問題」。進一步說，「純粹寫作」被文學界理解為是一種比「社會寫作」更高級的文學存在，人們普遍認為這是促使當代文學真正「轉型」的最強勁的動力。這是「先鋒小說」被從「探索」、「新潮」等小說中分離出來的一個重要理由。黃子平 1988 年初為回應「偽現代派」指責所寫的著名的《關於「偽現代派」及其批評》一文，對當時人們困惑的「先鋒小說」與「探索小說」、「新潮小說」之間存在的不同點做了更為細緻的理論區分。他說：「從中國社會的『經濟』角度來判斷一部作品是否『偽現代派』，除了上述以現實工業化為依據外，還與以中國普通老百姓的生活狀況和心理要求為標尺的」，「因而當代中國的大部分探索性作品，就陷入了如下的內在矛盾」。針對有些人對「先鋒小說」的形式實驗有「脫離現實」危險傾向的責難，他反駁道：「用胃的滿足程度來限制文學的想像力和超越性，其有效性是值得懷疑的。以中國現代文學史為例，我們能否說，在戰亂頻仍、民不聊生的年代裏寫下的《野草》（魯迅）、《十四行詩集》（馮至）、《詩八首》（穆旦）等等，是不真誠的作品呢？」〔註23〕

　　當然我們必須看到，「先鋒小說」觀念之建立，是以對「探索小說」、「新潮小說」、「現代派小說」、「新小說」、「試驗小說」的豐富存在的徹底剪裁為代價的。「語言」、「形式」、「本體」、「暴力」、「異質」等「純文學」觀念，對處在當代中國社會這一轉型過程中千百萬普通人的痛苦、矛盾和困惑，顯然

〔註23〕 黃子平：《關於「偽現代派」及其批評》，《北京文學》1988 年第 2 期。

實施了新一輪的壓制和排斥。文學史經驗告訴我們,「新時期文學三十年」事實上已經變成了一個以「先鋒小說為中心」的歷史敘述。80 年代的「文學思潮」被理解成是「先鋒小說」不斷克服「非文學干擾」而最終獲得「文學性」的歷史性結果。但在這一歷史敘述過程中,它的文學「前史」,堆積在文學史斷層周圍的大量文學知識碎片,則由於後來文學史「分析」、「歸納」、「總結」等功能的「過濾」和「篩查」,而很可能已經永遠地消失。大家已經看到,劉索拉、徐星已經不被歸入「先鋒文學」的章節,張潔變成了一個「無法歸位」的作家,遇羅錦更是在這種文學知識重新的整合中淡出了人們的視線。當然我們也能夠理解,不將某一文學現象從混亂不堪的「小說思潮」中分離出來,就無法完成對於它的「經典化」工作,我們所謂的「文學史敘述」就難以建立起來。所以,正如海登·懷特在評價列維·斯特勞斯認為所有歷史敘述中都有一個神話和詩歌的結構時說的那樣:「只有決定『捨棄』一個或幾個包括在歷史記錄中的事實領域,我們才能建構一個關於過去的完整的故事。因此,我們關於歷史結構和過程的解釋與其說受我們所加入的內容的支配,不如說受我們所漏掉的內容的支配。」〔註 24〕

三、離鄉進城與「超越歷史」

在前兩部分,我主要圍繞「城市改革」中的物質層面和社會風俗層面來談人們對「先鋒小說」的理解。因為小說,尤其是「現代」、「先鋒」小說都是在「城市」發生,而且是與城市的現代出版業、圖書市場、讀者密切結合的一個行業,本雅明和埃斯卡皮對此有許多精闢的論述。但當代文學在 80 年代的「轉型」,還不止上述方面,也包含著「先鋒小說」對「十七年文學」、「文革文學」作為「農村包圍城市」社會實踐的最成功敘述的這一結論的強烈反彈和質疑。人們認為,當代歷史固然已經「進城」,可它的思維方式、倫理經驗和道德追求仍然頑強堅持著非常濃厚的中國鄉村的習氣,這是很長一個時期內「農村題材小說」、「軍事題材小說」非常繁盛而「城市小說」相對萎縮的深層原因。如果說「十七年文學」、「文革文學」是「進城」後寫的一個「鄉村故事」,那麼「先鋒小說」就把自己「超越」歷史敘述的最主要標誌,定位在重新「離鄉進城」來講一個「都市故事」上(某種意義上,余華

〔註24〕 海登·懷特:《後現代歷史敘事學》,陳永國、張萬娟譯,北京,中國社會科學出版社,2003 年,第 173 頁。

小說、馬原的小說可以說是充滿都市經驗的小鎮和西藏敘事）。因此，我這裡所說的「超越歷史」，指的就是對「十七年」、「文革」文學敘述那種舊鄉村歷史意識的「超越」。當然，我這種看法的形成，可能也受到了「城市改革」的某種影響。

討論 80 年代的「先鋒小說」，必然會涉及到「歷史問題」。因為對歷史的看法、見解和處理方式，往往決定了它的出場方式、歷史內涵和審美特徵。在這裡，我不會直接討論作家和批評家的歷史觀問題，而會以我慣常的方式注意他們是「怎麼處理」歷史難題的。

1985 至 1987 年間先鋒小說家和批評家的「歷史態度」是值得推敲的，它不像我們所理解的那麼簡單。我查看過這一期間的《上海文學》、《當代作家評論》兩份雜誌，發現並不像研究者「後來想像」的，他們對「歷史」採取的並不是一味激烈拒絕、否定的態度，而是相反，那是一種「混雜交叉」的猶豫的姿態。我注意這一時期的吳亮，既寫「敘述的圈套」、「新模式的興起」、「李杭育印象」、「文學與消費」、「城市與我們」等先鋒文學批評的文章，也寫《花園街五號》、《男人的風格》等跟蹤現實主義文學的評論。李劼對路遙小說《人生》主人公高加林形象的「現實精神」大加讚揚，但是，他的那些探索「文學形式」、「本體意味」、「理論轉折」、「裂變」、「分化」等等文章，又試圖樹立另一個激進的「先鋒小說」批評家的形象。程德培、蔡翔、王曉明的情況大同小異。他們可能在《上海文學》上表現的相當「激進」和「先鋒」，而到了《當代作家評論》上，又與很多「跟蹤」或「掃描」文壇趨勢、動態的批評家沒有差別。〔註25〕這些文章給人一個印象，80 年代文學並沒有一個「固定」的先鋒文壇，大家更多時候還是那種「傳統文壇」上的批評家。例如，1986 年 1 月，李劼在題為《新的建構 新的超越》的文章裏宣佈：「中國的二十世紀文學在其文學思潮意義上就將從 1985 年小說創

〔註25〕 據統計，吳亮在兩家雜誌上發表的文章是：《文學與消費》（《上海文學》1985年第 2 期）、《城市人：他的生態與心態》、《文學外的世界》（《上海文學》1986年第 1 期）、《城市與我們》（《上海文學》1986 年第 11 期）、《愛的結局與出路》（《上海文學》1987 年第 4 期）、《〈金牧場〉的精神哲學》（《上海文學》1987年第 11 期）、《〈花園街五號〉和〈男人的風格〉的比較分析》（《當代作家評論》1985 年第 2 期）、《新模式的興起和它的前途》（《當代作家評論》1985 年第 3 期）、《孤獨與合群——李杭育印象》（《當代作家評論》1985 年第 6 期）、《馬原的敘述圈套》（《當代作家評論》1987 年第 3 期）、《人的尷尬境況——評李慶西的〈人家筆記〉》（《當代作家評論》1987 年第 5 期）。

作所作出的這種從時代精神到審美心理的新構建開始。正是在這個意義上，似乎可以認爲，1985 年的小說創作將成爲新時期文學的一個新的歷史起點。」〔註26〕但同時，他又讚揚了「1985 年以前」的路遙的小說《人生》:「作爲一個當代青年的形象，在七、八十年代之交出現的許多青年詩作裏可以看到高加林的胚胎。當人民諦聽著那一支支或深沉明快、或哀婉或纏綿、或雄渾或寧靜的旋律時，眼前浮現的是一個個年輕詩人的自我形象」，「《人生》也會因此成爲一部足以躋身世界名著之林的傑作。」〔註 27〕這種「混雜交叉」的多元化歷史態度不只出現在李劼一個人身上，在其它先鋒作家和批評家身上也普遍存在。對於已經「熟悉」今天文學史概述的人，一定會感覺非常詫異和奇怪的，不是說「先鋒小說」已經與 1985 年以前的「新時期文學」完全「斷裂」了嗎？它不是已經成爲「一個新的歷史起點「了嗎？人們時而「先鋒」、時而「傳統」，他們的歷史態度如此曖昧、矛盾和猶豫不決究竟是因爲什麼呢？這就是我們重新觀察「先鋒小說」的一個角度。也就是說，它的所謂「超越歷史」的敘述，其實是一種「後預設」的「敘述」。當然也可以說，當時的先鋒作家和批評家爲了強調自己與「過去」的「傳統」的不同，他們是把「埋藏在歷史學家內心深處的想像性建構」(海登・懷特語)當作一種「文學眞實」，從而感覺自己已經完成了對「歷史」的「超越」。

　　海登・懷特在論述新歷史主義批評家時的一段話，可能對我們有一點「解惑」作用。他認爲建構這種印象的最直接的原因是:「一種超驗主體或敘事自我，它超越對現實的各種對立闡釋」，「這個概念的優點在於它暗示了話語、話語的假定主題以及對這種主題的各種對立闡釋之間的一種似乎不同的關係。」〔註28〕海登・懷特在這裡給了我們很好的提示:如果設置一個「假定主題」，那麼它作爲一種「脫離」了「現實環境」的「超驗主體或敘事自我」也就成立了，也就「不成問題」了。例如，馬原的「自述」就有一定的代表性，讀完它，你會感覺他不僅在「自我辯解」，實際也反映了那代作家和批評

〔註26〕 李劼:《新的建構　新的超越》，引自《個性・自我・創造》，杭州，浙江文藝
　　　　出版社，1989 年，第 249 頁。此爲著名的「新人文論」叢書的其中一本。當
　　　　時許多批評家都喜歡用「個性」、「自我」等等「超越歷史」的術語做書名，
　　　　以顯示自己與「歷史」之間緊張、衝突和斷裂的關係。他們也喜歡經常宣佈
　　　　一個「新時代」的開始。
〔註27〕 李劼:《高加林論》，《當代作家評論》1985 年第 1 期。
〔註28〕 海登・懷特:《後現代歷史敘事學》，陳永國、張萬娟譯，北京，中國社會科
　　　　學出版社，2003 年，第 6 頁。

家當時在處理「歷史問題」時的普遍方式。當有人敏鋭問道：「我以為你大學畢業後從遼寧去西藏，使你獲得了佔有一種奇特的生活的優勢」，於是更「想瞭解你是怎樣『深入生活』的」？馬原對這一當代文學的「理論問題」做了規避，他回答：「我是個隨意性很強的男人」，但對「把握對混沌狀態的感知；再比如對超驗事物的想像還原」，相信「比別人略佔優勢」。他還「假定」了一種與他原籍遼寧完全不同的生活經驗，從而為對他作品主人公不能「構成主要矛盾」、「結構鬆散」、「結尾隨意」等等的批評性指責予以「辯護」。他強調説：「我其實在假想中還原，這是一個從高度抽象到高度具象的意識過程」，其根據是，「西藏確是神話、傳奇、禪宗、密教的世界，這裡全民信教」，「他們的精神生活與物質生活沒有任何因果關係」，可以隨意「把辛辛苦苦幾十年積攢下的房屋和牲畜、物財一下全部變賣」，目的就是為了「喝酒唱歌調情」和「作為路費去拉薩……朝佛」。所以，在先鋒小説的意義上，「好的棋並不拘泥與一子一地的得失，大勢在他心裏」，「我想寫沒人寫過的東西。索性順著自己的『氣』寫，氣到哪，筆到哪，竟成了《岡底斯的誘惑》這三萬多字。」〔註29〕他還以一種「調侃」的口氣對人們説：「我想要求那些想問我什麼意思的讀者和批評家不要急於弄清什麼意思，不要先試圖挖掘涵義，別試圖先忙著做哲學意義的歸納；我要求你們先看看我的小説是否文通字順？是否故事沒講清楚明白？」〔註30〕

　　在讀這些文字時，我發現自己越來越不喜歡馬原對文學界這種「居高臨下」的口吻（從很多文章看，馬原那時在批評家面前表現得是比較「傲慢」的，自我「優越感」也很強）。不過，恰恰是這種姿態讓我們對他們「超越歷史」的策略有更深的理解和同情。因為，無論在今天還是明天，對大多數的中國人來説，誰能「真正」超越自己所生存的歷史環境？沒有一個人（即使是「偉人」）能做到這點。於是，在對歷史的困惑中出現了一個「假定主題」，這就使「超越」在這個層面上產生了可能性。而當時人們對「先鋒小説」毫無保留的閱讀和理解，不就是從這多種可能中生發出來的嗎？也就是説，上述在「先鋒文壇」和「傳統文壇」之間猶豫不決的批評家的矛盾行為在這個

〔註29〕 許振強、馬原：《關於〈岡底斯的誘惑〉的對話》，《當代作家評論》1985 年第 5 期。

〔註30〕 馬原：《哲學以外》，《當代作家評論》1987 年第 3 期。從這篇文章可以看出當年「先鋒小説」家們的自信和傲氣，大有「這點事情」你們「還不懂」的智力優越感。

意義上是可以理解的。在現實生活層面上，他們像高加林、花園街五號的主人公一樣是生活、掙扎在新舊歷史的交換點上的；但在文學層面上，「超越歷史」不光在文學界最激動人心的重新設計，也是隨著城市變革而噴發的一股新的社會浪潮。於是，在現實生活層面上不能「超越」，而在文學層面卻能「超越」，就在這種文學與歷史的「假定主題」中被建立了起來，它對 80 年代大多數作家批評家學者思想家的頭腦形成了強大的「統治」。具體到文學理論和文學批評來說，他們特別喜歡在文章中使用「故事」、「形式本體」、「語言自覺」、「語言意識」、「觀念」、「《樹王》ABC」、「微觀分析」、「解讀分析」、「虛構」、「自足」、「表層語感」、「深層語感」、「隱喻性」、「符號」、「意象」、「物象」、「心象」、「理論的觀照」、「情節模式」、「審視」、「敘述圈套」等等；特別喜歡用「反思」這個攻擊性武器把對複雜問題的討論推到一邊，十分相信「形式本位」就能處理文學的所有難題；還特別喜歡使用一些花哨並略帶一點霸道、為文學事業擔當又故意裝著歷史「局外人」的批評性語言，給人留下與現實環境「沒有任何關係」的印象。而使用西方哲學和美學術語、借用反思話語優勢而擔任「各種對立闡釋」的仲裁者，以及用「邊緣表述」來偏離、疏遠「中心表述」等等做法的目的，就是要掙脫歷史無休止的糾纏，在一種假定的後設前提中建立一個 80 年代文學中的「超驗主體或敘事自我」。目的是要把「先鋒小說」單獨從整個「當代文學」中拿出來，當作不用經過後者檢驗、過濾和監督的「文學性」的標誌。李劼偏激地聲稱：「文化的批判再偏激再深刻也不能代替文學自身的張揚和伸展，這時應該有一種新的革命，它將產生諸如小說敘事學、創作發生學」，「我個人認為，新的突破也許就在形式和語言的研究上。」〔註31〕吳亮尖銳地說：「大一統的舊理論把人們的思維禁錮得太久了」，批評的精神「革命性並非單單指向外在或歷史上的權威，而且也包括著它自己的反思。」〔註32〕程德培表示：「當我們審視作品所反映的生活時，別忘了那滲透其中的主體意識」，「當我們總結作品的社會歷史內容時，也別忘了那與個人經歷密不可分的情緒記憶。」〔註33〕蔡翔寫道：「當代創作的研究即是我們通常所手的批評」，它「對無規則的實踐比對有規

〔註31〕 李劼：《寫在即將分化之前——對「青年評論隊伍」的一種展望》，《當代作家評論》1987 年第 1 期。
〔註32〕 吳亮：《新模式的興起和它的前途》，《當代作家評論》1985 年第 3 期。
〔註33〕 程德培：《被記憶纏繞的世界——莫言創作中的童年視角》，《上海文學》1986 年第 4 期。

則的繼續投注了更多的熱情」，還依靠「理論的假定和自身的自覺」。〔註 34〕
在如何解決「先鋒小說」與「歷史」的複雜關係的難題時，王曉明更是明白
無誤地表明了立場：「文學首先是一種語言現象。這不但是指作家必須依靠
文字來表達自己的審美感受，一切所謂的文學形式首先都是一種語言形式；
更是說作家醞釀自己的審美感受的整個過程，它本身就是一種語言的過程」，
如果沒有這種認識，「一切所謂思想的深化、審美的洞察就都無從發生。」
〔註 35〕今天看來，這些議論非常「武斷」、「幼稚」且「問題成堆」，然而在當
時卻都不會成為「問題」。

　　但我們也不會滿意這些結論，而會反問：上述批評話語的「混雜交叉」、
文學「假定主題」以及宣佈「文學是語言現象」等等的背後倒底潛藏著什麼？
對它含混合複雜的歷史面目應該怎麼去分辨？我以為這都是 80 年代的特殊語
境造成的。80 年代，是一個新／舊、傳統／現代等等觀念大碰撞的年代，同
時也是「前社會主義」向「後社會主義」發生「轉型」的年代。這是一個漫
長而難耐的歷史「等待期」。同時，也是一次當代中國包括其文學「重新進城」
的隆重的歷史儀式。某種意義上，「進城」就要斬斷與「鄉村」的歷史血脈，
將拋棄前者的沉重負擔和不良形象設定為自己「再出發」的起點。而「進城」
的「先鋒小說」要鞏固自己的「灘頭陣地」，就要建立另一套文學／城市的文
學規則和文學理論。先鋒作家和批評家意識到，假如在在立場、感情、主張
等問題上無休止地爭辯下去，那麼只會深陷歷史的泥潭，重蹈當代文學前三
十年代命運。這是假定主題、超驗主體和敘事自我之出現的歷史前提，這是
先鋒文學所推出的另一套不同的「當代文學」的操作規則，這是能夠迴避重
大的歷史犧牲的一種最為理想的文學方案，也是足以被各方所接受或默認的
「文學的真實」。就在這種情景下，先鋒小說突然間「跨」過了歷史的泥沼，
「超越」了自己的現實處境，而把「當代文學」推進到了「新的歷史起點」
上。但我們不能不承認，這實在是一種「魔方式」的文學歷史變動；我們也
不能不指出，這被當時人們匆忙翻過的歷史的一頁，和其中諸多矛盾性地糾
結的許多個細節，實際上一直沒有得到應有的反省和清理。例如，「歷史」能
夠被「超越」嗎？超越的條件、準備和可能在哪裏？超越之後又將會存在哪
些問題？怎樣看待「超越歷史」這種表達方式、話語形態和體系，以及這種

〔註34〕蔡翔：《理論對文學的解釋》，《當代作家評論》1985 年第 5 期。
〔註35〕王曉明：《在語言的挑戰面前》，《當代作家評論》1986 年第 5 期。

過分奢侈的話語狂歡對當時和後來文學發展有什麼複雜的影響？如此等等。

四、怎樣理解余華、馬原的「小鎮」、「西藏」「先鋒小說」

這又回到我第三部分的問題上。前面說，「進城」後的「當代文學」通過「都市經驗」的文化洗腦，已經使一切「小鎮」、「鄉村」、「異地」的文學經驗「充分都市化」，進而把「先鋒小說」變成一種更為「有效」的文學敘述。這裡，我希望瞭解的是，余華和馬原的「小鎮」、「西藏」文學作品，是如何通過接受「都市經驗」的「篩查」而成為「先鋒小說」的。

不久前，虞金星對馬原小說創作的「前史」——西藏文學小圈子進行了細緻的梳理。他說：「我們可以注意到，由馬原、札西達娃、金志國、色波、劉偉等人組成的這個「西藏新小說」的「小圈子」，在對西藏人文地理的描述與對小說藝術形式的探索方面，幾乎是同時進行的。」〔註36〕在 1985 年前的「當代文學「中，很少有來自西藏的小說家們的身影，歷史倒是記載過饒階巴桑等詩人的名字。虞金星的研究使我們想到，小說在西藏當代文學史上是非常蕭條的，而小說的「興起」與 80 年代的「進藏熱」有直接的關係。這是因為，上世紀 50、60 年代的「援藏」主要出於政治目的，而 80 年代大學生的「進藏熱」則把「城市」、「現代化建設」等等帶到了這塊原始神秘的土地。在這個意義上，馬原和他的無以數計的「進藏戰友」無疑成為帶有城市標誌的一批「訪問者」，他們無疑是一代浪漫、理想的西藏的「旅遊者」（因之所以稱他們是「西藏的旅遊者」，是因為後來，很多人在 80 年代中期後又紛紛返回內地工作，並沒有把前者當成自己的定居地）。80 年代，隨著國內經濟建設的高漲，港臺旅遊者也把西藏作為主要旅行地之一。因此，除日益明確的小說「先鋒意識」，馬原編選小說選本的「旅遊意識」也同時萌生。他告訴程永新：「正在編西藏這本集子，二十八萬字，幾乎包括了我所有西藏題材的小說。」「另外的還有的兩部分，一是以往內地生活的，一部長篇幾個中篇；二就是這裡的已經被國內多種選本選過的西藏部分，以傳奇及想像的生活為主。我選這部分，主要考慮到讀者的興趣，海外華人多為西藏所迷惑，權為滿足這種好奇心吧？」〔註 37〕我們不能說馬原雖有歷史性的「旅遊者」身份

〔註36〕 虞金星：《以馬原為對象看先鋒小說的前史》，未刊。在文章中，他敘述了馬原進藏後的生活和文學交友情況，對我們瞭解西藏「先鋒文學」圈子以及他們與上海「先鋒文學」批評的關係，頗有幫助。

〔註37〕 參見馬原致程永新並李小林信，程永新編：《一個人的文學史·1983～2007》，

就一定會為「海外旅遊者」寫小說，但起碼已證明經由「旅遊者」經驗他已開始擁有了「都市意識」，這在他的小說寫作中悄悄安裝了一個「都市意識」的特殊裝置（此為張偉棟語）。他已經在有意識地在用這個裝置檢驗、過濾並規訓自己的小說，他雖說不是單為旅遊者寫作，但起碼是為「上海」這個 80年代中國「先鋒文學」的「製造地」而寫作的。「西藏的人文地理」，正好與「上海」先鋒文學批評和先鋒小說本身的「藝術形式的探索」發生了秘密的歷史接軌。

我們再來看余華以浙江小鎮海鹽為背景，以暴力、兇殺為敘述基調的「先鋒小說」描寫。研究者喜歡把它稱作「暴力敘述」、「極端敘述」。這都是在「先鋒小說」內部所作出的解釋，認為「先驗」、「虛構」可以營造另一種在日常生活中人看來非常「陌生化」然而又是非常「真實」的生活。對此我以前也深信不疑。但我又發現他 80年代小說中還有另一個文學型人際關係網絡：「小鎮」／「上海」、「自卑生活」／「都市消費」。它們之間的「秘密協議」，某種程度正是余華後來崛起為「著名作家」的一種巨大推動力。余華1960年4月3日出生，浙江海鹽人。1977年中學畢業，第二年從事五年牙醫工作。沒有什麼「學歷」。1983年進海鹽縣文化館，1989年調嘉興市文聯。這就是他十多年的小鎮生活。八十年代他常去上海並與格非等人交往；第一篇小說《十八歲出門遠行》發表在《北京文藝》上，但他受到《收穫》更積極的提攜。在他與文學界友人的頻繁通信中，記述了他幾年間辛苦往返於上海與海鹽和嘉興之間，並同格非、程永新等交往之間的各種有趣故事：「這次來上海才得以和你深入交往，非常愉快，本來是想趁機來上海一次，和你、格非再聚聚，但考慮到格非學外語，不便再打擾，等格非考完後我們再相約一次如何」？「我的長篇你若有興趣也讀一下，我將興奮不已，當然這要求是過分的。我只是希望你能拿出當年對待《四月三日事件》的熱情，來對待我的第一部長篇」，「刊物收到，意外地發現你的來信，此信將在文學史上顯示出重要的意義，你是極其瞭解我的創作的，毫無疑問，這封信對我來說是定音鼓。確實，重要的不是這部作品本身怎麼樣，它讓我明白了太多的道理」，「你總是在關鍵的時刻支持我。」〔註 38〕上海在使余華獲得「先鋒」眼

天津，天津人民出版社，2007年，第 34、38 頁。

〔註38〕 參見余華與程永新的通信，程永新編：《一個人的文學史・1983～2007》，天津，天津人民出版社，2007年，第 45、46 頁。

光、翻譯讀本和文學知識的同時，也把無比奢侈都市生活景象推到了這位野心勃勃的年輕作家面前。這使他愈加討厭家鄉小鎮瑣碎、平庸和單調的現實生活，加劇了它們之間的緊張關係。在上海與眾多朋友對現代派小說的精神會餐，更給了他一種烏托邦式脫離凡世當然也近於抽象的「現實觀感」，而小鎮只會使他生出永遠離開此地的強烈願望。與此同時，也使他意識到正在走向「消費化」的上海對文學需要什麼東西。在上海、海鹽和嘉興等地之間這麼無休止的辛苦奔波，使他更加深信他「本來」的「現實生活」所具有的「虛幻」的性質（在 80 年代的先鋒作家那裡，都曾發生過這種「過去生活」與「旅居生活」之間的斷裂感，而後者被認定是一種「先鋒意識」），他憤憤不平地寫道：「長期以來，我的作品都是源出於和現實的那一層緊張關係。我沉湎於想像之中，又被現實緊緊控制，我明確感受著自我的分裂」，「這過去的現實雖然充滿魅力，可它已經蒙上了一層虛幻的色彩，那裡面塞滿了個人想像和個人理解。」〔註 39〕

以上敘述令我想到在「當代文學」中從未出現過的一個專用詞：消費。我不否認現實主義文學／先鋒文學、集體認同／個人反抗至今仍然是對「先鋒小說」之興起原因的一種有效的解釋。不過，我也想提醒人們，另一歷史維度此時也許正在成為先鋒小說的強勁的助力：這就是「文學消費」正在取代「政治需要」而變成促使「當代文學」轉型的全新因素。在前面，吳亮已經發出過最為敏銳的警告，：「當前社會生活中的一個引人矚目的重大變化發生在消費領域」，「消費浪潮的興起已對我們的社會生活發生了深遠的影響」；「最能體現市場機制的莫過於通俗文學了，從定貨、寫作、付型出版、發行乃至出現在各種零售書攤上」都無不如此。〔註 40〕以先鋒小說為標誌的「純文學」的新浪潮儘管當時還以壓制「通俗文學」的狀態而存在，但是以「消費」為奉皋的通俗文學卻在用更露骨的方式幫助先鋒小說反抗並結束「當代文學」對文壇的統治。「文學消費」開始成為一種無所不在的緊箍咒，一種「文學規律」，它是「傷痕」、「反思」、「改革」等文學樣式的歷史能量在一夜之間幾乎耗盡。法國社會學家讓·波德里亞在《消費社會》一書中提出了一個對我的研究而言非常重要的概念：「集體開支與重新分配」。他認為社會中潛在存在的「等級結構」造成了各階層之間的緊張關係，那麼怎樣緩解和消除這

〔註 39〕余華：《〈活著〉前言》，武漢，長江文藝出版社，1993 年。
〔註 40〕吳亮：《文學與消費》，《上海文學》1985 年第 2 期。

種緊張對立呢？「人們試圖把消費、把不斷享用相同的物質和精神財富以及相同的產品，作為緩和社會不平等、等級以及權利和責任不斷加大的東西。〔註41〕事實上，此前的「當代文學」是一個具有「等級結構」的文學形態，各類權威性文學現象、潮流和流派通過掌握自己獨有的「社會資源」，（如十七年文學的「革命敘述」、傷痕、反思文學的「文革敘述」、改革文學的「改革敘述」等社會資源的解釋權的同時，也在壟斷著文學話語權和生產傳播權，並拼命阻止其它文學現象的成長）並對其它文學現象實行著統治。1985年後，在中國社會各個階層中開始出現的「消費熱」，在促使傳統社會「重新分配」它單一的權力的同時，也在大力地促使「傷痕」、「反思」、「改革」等文學的「放權」。在這種情況下，先鋒小說在享受文學權力的「重新分配」的同時，其實也在借助「消費浪潮」獲得對文學的新的壟斷地位。

　　陌生而神秘的邊地、落後小鎮、玄奇敘事、暴力、恐怖等等，某種程度上正是先鋒作家推給上海、北京等都市社會的最為成功的「消費文化產品」。在余華小說《現實一種》裏，「小鎮」居民山崗四歲的兒子皮皮因為厭煩躺在搖籃中的堂弟的吵鬧，在一種「潛意識」的驅使下謀殺了他。山崗得知消息後求弟弟山峰原諒皮皮。山峰讓皮皮趴在地上舔死去的堂弟的血痕來羞辱他，山崗妻子代他舔了，噁心得連連嘔吐。但山峰還不想放過哥哥全家，他從廚房拿出菜刀衝出來，要與哥哥決鬥。這種無休止地報復、羞辱終於將山崗激怒，他瞅住機會反敗為勝。他抓住山峰並用麻繩將他狠命地捆在樹幹上：

> 接著山峰感到一根麻繩從他胸口繞了過去，然後是緊緊將他貼在樹幹上，他覺得呼吸都困難起來，他說：「太緊了。」
> 「你馬上就會習慣的。」山崗說著將他上身捆綁完畢。
> 山峰覺得自己被什麼包了起來。他對山崗說：「我好像穿了很多衣服。」

幾個小時後，山峰就這樣死了。以前的研究者都對作家余華這種「極端敘述」表達了欣賞。但我覺得除了作家的非凡敘述才能，他對當代文學「敘述類型」的積極貢獻外，他似乎也在無意識地把它當作極端、新穎的「消費產品」拿給上海、北京的文學雜誌編輯和廣大讀者。我們可以設想一下，作為在「小

〔註41〕讓‧波德里亞：《消費社會》，南京，南京大學出版社，2001 年，第 15、45頁。

鎮」上出生並長大的余華，即使稍微出名後調入更大一點的「小鎮城市」嘉興的余華，他拿什麼東西來打破「等級社會」（上海／嘉興）和「等級文學結構」（《收穫》、《上海文學》／縣市文化館和文聯）對他的窒息般的精神和心理統治？這就是他必須拿出大城市作家和小市民們普遍缺乏的小鎮怪異故事和暴力敘述。某種意義上，越是「暴力」、「極端」，就越能在消費產品堆積如山、高度雷同的大城市文學市場贏得批評家、讀者的刺激性文學需求和廣泛好評。也正是在這個意義上，余華參與了對處在歷史短暫停滯時期的「當代文學」的「重新分配」的過程，並獲得前所未有的成功。這種成功在批評家樊星和趙毅衡那裡得到了認可：「余華以冷酷的《現實一種》震動了文壇。有人這麼談自己的讀後感：『他的血管裏流動著的，一定是冰碴子。』的確不錯。」「如果說《現實一種》至今是余華最出色的作品，余華的新作使我們有信心他將在中國文學史上站穩地位。」〔註 42〕

　　馬原中篇小說《岡底斯的誘惑》發表於《上海文學》1985 年第 2 期。它是「先鋒小說」的重要作品。小說總共 16 節，老兵作家、窮布、陸高、姚亮、小河、央金、頓珠、頓月、尼姆和兒子等都不是貫穿作品始終的人物，在小說中基本沒有什麼聯繫，但他們都是「自己故事」的敘述者。這種結構的故意混亂，出自作者的小說主張。這種混亂疑似馬原那種個人變幻無常的遊歷。上世紀 80 年代初畢業的大學生秉承上世紀 50、60 年代的理想主義餘脈，掀起了一股「進藏熱」。短段幾年，進藏學生迅速增長近 5000 人。一度被人稱作「中國大學生占人口比例最高的城市」。由於後來政策調整和商品經濟大潮衝擊，他們中的很多人消沉下來開始爭取內調。1985 年後，自願申請進藏的大學生人數驟減。馬原也在尋找自己的「退路」。從 1987 年 5 月 30 日、7 月 10 日致程永新的信可以看出，他正在積極活動調回家鄉遼寧省作家協會。可作協負責人金河不知怎麼態度曖昧，沒有準確回音，「好像存心過不去了」。接著有試圖去春風文藝出版社。所以，性急又缺少招數的馬原只能囑咐友人把信「寄瀋陽市省委院內《共產黨員》雜誌趙力群轉我。」〔註 43〕信件透露出心靈的真實，它進一步證明了馬原暫時性「西藏遊客」的社會身份。別的

〔註 42〕 分見樊星：《人性惡的證明——余華小說論（1984～1988）》，《當代作家評論》1989 年第 2 期；趙毅衡：《非語義化的凱旋——細讀余華》，《當代作家評論》1991 年第 2 期。

〔註 43〕 參見馬原致程永新並李小林信，程永新編：《一個人的文學史·1983～2007》，天津，天津人民出版社，2007 年，第 35、36 頁。

遊客可能只在西藏呆上幾天，馬原與他們的區別是呆了 7 年。但時間雖有差異，「身份」卻完全相同，具有驚人的一致性。從這個角度看，《岡底斯的誘惑》在文體上實際是先鋒作家馬原的「遊記體小說」，他驚羨於西藏山川、神話和傳說的詭秘神奇，以一個「外來者」的眼光和筆調記下了自己的感觸。他以「消費西藏」的文學方式，成為 80 年代先鋒小說「家族」的一員。他更是通過「消費西藏」的方式，使西藏這個偏遠的邊地在人們對小說的刺激性閱讀中被充分地「都市化」，因為任何足不出戶的中產階級婦女和大學生讀者都會以為老兵作家、窮布、陸高、姚亮、小河、央金、頓珠、頓月、尼姆就是自己身邊的人物，這是「發生」在身邊的故事。借助這次「漫長旅遊」的「西藏消費」使馬原如願以償地進入當代文學史的長廊。但離開西藏之後，除幾篇零星的作品之外，馬原幾乎再寫不出小說。他轉向了影視改編、製作等大眾文化的生產領域，但最終以失敗而告終。這種歷史分析好像背離了小說文本，然而在某種程度上，它把陸高、姚亮的「小說故事」與作家本人的「現實故事」串聯到了一起。小說不光是作家天馬行空的想像和虛構，同時也是作家生活的某種隱喻。所有的作家都通過描寫「自己的生活」來影射「所有人的生活」，進而揭示社會、時代生活的深刻真相。蘇珊·桑塔格在《疾病的隱喻》一書中曾談到各種傳染性流行病如何被一步步「隱喻化」的問題，她提醒人們注意從「僅僅是身體的一種病」轉換成一種道德評判或者政治態度，這樣就會從對疾病的關注轉化成對關於疾病的「隱喻」的關注。〔註 44〕《岡底斯的誘惑》如果這樣看，可能更大意義上是一種對先鋒小說無法真正歸化中國文化土壤和文學大地的命運的隱喻。正像蘇珊·桑塔格所說，如果把疾病轉換成一種道德評判或政治態度，就會把對疾病的關注轉化成為關於疾病的隱喻一樣，某種程度上，1980 年代人們對先鋒小說的「關注」，實際轉化成了對關於先鋒小說「隱喻」的「關注」本身。這就是，凡是與傳統的「社會主義現實主義文學」不同，凡是規避革命、鄉村、城市等宏大文學場景而轉向陌生神秘邊地、落後小鎮、玄奇敘事、暴力、恐怖，手法怪異且作家感官異常的「文學書寫」，而且宣稱是「先鋒小說經驗」的，讀者都會把他們看作「真正」的「先鋒作家」或「先鋒小說」。

　　從以上敘述可以發現，當年存在的「先鋒小說」，實際正是 80 年代中國

〔註 44〕 蘇珊·桑塔格：《疾病的隱喻·譯者卷首語》，程巍譯，上海譯文出版社，2003年。

的「城市改革」所催生，並由上海都市文化、眾多「探索小說」、「新潮小說」、「超越歷史」假定主題，以及馬原、余華小說奇異故事等紛紛參與其中的非常豐富而多質的先鋒實驗。但「城市改革」的多元文化主張，並沒有真正促成「先鋒小說」向著多樣性的方向而發展，形成百舸爭流的文學流派，相反它最後卻被樹為一尊。這種一派獨大的文學現象，有可能會在文學史撰寫、教育和傳播中長期地存在。雖然我在文章中力圖「還原」它文學生態的駁雜性，呈現當時人們對它不同的甚至分歧很大的理解，然而它的「歷史形象」早已經被固定化，要想「改寫」將會遇到極大的困難。在此基礎上我進一步認識到，「今天」的當代文學史，事實上被塑造成了一部以「先鋒趣味」、「先鋒標準」為中心而在許多研究者那裡不容置疑的文學史。它已經相當深入地滲透到目前的文學批評和文學史觀念之中，正在潛移默化地影響和支配著今天與明天的文學。

2008.10.21 於北京森林大第

2008.11.13 修改

2008.11.14 再改

在「尋根文學」周邊

　　「尋根文學」從 1985 年提出至今已經 24 週年，與它重要的文學史地位相比，對其中問題的質疑性討論也同樣醒目。〔註 1〕因此，有必要對這一文學史概念做重新觀察。我感興趣的問題有:「傳統」的「當代化」,「文化之根」的「國際化」,尋根小說與被建構的「窮鄉僻壤」之關係，以及「尋根小說」與「鄉土小說」、「農村題材小說」的共時性和差異性等等。不少研究者樂意將「尋根文學」從「當代文學」中拿出來並看作「完全不同」的東西，我不是要將它再放進去，而是想瞭解當年在它的「周邊」究竟發生了什麼。

〔註 1〕 參見查建英在《八十年代訪談錄》中對阿城的「訪談」(2004 年 9 月 8 日)，
　　　　北京，三聯書店，2006 年，第 15～65 頁。在對自己和那個時代的歷史清理中，
　　　　阿城使用的是「文化保守主義」的知識資源，不過，他對歷史教訓的反思和
　　　　文化建設的設想，仍有一定的可取之處。在查建英的《八十年代訪談錄》中，
　　　　阿城表示:「我的文化構成讓我知道根是什麼，我不要尋。韓少功有點突然發
　　　　現一種新東西。原來整個在共和國的單一構成裏，突然發現其實是熟視無睹
　　　　的東西。」他認爲，韓少功改變了「尋根」的方向，把它引向「舊有的意識
　　　　形態」即「改造國民性」上去了，這是尋根文學出現問題的原因所在。(北京，
　　　　三聯書店，2006 年) 張旭東在《從「朦朧詩」到「新小說」——新時期文學
　　　　的階段論與意識形態》一文中，與阿城的看法不同，儘管他認爲李陀尋根小
　　　　說表面上的美學保守主義可視爲向「中心話語」或「毛文體」挑戰的語言策
　　　　略的觀點「富有啓發性」，仍然批評「尋根文學」是一種「『遺老』氣頗重」
　　　　的現象。參見他的著作《幻想的秩序》，倫敦，牛津大學出版社，1997 年，第
　　　　240 頁。張旭東與阿城、李陀觀點的分歧，可能是來自年齡和歷史經驗的差異
　　　　性，但也說明這個文學史概念本身還潛藏著許多需要重新挖掘、辨析和討論
　　　　的問題。

一、「傳統」的「當代化」

如何將「傳統」充分地「當代化」，也許是中國現當代文學最主要的焦慮之一。梁啓超說：「過渡時代，必言革命。然革命者，當革其精神」，「能以舊風格含新意境，斯可以舉革命之實矣。」〔註2〕陳獨秀說：「凡屬貴族文學，古典文學」，「均在排斥之列」，應該「建設明瞭的通俗的社會文學。」〔註3〕毛澤東寫道：「駁俞平伯的兩篇文章附上，請一閱。這是三十多年以來向所謂紅樓夢研究權威作家的錯誤觀點的第一次認眞的開火。」〔註4〕周揚強調：「新詩也有很大缺點，最根本的缺點就是還沒有和勞動群眾很好的結合，群眾感覺許多新詩並沒有眞實地反映他們的生活、思想和感情」。〔註5〕這些話語的背景雖然不同，它們所指的「傳統」也比較含混、多元和矛盾，但它們所強調的「當代化」無疑都包含著如何排斥、改造、轉譯和重裝傳統資源的用意。這是我們認識「尋根文學」爲何發生和爲什麼會以這種方式發生的一個關節點。

1985 年提出了「尋根文學」之說。尋根主張者顯然與文學前輩一樣有著強烈的焦慮不安。這種焦慮不僅表現在與當代文學其它現象的差異性上，而且也表現在其內部的差異性上。阿城是在「新儒學」立場上質疑作爲當代文學主要「傳統」資源的「五四」和「文革」的，他說：「五四運動在社會變革中有著不容否定的進步意義，但它較全面地對民族文化的虛無主義態度，加上中國社會一直動蕩不安，使民族文化斷裂，延續至今。『文化大革命』更其徹底，把民族文化判給階級文化，橫掃一遍，我們差點連遮羞也沒有了。胡適先生掃了舊文化之後，又去整理國故，而且在禪宗的研究上載了跟頭。邏輯實證的方法確是科學的方法，但方法成爲本體，自然不能明白研究客體的本體，而失去科學的意義。」〔註6〕而韓少功對「文革」的反思明顯是來自 80

〔註2〕 梁啓超：《夏威夷遊記》，《飲冰室合集・文集之二十二》，上海，中華書局，1936 年。

〔註3〕 陳獨秀：《文學革命論》，《新青年》第 2 卷第 6 號，1917 年 2 月。

〔註4〕 毛澤東：《關於紅樓夢研究問題的信》（1954 年 10 月 16 日），1967 年 5 月 27 日《人民日報》、《解放軍報》。

〔註5〕 周揚：《新民歌開拓了詩歌的新道路》，《紅旗》1958 年第 1 期。

〔註6〕 參見查建英在《八十年代訪談錄》中對阿城的「訪談」（2004 年 9 月 8 日），北京，三聯書店，2006 年，第 15～65 頁。在對自己和那個時代的歷史清理中，阿城使用的是「文化保守主義」的知識資源，不過，他對歷史教訓的反思和文化建設的設想，仍有一定的可取之處。

年代「新啓蒙」的資源。韓少功在「尋根」主張中注入「改造國民性」的因素，表明他對「傳統」的理解，沒有超出「新啓蒙」的範疇。也就是說，在同爲「尋根派」的阿城和韓少功的理論儲備裏，有兩個「傳統」，支持著它們的是兩個不同的「當代觀」。如果說，80 年代新啓蒙文化思潮試圖以「五四傳統」來改造「文革傳統」，從而實現 80 年代的「文化環境」的優化也即「當代化」的話，那麼，阿城則把「五四」和「文革」都看成近代以來激進主義「文化傳統」的組件之一。在他看來，「五四」文化激進主義與「文革」文化激進主義實際來自同一個歷史光譜，正是它們造成了民族文化的「虛無主義」並貽害至今，不徹底拋棄、遺忘這一「傳統」，當代文學就不可能是與「世界文化」進行眞正的對話，它的「當代化」目標就無法實現。學界認爲近代以來中國思想界有三種文化思潮，即所謂激進主義、文化保守主義和自由主義等，由於現當代中國社會的特殊性，後來激進主義文化思潮取而代之成爲主要的文化思潮，這種說法當然還有進一步商榷的餘地。但如果這樣粗略點看，那麼韓少功和80 年代文化思潮對「傳統」的理解方式，則應與從梁啓超到周揚這一脈絡接近，屬於激進主義文化思潮的裝置系統。而阿城走的可能是《學衡》和林紓這一路線，帶有較濃厚的文化保守主義思潮色彩。我這樣做不是像過去那樣對文學現象進行一般的「知識歸類」或「立場確認」，如果這樣下面的討論就失去了意義。我不得不如此表述，實際還是爲了回應前面提出的，即去「認識『尋根文學』爲何發生和爲什麼會以這種方式發生」的問題。由此可知，阿城等人的「尋根」主張雖然是80 年代文化思潮的一個分支，但它的文化訴求卻走向了另一方面。這種不同於大潮流的文化訴求表明，他們無意用一個被「虛構」的「五四傳統」來修復被破壞的「傳統」，而是想「繞過」近百年的中國革命，回到「古代」之中，請回一個「完整」的「傳統」來重新構築「當代」的社會根基。

　　從上述表述看，除韓少功外，多數尋根派都傾向用「文化保守主義」來置換「當代文化」的「傳統」。這就使他們有意偏離現當代文學的「主流」知識譜系，試圖將沉睡百年的那個「路不拾遺」、「夜不閉戶」的「文化傳統」縱向移植到「當代社會」中來。李慶西說：「我們的文學批評是否也應該放棄那種宗教裁判式的權威架勢，眞正著眼於當今的文學潮流，從中領悟一些東西？」〔註 7〕鄭義說：「本來，對時下許多文學缺乏文化因素深感不滿，便爲

〔註 7〕 李慶西：《論文學批評的當代意識》，《文學評論》1985 年第 4 期。

自己訂下一條：作品是否文學，主要視作品能否進入民族文化。不能進入文化的，再熱鬧，亦是一時」。「《遠村》、《老井》裏多少有一點兒文化的意向，但表現出來的，又如此令人汗顏。不敢提及文化二字。《老井》初稿大約寫了十口井，每一口井都有一段井史，也多少有點文化的意味。」〔註8〕批評家對李杭育的「印象」是：「他尊重切身經驗，又能無中生有地重塑他心目中的村落、河流和人群」，「他毫不懷疑自己目前所做的事——采風、考據、實地察訪、親身體驗、聽野史秘聞、記錄村夫老嫗的風土掌故」。〔註9〕這些「自述」和「他述」都讓人聯想到古代社會坐忘山林的名士遺老，它們顯然在講述一個「當代社會」不存在但又希望移植到這裡來的充滿「文化意味」的傳統故事。80年代，鑒於「世界」、「現代化」、「文化批判」等等顯赫敘事壟斷一切，遮天蔽日，沒人會注意「尋根」等一干人竟想從主流敘事中另闢一條曲折和寂寞的小路；他們無意象那些著名批評家、教授們高舉「啟蒙救亡」的大旗，把當時的文化舞臺弄得天翻地覆，而是學著竹林七賢、顧炎武們悄悄地在精神生活上「歸隱山林」。由於「尋根文學」當時已被「啟蒙救亡」知識軌道招安，所以人們沒有真正看清尋根主張者這一潛在的文化玄機。

　　當然我意識到，討論這個問題太過複雜，至少現在時機還不成熟。我們一起來看一個作品個案。王一生是阿城小說《棋王》中的一個知青。但你感覺他被作者從「知青小說」題材中剝離出來，變成知青群體中的一個「異數」，言談容貌和精神狀態都類似「活在當代」的竹林七賢。這種處理，恐怕不是一個簡單的「文學史事變」，不是題材革新，而是一種正在當代文學中出現的嶄新的文化想像方式。「知青」是一種「政策」意義上歷史現象，「尋根」則不想再按照這種「政策文學「的思路去出牌，它試圖通過「文學變軌」的方式脫離文學對重大政治生活的過分依賴。就在這種變化中，王一生的「知青形象」經歷了一個不被文學史家所察覺的被拆解的過程，他被重新組裝成「另一個人」，被賦予了一種高於「當代人」的文化境界和精神水準。1949年後的中國社會，在不同歷史階段都出現過這種高於「一般群眾」的「另類人物」，如「土改隊員」、「宣傳隊」、「下鄉幹部」、「先進人物」、「青年突擊手」、「三八紅旗手」、「軍宣隊」、「工宣隊」、「示範崗」、「知識分子的傑出代表」等等。這些精神抽象而且面目模糊的歷史人物，使得一種全新的文化想像方式在當

〔註8〕　鄭義：《跨越文化斷裂帶》，1985年7月13日《文藝報》。
〔註9〕　吳亮：《孤獨與合群——李杭育印象》，《當代作家評論》1985年第6期。

代中國變得理所當然。作家阿城就生活在這一文化氛圍之中，他儘管在 80 年代試圖另闢蹊徑，但他的文學思維不可能不受到這種文化想像方式的深刻影響。而在我看來，只有警覺「尋根」這種過於「理想化」的自我表達方式，我們才可能對它產生更深透的理解和歷史同情。王一生原來是在以「避世」的方式反抗不理想的文化狀況，從而為「當代」做出某種精神道德的承諾和示範，就像上述那些傑出人物經常為民眾所做的那樣：「人漸漸散了，王一生還有些木。我忽然覺出左手還攥著那個棋子，就張了手給王一生看。王一生呆呆地盯著，似乎不認得，可喉嚨裏就有了響聲，猛然『哇』的一聲吐出一些黏液，眼淚就流了出來」。對當時讀者來說，這裡具有一種「看似無聲卻有聲」的歷史效果，因為他「發現」了生活的「意義」。請注意，這是他「個人」發現的，而不是通常所說的被一種更高級的力量所「事先知道」的。而這種發現是在告知人們，應該主動離開「宏大的教導」，而選擇做一個「遺世獨立」的人。這就是「尋根文學」的魅力和歷史複雜性。它產生於當代文化土壤，但又發布聲明與它「決裂」。這就是很有意思的歷史一幕。莫言《透明的紅蘿蔔》裏也有這種精彩的「脫世」描寫：「劉副主任的話，黑孩一句也沒聽到。他的兩根細胳膊拐在石欄杆上，雙手夾住羊角錘。他聽到黃麻地裏響著鳥叫般的音樂和音樂般的秋蟲鳴唱。」「他夢中見過一次火車，那是一個獨眼的怪物，趴著跑，比馬還快，要是站著跑呢？那次夢中，火車剛站起來，他就被後娘的掃炕條帚打醒了。」說老實話，當年我讀這兩個經典的文學片斷時，都曾產生過拍案驚奇的感受。但今天我終於知道，這些情景是故意從古代社會「縱向移植」來的。我當過知青，身邊從未有過這類心境如此高古、超脫和忘我的知青夥伴。但在當時的文學氛圍（實際是文學氛圍的暗示）的範導（李建立博士常用的一個詞）下，我還真有過為這些當代文學中「從未有過」的人物描寫而激動的經歷。當然，這麼說不是要否定它們的文學價值，而是強調應該關注它們背後的知識邏輯和歷史根據。我意識到，這種把古代社會「縱向移植」到當代社會的文學實踐之所以獲得成功，就是因為「80 年代」的當代社會由於剛剛經歷全面徹底的文化崩潰，它需要一種更自在、自足、平靜和和諧的文化資源來加以修復。這種急不可待的心靈期待，使人們不至於懷疑這種被尋根作家如此大膽地「構築」出來的理想化「傳統」的真實性，也正因為這種期待，使尋根意義上的「傳統」與「當代」成功對接，最終實現了它的「當代轉化」。

二、「文化之根」的「國際化」

我想文學史研究有多種進入方式，最常見就是「順著」已有的「成果」去說，另一種方式可能是找一找當時大家都不太注意的一個角落。

這個「角落」就是 1985 年前後許多中國作家的出國訪問。迄今為止的「尋根」研究都不太注意這一點。1982 年王蒙在美國紐約參加文學研討會後，又到新英格蘭地區遊覽了若干天，頻繁見各國作家。1984 年接著去德國，「我們在西柏林度過了難忘的幾天，住在美國的連鎖酒店，Lnter Continental（洲際），大門是旋轉的擋風玻璃門。按照那兒的習慣，我們的晚間應酬極多，常常深夜才回到酒店。」〔註 10〕在美國舊金山，韓少功雖然因為與西方作家、學者在「文革」和「格瓦拉」等問題上爭論而懊惱，還嘲笑過對方對「中國歷史」的「無知」，卻不忘興奮地寫道：「又有幾家商店熄燈了。天地俱寂，偶有一絲轎車的沙沙聲碾過大街，也劃不破舊金山的靜夜。弗蘭姬揚揚手，送來最後一朵蒼白的微笑」。〔註11〕對 80 年代大多數中國人來說，「轎車」這個詞是對「未來世界」的最富戲劇性的想像。王蒙在他著名的小說《蝴蝶》中，就為我們描述過主人公張思遠「官復原職」之後如何在「轎車的沙沙聲」裏重返城市的情景（那時我在外地一個寂寞的中等城市教書和生活，這段描寫構成了我對小說中出現的自己國家那個陌生而遙遠的偉大首都極其新奇而激動的想像）。而我們知道，「弗蘭姬－蒼白的微笑」，讓人聯想起徐志摩 50 多年的小詩《沙揚娜拉》對日本少女的經典記述。王安憶也告訴過研究者她在法蘭克福國際書市一段「有驚無險」的「奇遇」。她在一次早餐上正為看不到一個中國人而感到「很失望」時，一位不認識的愛爾蘭商人走上來邀請她吃飯（估計是為表達潛在的愛慕）。等她緊張地回到房間，驚魂未定又響起一串「電話鈴響」。不過，這次卻是意大利男作家約她去漢瑟出版社談著作出版社事宜。〔註12〕這個「文學史角落」告訴研究者，1980 年代的「中國作

〔註10〕 《王蒙自傳‧大塊文章》第二部，廣州，花城出版社，2007 年，第 232、237頁。

〔註11〕 韓少功：《仍有人仰望星空》，《藍蓋子》，瀋陽，春風文藝出版社，2002 年，第 299～302 頁。

〔註12〕 王安憶：《法蘭克福》，《接近新世紀——王安憶散文新作》，杭州，浙江文藝出版社，1998 年，第 127、128 頁。作者對她下榻的「HOLIDAY INN（度假村）」周圍美麗安靜的氛圍，以及在高速公路上，「心中不由駭怕起來，騰騰地跳著，眼睛緊盯著前邊司機的後腦勺，不曉得此人會不會是歹徒」的缺乏出國經驗的心態，也都有精彩的描述。

家」開始具備「國際作家」的身份，他們飛行於東西方之間，正在豐富自己的「出國經驗」，視野也已經相當地「國際化」。與此同時，「尋根文學」的旁邊，正在堆積當時普通人難以想像的「連鎖酒店（洲際）」、「旋轉的擋風玻璃門」、「轎車沙沙聲」、「愛爾蘭商人追逐」、「西方美女」等等文化因素。（研究者不應該忘記，韓少功、王安憶和我是同齡人，當年我和很多尋根文學的熱情閱讀者都還蜇居在小城且默默無聞，他們已經在國際空域飛來飛去，作為中國人民的「文化使者」與外國友人握手、擁抱、碰杯並頻頻祝願雙方「身體健康」。我意識到這是我一生都難以填平的「差距」）。一定意義上，它就是我們這代讀者與「尋根作家」難以拉近的時空距離。這種距離使我們費勁想像「尋根文學」的神秘、陌生、遙遠、西化等等。為什麼它至今還在文學史中巍然矗立，誰都不能不去閱讀它、引用它、闡釋它和傳播它，這都是因為它當時就與廣大讀者有一個無法縮小的「陌生化距離」。

　　以前研究者習慣從「文學內部」的角度來看待「尋根文學」的發生。基於這樣的考察維度，就會認為，出於對「文革文學」的不滿，必然會爆發「傷痕文學」、「反思文學」浪潮；而由於前者缺乏當時最為推崇的「文學自主性」、「本體性」，於是「尋根」、「先鋒」的文學主張便會水到渠成而沒有懸念。僅僅從「國內文學」角度看，這種結論當然沒有問題。不過，不要忘記這時候很多作家已經具有了「國際文學」的身份想像和期待空間，也就是「當代文學」有了新的參照，它不需要只參照「國內問題」（如「文革」、「反右」等等）。更需要指出的是，也已經不再是80年代初的「文學想像」主要發端於中國社會科學院外國文學研究所的文學翻譯的那種情形。後者的工作僅僅停留在「紙面」，它們與被翻譯文本還隔著浩瀚無際和難以超越的太平洋（很多翻譯家還未出過國呢）。如果說，此前人們與「被翻譯」的「國際作家」只能在作品文本中交談，那這時就可以看到真人、且面對面地與他們討論文學、文化、國別、民族、前後殖民甚至私人問題了。「國際文學」不再是外國文學研究所意義上的「翻譯文學」，而被轉移並具體落實到了「轎車」、「紐約」、「舊金山」、「法蘭克福國際書市」、「連鎖酒店」、「騷擾女作家的愛爾蘭商人」、「漢瑟出版社」等等現實的細節之中。中國作家此時都強烈地意識到，他（她）不應該只看到「國內」那點「當代文學」，眼裏只有那麼一點「文學論爭」，什麼「人道主義」呀、「清污」呀、「主體性」呀、「向內轉」呀、「意識流」呀等等；他們得登上新的國家文化的列車，更換另一種理解文學和創作文學的眼

光。這種眼光就是按照國際慣例和標準評價國內文學，它的目的之一是從這種評價體系中「理出」一個自己的「文化之根」。

既然已經把「作家出訪」作為尋根文學「外部研究」的一個立足點，我們就不妨繼續深入關注與之緊密相關的其它元素，例如他們的「演說」、「論文」等等。一個時期當代作家這種文體的大量出現和密集增加，具有「文學史晴雨錶」的作用，表明了它的轉折、調整、轉型、超越、態度等微妙的跡象。

此刻，韓少功在「國際文學研討會」上的演說明顯引進了「比較文學」的視角，它在強化與人辯論的色彩。「比較文學」這個突然闖入當代文學之中新的「他者」，轉移了這位作家對國內歷史問題的興趣，使他變成了憂心忡忡的文化史專家，「文化」、「語言」在演說中的重要性急速上升，成為他思考歷史和文學問題時的「關鍵詞」。他與一位正在散發左翼文化老照片的英國姑娘有一個深有意味的對話：「你到過中國嗎？」「沒有。」她臉上浮出蒼白的微笑。「你為什麼贊成『文化大革命』呢？」「『文化大革命』是無產階級的希望。沒有革命，這個社會怎麼能夠改造？」「我是中國大陸來的，我可以告訴你，就是在這些照片拍下來的時候（我指了指傳單）」，「成千上萬的人被迫害致死，包括我的老師，包括我的父親。」噢，很抱歉，「人民在那個時候有大字報，有管理社會的權利。」這種文化的差異，給了他極深的印象。〔註 13〕在巴黎一次文學酒會上，他為主人只講英語把中國大陸文化人晾在一邊感到惱怒：「中文是世界上四分之一的人口所使用的語言，包容了幾千年浩瀚典籍的語言，曾經被屈原、司馬遷、李白、蘇東坡、曹雪芹、魯迅推向美的高峰和勝境的語言，現在卻被中國人忙不迭視為下等人的標記，避之不及。」他還從都德小說《最後一課》聯想到很嚴重的問題：「我猜想一個民族的衰亡，首先是從文化開始的，從語言開始的。」在國際「文化」、「語言」、「氛圍」、「境遇」等無形的壓力下，這位作家傷感地寫道：「民族是昨天的長長留影。它特定的地貌，特定的面容、裝著和歌謠，一幅幅詩意圖景正在遠去和模糊。」〔註 14〕他不禁從內心深處產生出極其強烈地試圖「拯救」民族文化的歷史衝動。我們翻閱 1980 年代中國作家、詩人出訪歸來後的大量「遊記」、「論

〔註13〕韓少功：《仍有人仰望星空》，《藍蓋子》，瀋陽，春風文藝出版社，2002 年，第 299～302 頁。

〔註14〕韓少功：《世界》，《藍蓋子》，瀋陽，春風文藝出版社，2002 年，第 321～342頁。

文」、「演說」、「隨筆」，會發現「文化」、「漢語」、「多元」、「本土」、「傳統文化」等等詞彙遍佈這些文章的字裏行間。我們的感覺是，它們正在爲徘徊在1985年十字路口的「當代文學」重新繪製一份新的歷史路標。

　　另一個值得注意的現象，是世界文學大師的名字、作品在「尋根」作家文章中明顯增多。這說明，「當代文學」出現國內陷入困境，出現了「滯銷」現象，尋根作家正在轉移文學資本，「國際漢學界」事實上已經成爲中國文學之外銷的「海關」。而要「通關」就要認眞研究並遵守諸多繁富而複雜的「國家質量標準」，對文學產品而言，這些標準正是由這些世界文學大師的經典作品爲藍本的。爲此，我做了一個簡單統計：韓少功那個時期文章中有薩特、海明威、艾特瑪托夫、丹納、大仲馬，〔註15〕鄭萬隆文章中有福克納，〔註16〕阿城文章中有巴爾扎克、海明威、福克納、勞倫斯，〔註17〕李杭育文章中有胡安・魯爾佛、希臘、印度文學，〔註18〕王安憶、陳村對話中有馬爾克斯、福克納、魔幻現實主義、《敗壞了赫德萊堡的人》，〔註19〕賈平凹文章中有川端康成、馬爾克斯等等。〔註20〕閱讀這些文章，我覺得不能受其「字面」表述的影響，應該「由表及裏」地讀出眞正的文本效果。這個文本效果是：這些世界文學大師日漸成爲尋根作家創作的尺度、樣板和目標，而屈原、司馬遷、李白、蘇東坡、曹雪芹、魯迅在這篇描述當代文學大轉型的文章裏起著「注釋」的作用。這些「注釋」是要表明，中國文學的「根」已在「當代」中斷，而要「激活」它的「文化傳統」，需要的正是確立「世界文學大師」的新的質量標準。這些「注釋」被用來「反抗」曾經蔑視、顛覆「文化傳統」的「當代文化」，因此它們的作用表明反抗並不是最後的目的，而是通過另外的途徑進行文學的重建。顯然，尋根作家試圖建構的不是以這些中國經典作家爲線索、爲根據的「文學的根」，而實際是符合上述世界文學大師要求、趣味和審美原則的那種「文學的根」。也就是說，這種「文學之根」是經過「國際標準」審核、符合其質量要求後出現的一種新的文學範式。否則就無法理

〔註15〕　韓少功：《文學的「根」》，《作家》1985年第4期。

〔註16〕　鄭萬隆：《我的根》，《上海文學》1985年第5期。

〔註17〕　阿城：《文化制約著人類》，1985年7月6日《文藝報》。

〔註18〕　李杭育：《理一理我們的「根」》，《作家》1985年第9期。

〔註19〕　王安憶、陳村：《關於〈小鮑莊〉的對話》，《上海文學》1985年第9期。

〔註20〕　賈平凹：《四十歲說》，梁穎編：《賈平凹研究資料》，山東文藝出版社，2006年，第16～18頁。

解，爲什麼1980年代，尋根作家何以會紛紛突出「中國形象」的「落後性」，放大人物原型的畸形狀態，密集地跑到大興安領的鄂溫克、黑龍江的鄂倫春、湘西、商州、呂梁等等那些甚至連普通中國人都不感興趣的地方去玩命地尋求「文化珍寶」。因爲在以歐洲文化爲中心的「國際漢學」的視野裏，這正是他們所希望看到的「第三世界國家」、「後發展國家形象」。這正是「翻譯」中的「東方」，是被西方話語所「建構」的「中國」，它正是繁榮了幾百年的「資本主義」可以向「東方」肆意炫耀的歷史著眼點。就這樣，「國際標準」匪夷所思地成爲挽救「當代文學」之危機的超乎尋常的因素。

在這個意義上，被「國際化標準」的探照燈照亮「文化之根」，正是1980年代的「文學的根」。過去我不明白韓少功等人爲什麼總喜歡暴露中國人的畸形形象，現在我漸有醒悟：丙崽「三五年過去了，七八年過去了，他還是只能說這兩句話，而且眼目無神，行動呆滯，畸形的腦袋倒很大，像個倒豎的青皮葫蘆」。(《爸爸爸》)我曾經佩服李銳對山西呂梁「原始鄉村」近於「木刻般」的精彩描繪，現在卻懷疑那文本早有暗藏著對瑞典皇家文學委員會的某種心理期許：「他沒笑，笑不出來。忽然覺得山裏的白晝竟是這樣地悠長，淡得發白的天上空蕩蕩地懸著一顆孤單的太陽。去駄碳的那個煤窯離村子二十五里路呢，眞是太遠，太長。(《駄碳》，《厚土》系列)莫言的「紅高粱」文學敘事在當時曾轟動一時，並被改編成電影廣爲人知，但今天我能夠知道，那不是他最好的作品，至少不是他處在最好狀態時的創作：「余占鰲把大蓑衣脫下來，用腳踩斷了數十顆高粱，在高粱的屍體上鋪上了蓑衣。他把奶奶抱到蓑衣上。奶奶神魂出舍，望著他脫裸的胸膛，彷彿看到強勁剽悍的血液在他黝黑的皮膚下川流不息。高粱梢頭，薄氣嫋嫋，四面八方響著高粱生長的聲音。風平，浪靜，一道道爍目的潮濕陽光，在高粱縫隙裏交叉掃射。奶奶心頭撞鹿，潛藏了十六年的情慾，迸然炸裂。」「余占鰲粗魯地撕開奶奶的胸衣」，「在他的剛勁動作下，尖刻銳利的痛楚和幸福磨礪著奶奶的神經，奶奶低沉暗啞地叫了一聲：『天哪……』就暈了過去。」(《紅高粱》)這些小說描寫，是讀者過去在古代中國小說（包括民間傳奇）中經常見到的場景，現在被「國際化」文學規則確定爲中華民族的「文化之根」；過去是作家對故鄉軼事飛石跑馬般的想像，現在是福克納、馬爾克斯文學生產線上的「合格作品」；出國前這些都是尋常不過的「日常敘述」，訪問歸來後卻驚訝發現這裡原來蘊藏著「我們的根」。一場不可理喻的文學史之變，就在這高粱

地裏合乎情理地完成。

三、不斷被構造的「窮鄉僻壤」

　　中國鄉村向來沒有講述自己歷史的話語權，人們所知道的鄉村形象是被智者先賢的文章構造出來的。古代詩人把它比作精神生活上的「世外桃源」，這就是陶淵明的「採菊東籬下，悠然見南山」的美妙景象。到現代，鄉村被五四作家描繪成不可救藥的「窮鄉僻壤」，他們在理想化的西方現代性鏡象中，發掘出中國鄉村的「落後性」、「愚昧性」，這就是魯迅那些經常挖苦、嘲笑和扭曲農民形象的經典小說。

　　鄉村形象在當代文學中經歷的是過分浪漫化和再次妖魔化的歷史。它之所以在 80 年代的小說和電影中被妖魔化或臉譜化，是由於「國際資本「這時開始參與中國市場的分配，文學藝術領域的「國際標準」（諸如「諾貝爾獎」、「奧斯卡獎」、「威尼斯電影獎」等），要求中國作家和電影導演再一次去開掘這一價廉物美的文化礦藏。尋根電影和小說作家都不約而同以突出「中國形象」的「落後性」，放大人物的畸形狀態，來接受這些標準的「審核」、「驗收」和「放關」。簡而言之，就像五四時代一樣，「世界文學」已經深度介入到 80 年代的「當代文學」的建構之中。正如阿城所指出的：「最近又常聽說，我國的文學，在本世紀末將達到世界文學先進水平。這種預測以近年中國文學現狀爲根據」。〔註21〕當時，到處都響遍「只有民族的，才是世界的」的「主旋律」，很多人都在動腦筋怎樣去參加文化意義上的「世界博覽會」。但是，1980 年代的中國不像今天有如此輝煌令人驕傲的奧運會開幕式、超強多的金牌、鳥巢、水立方、國家大劇院，當時社會經濟與文化可以說是「一窮二白」，好像又回到「五四」時代的起點。於是，張藝謀、陳凱歌、韓少功、阿城、莫言們就拿最具「民族性」的中國貧瘠的鄉村跟西方作家、讀者和漢學家說事了，他們在那裡建立了自己的「生活基地」。今天作爲開幕式導演的張藝謀開始從容地抖落五千年文化的「畫軸」了，可那時候，土得掉渣且形象萎瑣的他滿目皆是「大紅燈籠高高掛」的多妻景象，是「菊豆」的愚昧大膽，是「紅高粱地」的粗野醜陋。極力尋找、挖掘和演繹中國鄉村的「落後性」，以強烈地吸引「好萊塢」的眼光，這就是張藝謀和所謂「第五代導演」所進行的大概是近代以來對中國形象最瘋狂和最愚蠢的歷史

〔註21〕阿城：《文化制約著人類》，1985 年 7 月 6 日《文藝報》。

敘事之一。

　　中國鄉村為什麼會被構造成「窮鄉僻壤」的形象有其複雜的歷史和文化原因，這顯然不是本文討論的問題。我感興趣的是上述現象中有一個值得注意的「秘密結構」。具體點說，就是在尋根作品中，對鄉村社會和人物的「人道同情」這一裝置正在被文化考察的裝置所置換，它正在變成被「展示」的「文化飾品」。一種要拿出來「給人看」的文學理論訴求，正在影響著文學作品的主題、題材、結構和創作的具體過程。為此我想比較一下經濟學家與作家韓少功心目中的湘西地區的差異性。

　　在從事區域發展戰略與農業生態建設研究的中國科學院長沙農業現代化研究員王克林看來，湘西地區的「落後」已經到了非常危機的地步：「喀斯特山區屬於典型的生態脆弱地帶」，「湘西山區中部和東部為逐漸遞降的山地」，「為喀斯特裸露山地疊置和向深性發育區，多為鹼性或中性石灰土及粗骨土」。個別地方「雖有較厚土層，但疊置發育漏斗、落水洞，易乾旱缺水。因此宜農地僅占土地總面積的 9%，可墾宜農地基本已墾完」，而「人口劇增與開發行為的短期化是近期生態環境退化的主導因素。該區為土家、苗等少數民族聚集地帶，生育政策相對寬鬆，人口平均增長率比全國高 3.9 個千分點，這對承載力較低的喀斯特生態系統是一個沉重的負擔。加之長期將農業發展的重點放在喀斯特窪地和谷地的糧食生產上，雖消耗了大量的人力、財力，仍難以從根本上解決基本溫飽問題」。〔註 22〕在「傷痕文學」成績不算很理想的韓少功，正是在這裡發現了創作轉型的「生活源泉」，他像是哥倫布發現新大陸式地宣佈：一位朋友「在湘西那苗、侗、瑤、土家族所分佈的崇山峻嶺裏找到了還活著楚文化。那裡的人慣於『製芰荷以為衣兮，集芙蓉以為裳』，披蘭戴芷，佩飾紛繁，索茅以占，結茝以信，能歌善舞，喚鬼呼神。只有在那裡，你才能更好地體會到觸辭中那種神秘、奇麗、狂放、孤憤的境界。」〔註 23〕我覺得一般性讚揚經濟學家富有同情心和文學家過於無情可能是沒有意義的。它們的差異只不過表現在具體性和抽象性的不同而已。經濟學家是在使用 80 年代西方先進的土壤學、氣象學的方法，為區域經濟發展提出一個可供解決的救困濟貧的方案。而文學家則想通過引進「比較文學」的

〔註22〕　韓少功：《文學的「根」》，《作家》1985 年第 4 期。
〔註23〕　王克林等：《喀斯特斜坡地帶資源開發中的環境效應與生態建設對策》，《農業環境與發展》1999 年第 16 卷第 3 期。

方法，用「國際化」的因素爲停滯不前的「當代文學」注入新的活力。正如他們所說：「不少作者眼盯著海外，如饑似渴，勇破禁區，大量引進」，「介紹一個薩特，介紹一個海明威」，「連品位不怎麼高的《教父》和《克萊默夫婦》都爲成爲熱烈話題」，「都引起轟動」。賈平凹在商州，李杭育在葛川江，「都在尋『根』，都開始找到了『根』。」但他也擔心別人批評這是「出於一種廉價的戀舊情緒和地方觀念」，因此辯解說：這種「對民族的重新認識」，「審美意識中潛在歷史因素的蘇醒」，正是爲了「追求和把握人世無限感和永恒感的對象化表現。」〔註24〕這是「具體思維」和「抽象思維」的不同之處。在這種情況下，具體的湘西地區不過是一個「文化活化石」，它是應該爲建設更具「世界化」的「當代文學」服務的，那些具體的人的生存的苦惱又算得什麼呢？

令人驚訝的是，阿城、鄭萬隆、賈平凹、莫言、鄭義、李銳在「國際漢學」視野裏發現的中國文化的「地方性」，都無一例外像韓少功的「湘西」一樣，是各省「窮鄉僻壤」之所在。如鄭萬隆的黑龍江邊境鄂倫春獵人雜居地、賈平凹的商州、莫言的山東高密東北鄉、李銳的山西呂梁山區、……等等。在那些地方，一定會有上面經濟學家所說「窮鄉僻壤」普遍具有的「生態脆弱」、「乾旱缺水」、土壤退化等問題，作家們應該都非常清楚，但好像這些都未成爲他們作品所關心的「中心內容」。賈平凹《浮躁》寫到的商州是：「州河流至兩岔鎮，兩岸多山，山曲水亦曲，曲到極處，便窩出了一塊不大不小的盆地。」莫言的《秋狀閃電》裏的高密東北鄉是一個光聲電的世界：「他暗暗地想著她。閃電繼續撕扯著雲片，衝擊著空氣，製造著壯美的景色。遼闊的草甸子像一幅巨大的水墨畫，綠色的草皮在閃電下急劇地變幻色調。」劉恒《狗日的糧食》把主人公楊天寬與鄉村女人的情慾等同於「地方性」的文化符號：「以後他們有了孩兒。頭一個生下來，女人就彷彿開了殼，一劈腿就掉下一個會哭會吃的到世上。直到四十歲她懷裏幾乎沒短過吃奶的崽兒」。在五四後作家的小說裏，這些景象往往是「人道主義」、「爲人生哲學」所關照的對象；而在「尋根」作家筆下，它們是「客觀化」文化價值的具體呈現；五四後作家會把「批判」、「反思」貫穿在「窮鄉僻壤」的一山一水、人物生死悲歡之中，當然後者是明確要爲這「批判」、「反思」服務的；在「尋根」作家這裡，「批判」、「反思」等倫理內容被擱置一旁，他們更關注的是一

〔註24〕 韓少功：《文學的「根」》，《作家》1985 年第 4 期。

種被強化的「地方性」，是上述人物、景象的最富戲劇化的審美效果。然而，「尋根文學」所攜帶的「窮鄉僻壤」的「再次國際化」，正是薩義德所尖銳批判的地方：「一位法國記者 1975～1976 年黎巴嫩內戰期間訪問貝魯特時對市區滿目蒼痍的景象曾不無感傷地寫道：『它讓我想起了……夏多布里昂和內瓦爾筆下的東方。』他的印象無疑是正確的，特別是對一個歐洲人來說。東方幾乎是被歐洲人憑空創造出來的地方，自古以來就代表著羅曼司、異國情調、美麗的風景、難忘的回憶，非凡的經歷。現在，它正在一天一天地消失，在某種意義上說，它已經消失，它的時代已經結束。」〔註25〕

　　我之所以花這麼多時間列舉尋根作家在「構造窮鄉僻壤」時異乎尋常的文學態度、形態和方式，說明我關心的不是薩義德的問題。這是因為我更願意「客觀」地看待這個問題。我注意到，五四後文學、十七年文學的價值系統，在「尋根」這裡出現了一個很大的「拐點」。這個拐點是「啓蒙論」的被擱置，是革命敘事的被抽空，是作家的主體性遜位於文學產品「出口」的現實需要。在「尋根文學」周邊，「國際漢學」正在聯手「窮鄉僻壤」的歷史敘事，擠兌啓蒙文學、革命文學的生存空間。在 80 年代，這種對歷史正劇內容的掠奪，被視為是「當代文學」重獲「文學自主性」、「主體性」的根本前提和進步的標誌。當然，我們也不能因為要重新處理這個題目，就說當年那些對「自主性」、「主體性」的艱苦追求沒有它們的歷史價值，完全不需要珍惜。如果說，中國鄉村形象的「窮鄉僻壤」構造曾經服務的是啓蒙文學、革命文學的話，那麼今天，它為尋根文學所服務也是歷史的必然。但我們必須清醒地意識到，如果沒有 1980 年代在世界各主要西方國家舉辦的「國際文學研討會」、「國際筆會」和各種「國際出版計劃」等，中國的「窮鄉僻壤」也許還沉睡在歷史的黑暗裏，不會被國際漢學話語激活為光鮮亮麗的「尋根文學」。自然也應想到，尋根文學中的「窮鄉僻壤」是受到弱勢國家（拉美國家）的文學啓發而獲得「重新建構」機會的，但由此推出的「尋根小說」卻是銷往西方國家的，它的市場和讀者都在那裡。這種非常奇怪的情況，有一點像是在拉美挖到礦藏，然後運輸到西方國家精加工並成為具有高附加值的文化產品的諷刺意味。因此不妨說，深層次上制約著「尋根」發生和發展的，仍然來自西方國家的文化霸權話語。

〔註25〕 愛德華・W・薩義德：《東方學・緒論》，王宇根譯，北京，三聯書店，1999年，第 1 頁。

四、「尋根小說」與「鄉土小說」、「農村題材小說」

當年人們在談論「尋根小說」時，是不會想到它身邊有這麼多文學史的「兄弟姐妹」的。一定意義上，「尋根小說」可以說是「鄉土小說」、「農村題材小說」近親繁殖的產物，但過去人們並沒有注意其地緣和血緣關係，而更相信它是一種「完全不同」的文學現象。

我這樣說並不是一時的心血來潮，稍微翻閱一下尋根作家的個人檔案，可以看到許多人在成為「尋根作家」之前，都有過創作「鄉土小說」、「農村題材小說」的「歷史」。比如，賈平凹此前寫過《滿月兒》（1978）、《丈夫》（1979）、《玉女山瀑布》、《阿嬌出浴》（1980）、《商州初錄》（1983），莫言寫過《春夜雨霏霏》（1981）、《為了孩子》（1982）、《售棉大路》、《民間音樂》（1983）、《雨中的河》（1984），韓少功寫過《七月洪峰》、《夜宿青江浦》（1978）、《月蘭》（1979）、《吳四老倌》、《西望茅草地》（1980）、《晨笛》、《風吹嗩吶聲》（1981）。這些作品，如果用上「傷痕」、「尋根」等來冠名，它們的取材方式、風格、審美眼光和文學氣質與十七年的「農村題材小說」是難分難解的，再細讀其結構、語言，應該說上面殘留著許多趙樹理、孫犁、柳青、李準、王汶石、馬烽等小說的氣息。事實上，一位著名的作家與「前代文學」、「前代作家」總是交錯雜陳著的。我在前些時寫成的《文學史研究的「當代性」問題》一文（未刊），受到艾略特的啟發，發現作家創作中所謂的「當代性」，「實際包含著過去作品的『體系性』的眼光」。即是說，你總感覺這部作品是你個人的「創新」，然而，「前代文學」理解生活的方式、審美態度和語言形式早已內化在這種「創新」之中。很多事實證明，不少著名作家都曾經是「前代文學」圖書館、陳列館裏的讀者，只是當他們成名後都不願意承認這一點而已。

為把這個問題說得再清楚一些，我想先把「鄉土小說」、「農村題材小說」的歷史來龍去脈和主要文學觀念簡略做點介紹。嚴家炎稱 20 年代的「鄉土小說」是受到魯迅創作和周作人文藝理論影響的一種小說現象。在周作人看來，「『五四』新文學是從外國引進的，應該在本國、本地的土壤中紮根。而提倡鄉土文學，就是促使新文學在本國土壤中紮根的重要步驟。」嚴家炎認為鄉土小說克服了問題小說「思想大於形象」的毛病，更注重「現代意識與真切的生活感受結合」，「近代中國原是農業國，『五四』以後文藝青年大多來自農村，在這樣的歷史條件下，『為人生』派的文學從問題小說開頭而走上鄉土文

學的道路，幾乎是必然的。」〔註 26〕嚴家炎有意把「鄉土小說」納入對「五四」的認識框架中，這種「鄉土」顯然是一種被「五四精神」所預設和規定了的「鄉土觀念」。它雖然與「問題小說」不同開始具有了「真切的生活感受」，但是這種感受並沒有超出「五四」思想、價值觀念本身的局限。80 年代研究者在評述 50、60 年代的「農村題材小說」時，也引人了「生活實感」這樣的評價標準，但它的「現代意識」顯然已有「五四意識」轉移爲「社會主義意識」。「在十七年的短篇創作中，農村生活是表現得比較充分的」，「這種情況，與農業在我國的重要地位、與『五四』以來文學發展的傳統有密切關係。」但他們又指出，與鄉土小說中「農民命運」過於「知識分子化」的傾向不同，在「農村題材小說」中，「農民的命運和鬥爭既是我國革命的重要問題，也是我們文學創作最爲重視的表現領域。」其根本原因是，「建國以後，土地改革剛結束，農村就開始了互助合作運動。從互助組、初級社到人民公社，農村經濟基礎發生了重大變革」，「集體化」、「新舊思想鬥爭」、「擺脫私有觀念束縛」等等，在「創作中有廣泛的反映。」〔註 27〕從上面材料看，在「鄉土小說」、「農村題材小說」最根本的書寫特徵「生活感受」上，原來堆積著很多社會潮流性的詞彙，「五四」、「現代意識」、「問題小說」、「農民命運」、「我國革命」、「建國」、「土改」、「人民公社」、「新舊思想」和「私有觀念」等等。歷史證明，一旦時代變化，它們都會從「生活感受」上脫落，當然也會有另一些社會詞彙再附加、黏滯上去。也就是說，不管換上怎樣一種文學史命名，用怎樣一種社會詞彙來預設，「生活感受」是鄉村小說中唯一不變的元素。這就像一個在鄉村生活的人，你無論稱其爲「白領」、「經理」、「老闆」、「進城務工人員」、「打工仔」、「打工妹」、「教授」、「領導」，用怎樣一種新的社會身份和符號改變他的「歷史」，精神生活中一些深沉、內在的東西都無法改變一樣。

1986 年的賈平凹，已經是大名鼎鼎的「尋根作家」、「西安名流」。但在朋友的眼裏，他身上的「鄉土氣」、「農村味」特徵並未因這些赫赫身名而有所改變。「西北大學校園內的一座平房教室裏，中文系近二百名師生沐著淋漓的

〔註 26〕嚴家炎：《中國現代小說流派史》，北京，人民文學出版社，1989 年，第 42、43 頁。

〔註 27〕張鍾、洪子誠、佘樹森、趙祖謨、汪景壽：《當代中國文學概觀》，第四編「小說創作」（上）第一部分「『十七年』短篇小說創作概述」，北京，北京大學出版社，1986 年，第 319 頁。

熱汗，傾聽著又一次報告。三個小時過去了，秩序良好。沒有人走動或離座位，沒有人交頭接耳或低聲哄笑。什麼人做報告？什麼贏人？那是一個矮小如丁、孱弱如麻的約二十七、八歲的青年人。他頭髮有些蓬亂，面色有些發黃，彷彿缺少陽光照射或缺什麼營養。他給人的第一感覺是不修邊幅。要不是在這堂堂的大學講臺，人們一定會錯認他是剛從哪個監獄出來的。他發黃而纖瘦的右手指、姆指不停地把變換著煙捲。」「他講話時的神情是拘謹的，有如一位靦腆的姑娘；他聲調不具有一般男性公民的那種渾厚有力、抑揚頓挫，卻有點像趕上架子的野鴨子叫極不自然；他的氣質與他的外表相一致，謙和、溫柔、內秀，好像永遠與人無爭，與世無爭。」〔註 28〕一年前，賈平凹在《一封荒唐信》的文章中對自己也有一個「自畫像」，他坦然承認：「現在作一個作家似乎很熱鬧，每年都有許許多多的筆會、遊勝地，上電視，演講和吃請，且各地又興起文學茶座，聽音樂，嗑瓜子，品茶談天。每一次不乏有一些很位重的人物和一些打扮得很美麗的女人。有一次我被人拉去，那大廳的門柱上貼有一副對聯，是老對聯改造的，一邊為『出入無白丁』，一邊是『談笑皆高雅』。我怯怯地進去，呆在那裡，茫然四顧，傻相可笑。後來跳舞，有幾個令人動心的演員，傳說是詩琴書畫俱佳的女才子，邀我下池，我大出洋相，一再聲明極想下池但著實不會。結果是我的朋友大加嘲弄我，說我的不開化，又幫助分析原因是『心理上有障礙』。」〔註 29〕自然，我們不能貿然認為這就是「尋根作家」的群體「自畫像」。「尋根」人物有「知青」和「回鄉知青」，生活經驗與文學經驗也千差萬別。更不能說今天聲名負重的賈平凹仍然一如當年，這可從其許多小說描寫中得知。但我們從中剝離出一點「鄉土」、「農村」的隱約的東西，發現「尋根」與「鄉土」之間的某些相似性的因素。進而可以觀察到，這些「新時期作家」雖然經常談論如何受到外國作家影響，但此前他們的現實生活與「鄉土小說」、「農村題材小說」是處在同一場域中的。其中不少人，曾經是「工農兵作者」和「文革作者「。在他們的「文學史書目」中，分明都儲藏過「鄉土小說」、「農村題材小說」的作品。這些作品，可能還構成了他們文學創作的「出發點」。

　　為把問題說得更清楚一些，我想暫時抹掉作品題目和作者，將兩部小說

〔註 28〕劉建中：《人、作品及其它——賈平凹印象記》，《當代作家評論》1986 年第 4
　　　　期。

〔註 29〕賈平凹：《一封荒唐信》，《文學評論》1985 年第 4 期。

中有關農村姑娘經驗的描寫抄在下面：

> 秀蘭紫棠色的臉通紅了。她全身的血，都湧到她閨女的臉上來了。在一霎時間，閨女的羞恥心，完全控制了她。直接感覺是人類共同的，隨後才因不同的思想感情，而改變感覺。在一轉眼間，秀蘭腦中出現了一個令人難堪的場面——陌生的村子，陌生的巷子，無數雙陌生的眼睛，盯著自己，人們交頭接耳，談論她的人樣，笑著，點著頭，品評著沒過門的媳婦！……（《創業史》）

> 小石匠憐愛地用胳膊攬住姑娘，那隻大手又輕輕地按在姑娘硬邦邦的乳房上。小鐵匠坐在黑孩背後，但很快他就坐不住了，他聽到老鐵匠像頭老驢一樣叫著，聲音刺耳，難聽。一會兒，他連驢叫聲也聽不到了。他半蹲起來，歪著頭，左眼幾乎豎了起來，目光像一隻爪子，在姑娘的臉上撕著，抓著。小石匠溫存地把手按到姑娘胸脯時，小鐵匠的肚子裏燃起了火，火苗子直衝到喉嚨，又從鼻孔裏、嘴巴裏噴出來。（《透明的紅蘿蔔》）

如果不說出作品和作者，它們都應該是典型的「農村小說」。前者通過主人公秀蘭自己的視角寫了一位未出門的姑娘在農村男女關係上的羞恥心，後者借助旁觀者小鐵匠的視角，折射出人們對違背這一鄉村倫理觀念的激烈反應。然而，如果我告訴大家，前者來自柳青的《創業史》（1960 年第一版，第 284 頁），後者來自莫言的《透明的紅蘿蔔》，那麼上面「閱讀經驗」就會出現很大調整，發生激變。人們立即會對它們加以文學史的區分，即前者是「革命與性」，後者是「文化與性」，大家馬上意識到它們是「不同」的「小說」。這種「實驗性」的分析使我想到，小說只有到了「現代」之後它才成其為「現代小說」，因為有很多「題材」、「思潮」、「主義」、「主張」要分割它們，將它們進行各種歸類。沒有這種外在因素的歸類，它們可能都是「鄉土小說」、「農村小說」，但假如加以分區，那麼就變成了「農村題材小說」和「尋根小說」。正是作為強者的現代性的文學經驗，使它們割斷了與其文化地緣、血緣的本來聯繫，讓它們分屬於好像是「完全不同」的「文學譜系」。

我用了一定篇幅，意在強調「尋根」與「鄉土」、「農村」小說在文學史意義上的「兄弟姐妹」關係。但必須指出，「尋根」又與「鄉土」和「農村」小說生活在不同的「當代」，它經受的文學壓力與後者有根本的不同。如果說後者要承擔「啟蒙敘事」或「革命敘事」的話，那麼它所承擔的「文化敘事」

明顯存在差異。這就是說，「出訪」、「文學國際化」、利用「窮鄉僻壤」資源等等因素就布置在「尋根」的周邊，「國際漢學」成為1985年後「當代文學」最具權威性的「評價體系」，它的讀者、文學市場、文學生產方式、流通等已經發生了最根本的變化。它必須「超越」「鄉土」、「農村」等文學前輩的現實場域、歷史經驗和生存範圍，才能在「國際大家族」中生存，取得21世紀的「身份綠卡」。我們也不能因此責怪「尋根文學」等先鋒文學現象的「急功近利」。這是因為，80年代是中國社會政治、經濟和文化全面「激變」的獨特時期，它的頭等歷史任務是要與「世界接軌」並如何「接軌」。因此，「尋根」、「先鋒」等更具「國際化」眼光、經驗的文學，就容易處在其它文學現象等更直接和有利的「接軌位置」上。當「當代化」的「傳統」、文化想像的「國際化」和被建構的「窮鄉僻壤」等因素逼迫「當代文學」交出它所剩不多的權杖時，「尋根」對「傷痕」、「改革」等文學史位置的攫取就不會出乎人們的意料。

2008.8.23 於北京森林大第
2008.9.10 再改